The Great Gatsby
위대한 개츠비
F. 스콧 피츠제럴드 글
최인자 옮김
ISLAND
가지않은길

위대한 개츠비

초판 5쇄 발행 2024년 8월 23일

글쓴이 | F. 스콧 피츠제럴드
옮긴이 | 최인자
표지 그림 | 박정은
펴낸이 | 김사라
펴낸곳 | 해와나무
출판 등록 | 2004년 2월 14일 제312-2004-000006호
주소 | 서울특별시 영등포구 양산로23길 17 2층
전화 | (02)364-7675(내용) , 362-7675(구입) | 팩스 (02)312-7675
ISBN | 978-89-6268-109-3 43840

제조자명 : 해와나무 제조국명 : 대한민국 제조년월 : 2024년 8월 23일 대상 연령 : 8세 이상
전화번호 : 02-362-7675 주소 : 서울특별시 영등포구 양산로23길 17 2층
∗KC마크는 이 제품이 공통안전기준에 적합하였음을 의미합니다.
주의 : 책의 모서리에 다치지 않게 주의하세요.

그러니 황금 모자를 써라.
그것으로 그녀의 마음을 움직일 수 있다면.
높이 뛰어오를 수 있다면,
그녀를 위해 또한 높이 뛰어올라라.
그녀가 이렇게 소리칠 때까지.
"사랑하는 이여,
황금 모자를 쓰고 높이 뛰어오르는 내 사랑이여.
난 그대를 갖고 말겠어요!"

-토머스 파크 딘빌리어스

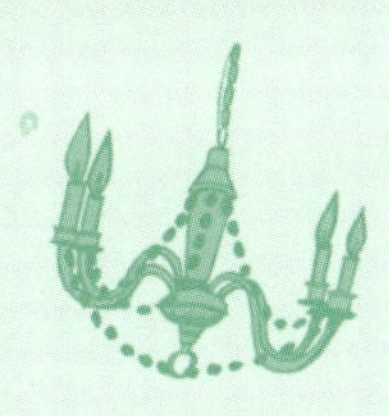

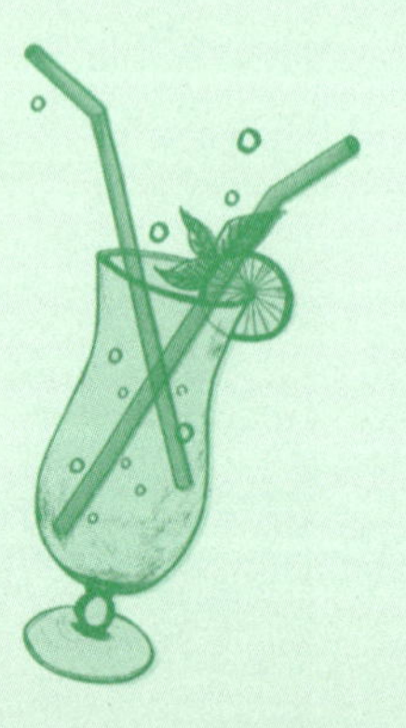

1장

지금보다 좀 더 어리고 민감했던 시절, 아버지는 내게 한 마디 조언을 해 주셨는데, 그때부터 늘 그 말을 되새기곤 한다.

아버지는 이렇게 말씀하셨다.

"누군가를 비판하고 싶을 때마다, 세상의 모든 사람이 네가 누리는 이득을 다 누리고 사는 건 아니라는 사실을 기억해라."

단지 그 말씀뿐이었지만, 우리 부자는 언제나 별 말을 하지 않아도 이상할 정도로 뜻이 잘 통했기에, 나는 그 말에 담긴 아버지의 훨씬 더 깊은 뜻을 잘 헤아렸다. 그 결과 나는 모든 일에 일단 판단을 미루는 버릇이 생겼다. 이런 버릇 때문에 많은 괴짜들이 내게 속을 털어놓거나, 혹은 적잖은 따분하기 짝이 없는 사람들이 나를 희생양으로 삼곤 했다. 정상적인 사람에게서 그런 특성이 보이면, 비정상적인 정신은 그걸 재빨리 알아차리고 달라붙게 마련이다. 그 바람에 대학 시절에는 정치꾼이라는 부당한 비난까지 받았는데, 잘 알지 못하는 난폭한 놈들의 은밀한 아픔까지 알고 있었기 때문이다. 하지만 대부분은 내가 원하지도 않는데 자기 속내를 털어놓은 경우였다. 그래서 나는 그들이 은밀한 고백을 시작할 것 같은 확실한 낌새가 보인다 싶으면, 종종 자는 척하거나 뭔가에 몰두하는 척하거나 차갑고 경박한 태도를 보이곤 했다. 젊은 사람들의 은밀한 고백, 아니면 적어도 고백할 때 쓰는 표현은 대개 남의 말을 베낀 것이고, 그 사실을 감추려다 보니 엉망이 되어 버리기 십상이다. 판단을 미루면 희망도 영원하다. 우리 아버지가 점잔 빼며 말씀하셨고 나 역시 점잔 빼며 되풀이하듯이, 기본적인 품위는 태어날 때부터 다르게 타고난다. 이 사실을 잊어버린다면, 중요한 뭔가를 놓칠 수도 있다.

이런 식으로 너그러움을 자랑하긴 했지만, 내 관대함에도 결국 한계가 있음을 인정하게 되었다. 사람의 행동이란 단단한 바위에 기반할 수도, 축축한 습지에 기반할 수도 있겠지만, 어느 지점이 넘어가면 나는 어디에 기반했든 더 이상 상관하지 않는다. 지난해 가을 동부에서 돌아왔을 때, 나는 이 세상이 제복을 입고 영원히 일종의 '도덕적인 차렷' 자세를 취하기를 원했다. 특권 의식에 찬 시선으로 다른 인간의 내면을 힐끗 들여다보는, 그런 시끌벅적한 일탈은 더 이상 싫었다. 오직 이 책에 이름을 제공한 개츠비만이 이런 환멸로부터 예외였다. 개츠비, 내가 숨김없이 경멸을 드러내는 모든 것을 대표하는 남자. 만약 개성이라는 게 끊임없는 일련의 성공적인 제스처라면, 그에게는 굉장한 뭔가가 있었다. 마치 일만 오천 킬로미터 밖의 지진까지 기록하는 복잡한 지진계처럼, 그는 인생의 희망찬 전망을 감지하는 고도로 발달된 감각을 갖고 있었다. 이런 민감성은 '창조적 기질'이라고 그럴듯하게 부르는 시시한 감수성과는 전혀 달랐다. 그것은 희망에 대한 특별한 재능이었고, 결코 어느 누구에게서도 보지 못했고 앞으로도 두 번 다시 보지 못할 낭만적인 민감성이었다. 아니, 결국에는 개츠비가 옳았다. 내가 인간의 미숙한 비애와 조급한 의기양양함에 대해 일시적으로 흥미를 잃게 되었던 것은 바로 개츠비를 잡아먹은 그것, 그의 꿈이 지나간 자리에 더러운 먼지들이 퍼뜨린 그것 때문이었다.

*　*　*

우리 집안은 이 중서부 도시에서 삼대에 걸쳐 부와 명성을 누려 온 집안이었다. 캐러웨이 가문은 제법 뼈대 있는 가문으로, 버클루 공작*의 후손이라는 설이 전해 내려오고 있다. 하지만 실제로

---

* **버클루 공작**: 영국 왕 찰스 2세의 서자. 1685년 왕위 계승권을 주장하며 반란을 일으켰으나 실패하였다.

우리 집안을 일으켜 세운 사람은 할아버지의 형님이었다. 그는 1851년에 이곳으로 와서 남북 전쟁에 다른 사람을 대신 내보내고 철물 도매업을 시작했는데, 그 사업을 아버지가 오늘날까지 이어 가고 있다.

나는 큰할아버지를 한 번도 뵌 적은 없지만, 많이 닮았다는 소리를 들었다. 특히 아버지의 사무실에 걸려 있는 다소 무뚝뚝한 인상의 초상화를 두고 그렇게들 말했다. 나는 아버지가 졸업한 지 정확히 이십오 년 후인 1915년에 뉴헤이번에 있는 대학[*]을 졸업했고, 그로부터 뒤늦은 튜턴 족의 대이동, 그러니까 제1차 세계대전으로 불리게 될 전쟁에 참가했다. 미국의 반격에 완전히 신이 났던 나는 고향에 돌아와서도 한동안 마음을 잡지 못했다. 이제 중서부는 세상의 활기찬 중심이 아니라, 우주의 초라한 변두리처럼 보였다. 그래서 나는 동부로 가서 증권업을 배우기로 했다. 내가 아는 사람들은 모두 증권업에 종사했기에 독신 남자 한 명쯤은 더 받아 줄 수 있을 거란 생각이었다. 집안의 친척 어른들은 모두 모여 나를 보낼 사립학교를 고르듯 이 문제를 의논하더니 마침내 매우 엄숙하고 마지못한 표정으로 "뭐, 그러렴."이라고 말했다. 아버지는 일 년 동안 생활비를 대 주기로 하셨다. 여러 가지 우여

✢ **뉴헤이번에 있는 대학** : 예일 대학교를 가리킨다.

곡절 끝에 1922년 봄, 나는 아주 눌러앉을 생각으로 동부로 왔다.

실리적으로 따지자면 시내에 있는 방을 구해야 했겠지만, 아직 따뜻한 계절이었고 드넓은 풀밭과 정든 나무들이 있는 시골을 막 떠나온 터라, 사무실의 한 동료가 통근 가능한 교외 마을에 집을 얻어 함께 지내자고 제안하자 그게 좋겠다고 생각했다. 그는 비바람에 바랜 월세 팔십 달러짜리 낡고 초라한 방갈로 한 채를 구했다. 하지만, 회사에서 그를 워싱턴으로 발령 내는 바람에 결국 나 혼자 이사를 할 수밖에 없었다. 내 곁에는 개 한 마리(달아나기 전까지 적어도 며칠 동안은 말이다.)와 낡은 다지 자동차 한 대, 그리고 핀란드 출신 가정부 한 사람뿐이었다. 그녀는 내 침대를 정리하고 아침 식사를 차려 주고 전기난로 앞에서 혼자 핀란드 속담을 중얼거리곤 했다.

하루 이틀은 무척 외로웠다. 어느 날 아침, 나보다 늦게 이사 온 웬 남자가 길에서 날 멈춰 세우기 전까지는 말이다.

"웨스트에그에는 어떻게 가죠?"

그가 난감한 표정으로 물었다. 나는 대답을 해 주고는 계속 걸어가는데, 더 이상 외롭지 않았다. 이제 난 안내자이자 길잡이, 그리고 동네 토박이였다. 그 남자는 뜻하지 않게 나에게 이 동네 사람이라는 시민권을 안겨 준 셈이었다.

그렇게, 나는 영화 속의 고속 촬영 장면처럼 나뭇가지에서 쑥쑥 자라나는 무성한 나뭇잎들과 햇살과 더불어, 인생이 여름과 함께 다시 시작되고 있다는 익숙한 믿음에 사로잡혔다.

한편으로는 읽어야 할 책들이 무척 많았고, 맑고 신선한 공기를 마시며 건강도 챙겨야 했다. 나는 은행 경영, 신용 대출, 증권 투자에 관한 책들을 열두어 권 샀다. 조폐국에서 갓 찍어 낸 새 지폐 같은 붉은색과 황금색의 책들은 오직 미다스[+]와 J. P. 모건[++]과 마이케나스[+++]만이 알고 있는 눈부신 비밀을 펼쳐 보여 주겠노라 약속하며, 내 책꽂이에 꽂혀 있었다. 나는 이외에도 다른 많은 책을 읽겠다는 드높은 목표를 세웠다. 사실 대학 시절에는 문학 쪽에 제법 소질이 있어서 어느 해에는 「예일 뉴스」에 진지하고 명쾌한 사설을 연재하기도 했었다. 이제 나는 그런 모든 것들을 내 인생에 다시 불러들여서 모든 종류의 전문가 중에서도 가장 희귀한 존재, 즉 '균형 잡힌 인간'이 될 작정이었다. 결국, 인생은 하나의 창을 통해 내다볼 때 훨씬 더 성공적으로 보이는 법이다, 라는 말은 그저 단순한 경구가 아닌 것이다.

내가 북아메리카에서도 가장 이상한 동네 중 한 곳에 집을 얻은

[+] **미다스** : 그리스 신화에 나오는 프리기아의 왕. 손에 닿는 모든 것을 황금으로 변하게 하는 능력으로 유명하다.

[++] **J. P. 모건** : 미국의 기업가. 그의 이름을 딴 'J. P. 모건'은 세계적인 금융 회사이다.

[+++] **마이케나스** : 고대 로마 제국 아우구스투스 황제의 대신이자 정치가이며 시인. 문화와 예술의 후원자로 유명하다.

것은 순전히 우연이었다. 그 집은 뉴욕에서 정동쪽으로 쭉 뻗어 있는, 길쭉하고 시끌벅적한 섬에 있었다. 그리고 다른 여러 가지 자연의 신기한 것들 중 하나로 꼽을 만한 것이 바로 두 조각으로 이루어진 이 섬의 기묘한 모양이었다. 거대한 달걀 모양의 이 두 지역은 뉴욕 시에서 삼십 킬로미터쯤 떨어져 있다. 똑같은 생김새인데다가 만(灣)이라고 부르기도 민망한 작은 만을 사이에 둔 채 서반구의 바다 중에서도 인간의 손길이 가장 많이 닿은 거대한 롱 아일랜드 해협의 앞마당을 향해 툭 튀어나와 있다. 비록 완벽한 타원형도 아니고 콜럼버스의 달걀처럼 서로 맞닿는 면이 납작하게 눌려 있지만, 생김새가 비슷해서 섬 위를 날아다니는 갈매기들도 헷갈릴 지경이었다. 하지만 날개가 없는 것들에게는, 두 지역이 모양과 크기만 빼고 어느 구석 하나 닮은 점이 없다는 사실이 더욱 흥미로운 현상이었다.

내가 사는 웨스트에그는 두 지역 중에서 덜 세련된 쪽이었다. 물론 이 정도 표현은 두 지역 간의 이 기괴하고 적잖이 불길하기까지 한 차이를 표현하는 데, 지나치게 피상적이고 상투적이긴 하다. 내가 빌린 집은 해협에서 불과 오십 미터 떨어진, 달걀 모양의 제일 끄트머리에 자리 잡고 있었는데, 한 계절에 만 이천 달러나 만 오천 달러는 내야 빌릴 수 있는 대저택들 사이에 끼어 있었다. 특히 오른쪽에 있는 집은 어느 모로 봐도 어마어마한 건축물이었다.

노르망디 시청을 그대로 본뜬 것으로, 한쪽에는 가느다란 수염 같은 담쟁이덩굴로 뒤덮인 멋진 새 탑이 솟아 있고, 대리석 수영장과 백육십 제곱미터가 넘는 잔디밭과 정원이 딸려 있었다. 바로 개츠비의 저택이었다. 아니, 사실 나는 개츠비를 몰랐으므로, 개츠비란 이름의 한 신사가 살고 있는 저택이었다. 말하자면 내 집은 눈엣가시였지만 워낙 작은 가시였기에 그냥 무시하고 내버려 둔 것이다. 덕분에 나는 멋진 바다와 이웃집 잔디밭의 일부를 바라보며 백만장자들 가까이에 살고 있다는 위안을 얻을 수 있었다. 한 달에 단돈 팔십 달러로 말이다.

예의상 만이라고 부르기에도 민망한 좁은 만의 건너편에는, 해변을 따라 세련된 이스트에그의 하얀 궁전들이 번쩍거리며 서 있었다. 그해 여름의 역사는 톰 뷰캐넌 부부와 저녁 식사를 하러 그곳으로 차를 몰고 가던 그날 저녁부터 시작되었다. 데이지는 먼 친척뻘이었고 톰은 대학 때 아는 사이였다. 그리고 전쟁이 끝난 직후에 시카고에서 두 사람과 이틀을 보낸 적도 있었다.

데이지의 남편은 운동선수로서 다양한 업적을 쌓았지만 그중에서도 뉴헤이번 미식축구 경기 역사상 가장 힘센 엔드+ 중 한 명으로, 나름 전국적인 명사였다. 스물한 살에 이미 보기 드물게 최고

의 경지에 도달하고서, 그 뒤부터는 모든 면에서 쇠퇴하는 느낌을 풍기는 사람들이 있는데 바로 톰이 그랬다. 그의 집안은 엄청난 부자였다. 대학 시절부터 그의 헤픈 씀씀이는 비난의 대상이었다. 하지만 이제 그는 시카고를 떠나 남들이 보면 숨이 턱 막힐 정도로 거창하게 폼을 잡으며 동부로 왔다. 예를 들면 레이크 포리스트[+]에서부터 폴로용 말을 한 무리 몰고 내려오는 식이었다. 내 나이 또래가 그럴 만큼 부자라는 사실이 좀처럼 믿기 힘들었다.

그들 부부가 왜 동부로 왔는지 이유는 알 수 없었다. 그들은 별다른 이유 없이 프랑스에서 한 해를 보내고, 폴로 경기가 열리고 부자들이 모여 있는 곳이면 어디든 이리저리 떠돌아다녔다. 이번에는 완전히 이사 온 거야. 데이지는 매번 전화로 이렇게 말했지만, 난 믿지 않았다. 데이지의 마음속을 들여다볼 수는 없었지만, 톰이 다시는 돌아오지 않을 미식축구 경기의 극적인 짜릿함을 찾아서 영원히 방황하리라는 것을 알았기 때문이다.

이렇게 해서 따스한 바람이 부는 어느 날 저녁, 나는 잘 알지도 못하는 옛 친구 두 사람을 만나러 이스트에그로 차를 몰았다. 그들의 집은 내가 예상했던 것보다 훨씬 더 공들여 지은 집이었다. 붉은색과 흰색으로 칠한 조지 왕조 시대 식민지풍의 저택은 만이

내려다보이는 곳에 자리 잡고 있었다. 해변에서 시작된 잔디밭은 해시계와 벽돌로 된 산책로, 불타는 정원을 껑충껑충 뛰어넘어 사백 미터쯤 떨어진 현관문까지 달려왔다. 그리고 마침내 저택에 이르러서는, 그 여세를 몰아 반짝이는 덩굴이 되어 벽을 타고 올라가고 있었다. 저택의 정면에는 프랑스식 창문들이 일렬로 나 있었는데, 창문은 반사된 황금빛으로 번쩍거리며 따스한 저녁 바람을 맞아들이기 위해 활짝 열려 있었다. 승마복을 입은 톰 뷰캐넌은 현관문 앞에 다리를 떡 벌리고 서 있었다.

그는 뉴헤이번 시절 이후로 많이 변한 모습이었다. 이제 그는 완고한 입매와 거만한 자세, 색 바랜 금발의 건장한 삼십 대 남자가 되어 있었다. 거만하게 번뜩이는 두 눈이 그의 얼굴 전체를 지배했고, 그 때문에 언제라도 덤벼들 것 같은 인상을 풍겼다. 승마복의 여성적인 우아함조차도 그의 몸이 발산하는 엄청난 힘을 감추지 못했다. 신고 있는 승마 부츠는 끝까지 끈을 바싹 당겨서 터질 듯 팽팽했고, 어깨가 움직일 때마다 얇은 상의 밑으로 꿈틀거리는 우람한 근육이 보였다.

퉁명스러우면서도 다소 높고 쉰 목소리는 까다로운 인상을 더했다. 심지어 자신이 좋아하는 사람에게 말할 때에도, 마치 아버지가 자식을 대하듯 무시하는 어조가 실려 있었다. 그래서 뉴헤이번에서도 그의 뻔뻔스러운 태도를 싫어하는 친구들이 꽤 있었다.

"글쎄, 내가 너희들보다 힘도 세고 더 남자답다고 해서, 반드시 내 의견을 최종 결론으로 받아들일 필요는 없어." 그는 이렇게 말하는 듯했다. 우리는 4학년 때 같은 모임에 속했지만, 결코 가까운 사이는 아니었다. 하지만 항상 나를 인정해 주었고, 내가 자기처럼 좀 더 노골적이고 대담하게 마음을 드러내며 자신을 좋아해 주길 바라는 것 같았다.

우리는 햇살 가득한 현관 앞에서 잠시 이야기를 나눴다.

"근사한 곳이야." 그가 번뜩이는 눈으로 연신 두리번거리며 말했다.

톰은 한 팔로 나를 잡아 획 돌려 세우더니, 넓적한 손을 들어 눈앞의 풍경을 펼쳐 보였다. 그의 손은 움푹 내려앉은 이탈리아식 정원부터 짙고 독한 향기를 풍기는 이 제곱미터 면적의 장미 꽃밭, 그리고 앞바다에서 연신 파도에 부딪히고 있는 둥근 모터보트까지 빙 둘러 가리켰다.

"이 집은 석유 재벌 드메인의 집이었다네." 그러다가 나를 향해 돌아서더니, 예의바른 어조로 하지만 느닷없이 말했다. "그만 안으로 들어가지."

우리는 천장이 높은 복도를 지나 환한 장밋빛 방 안으로 들어갔다. 그곳은 방 양쪽 끝에 난 프랑스식 창문 덕분에 간신히 저택에 붙어 있는 느낌이었다. 살짝 열린 창문들은, 마치 좁은 길을 이루다가 점점 자라서 저택을 뒤덮은 것처럼 보이는 창밖의 파릇파릇한 잔디와 대조를 이루며 새하얗게 빛났다. 방 안으로 흘러 들어온 산들바람에 이쪽 창문과 맞은편 창문의 커튼들은 마치 엷은 색 깃발처럼 돌돌 말린 채, 설탕을 입힌 웨딩 케이크 같은 천장을 향해 높이 휘날렸다. 그러고 나서는 마치 바다에 잔물결을 일으키듯이 와인색 양탄자 위에 잔잔한 파문을 일으키며 명암을 만들어 냈다.

방에서 완전히 고정되어 있는 유일한 물건은 거대한 소파뿐이었다. 소파에는 두 여자가, 줄로 붙잡아 맨 대형 풍선 위에 올라탄 것처럼 둥실 떠 있었다. 두 사람 다 흰 드레스를 입고 있었는데, 마치 저택 주위를 잠깐 한 바퀴 돈 다음 방금 집 안으로 날아 들어오기라도 한 듯이 드레스 자락이 팔랑팔랑 나부꼈다. 나는 커튼이 펄럭거리는 소리와 벽에 걸린 액자가 달그락거리며 내는 신음 소리를 들으며 잠시 서 있을 수밖에 없었다. 이윽고 톰 뷰캐넌이 뒤쪽 창문들을 쾅 닫는 소리가 들려왔고 방 안에 갇힌 바람이 잦아들자, 커튼과 양탄자와 두 여자가 천천히 바닥에 내려앉았다.

두 여자 중 좀 더 젊은 여자는 내가 처음 보는 사람이었다. 그녀는 긴 의자 끝에서 몸을 쭉 뻗은 채, 꼼짝도 하지 않았다. 그리고 턱으로 뭔가를 아슬아슬하게 떠받치고 있는 사람처럼 고개를 살짝 쳐들고 있었다. 설령 곁눈질로 나를 힐끗 보았다 하더라도, 그런 내색은 눈곱만큼도 비치지 않았다. 나는 약간 놀란 나머지 불쑥 들어와 방해를 해서 미안하다고 사과할 뻔했다.

또 다른 젊은 여자는 데이지였는데, 그녀는 자리에서 일어나려는 자세를 취했다. 그녀는 진지한 표정으로 몸을 살짝 앞으로 숙이다가 웃었다. 우스꽝스럽지만 매력적인 미소였다. 나 역시 미소를 지으며 방 안으로 들어갔다.

"행복해서 몸이 어-얼었나 봐."

데이지는 자기가 대단히 재치 있는 말을 했다는 듯이 또다시 웃더니, 잠시 내 손을 꼭 잡았다. 그러고는 나를 올려다보며 세상 어느 누구보다 제일 보고 싶었다고 속삭였다. 예전에도 늘 이런 식이었다. 데이지는 턱을 치켜들고 있는 아가씨의 이름이 베이커라고 슬쩍 귓속말을 했다. (그녀가 속삭이는 이유가 순전히 사람들이 자기 쪽으로 몸을 가까이 기울이게 하기 위해서라는 터무니없는 험담을 들은 적이 있는데, 그래도 여전히 매력적이었다.)

어쨌든 베이커 양은 입술을 달싹거리며 거의 알아챌 수 없을 정도로 나를 향해 고개를 까딱 하더니, 재빨리 다시 고개를 젖혔다. 분명히 턱으로 아슬아슬하게 떠받히고 있는 뭔가가 살짝 흔들려서 깜짝 놀란 모양이었다. 또다시 미안하다는 말이 내 입에서 튀어나올 뻔했다. 나는 완벽한 자기만족을 과시하는 사람 앞에서는 넋을 잃고 찬사를 보내게 된다.

나는 내 사촌을 돌아보았다. 그녀는 나지막이 떨리는 목소리로 질문을 퍼붓기 시작했다. 그녀가 내뱉는 한 마디 한 마디가 두 번 다시 연주되지 않을 곡조라도 되는 양, 귀를 쫑긋 세우고 열심히 따라가게 만드는 그런 목소리였다. 그녀의 얼굴은 반짝이는 두 눈과 빛나는 입술로 인해 슬프면서도 사랑스러웠다. 그러나 목소리만큼은 그녀를 사랑했던 남자라면 도저히 잊을 수 없는 어떤 짜릿함이 깃들어 있었다. 음악적인 충동, '내 말 좀 들어 봐.' 하는 속삭임, 방금 즐겁고 신나는 일을 했으며 곧이어 또 다른 즐겁고 신나는 일이 이어질 거라는 약속이.

나는 동부로 오는 길에 시카고에 들러 하룻밤 머물렀는데 여러 사람들이 안부를 전하더란 이야기를 했다.

"그 사람들이 내가 보고 싶대?" 데이지가 흥분해서 소리쳤다.

"도시 전체가 슬픔에 잠겨 있더라고. 자동차란 자동차는 죄다 장례식 화환처럼 왼쪽 뒷바퀴를 까맣게 칠하고 다니고, 노스 쇼어[+]에서는 밤새 곡소리가 끊이지 않더라니까."

"어쩜, 그럴 수가! 톰, 우리 돌아가자. 내일 당장!" 그러더니 곧 뜬금없는 말을 덧붙였다. "우리 아기를 봐야지."

"나도 보고 싶어."

"지금 자고 있어. 세 살이야. 아직 한 번도 본 적 없지?"

[+] **노스 쇼어** : 주로 부유층이 사는 시카고의 거리.

“그래.”

“꼭 한 번 봐야 해. 그 애는…….”

그때까지 방 안을 계속 서성거리던 톰 뷰캐넌은 발걸음을 멈추고 내 어깨에 손을 얹었다.

“닉, 요즘 뭐하며 지내나?”

“증권 일을 한다네.”

“누구랑?”

나는 동료들의 이름을 말했다.

“처음 들어 보는 이름이군.” 그가 딱 잘라 말했다.

나는 좀 짜증이 났다.

“곧 듣게 될 거야. 자네가 여기 동부에서 계속 지낸다면 말이지.” 내가 퉁명스럽게 대답했다.

“오, 물론 그럴 거야. 걱정하지 말게.” 그는 이렇게 말하며 뭔가 조심하는 듯 데이지를 힐끗 보더니 다시 나를 향했다. “여기 말고 다른 데서 산다면 천하에 바보 멍청이지.”

바로 그때 베이커 양이 갑작스럽게 “그렇고말고요!” 하고 말하는 바람에 나는 깜짝 놀랐다. 내가 방에 들어온 뒤로 그녀가 처음으로 한 말이었다. 나만큼이나 그녀도 놀란 게 분명했다. 하품을 한 번 하더니 날쌔고 민첩하게 자리에서 일어났기 때문이다.

“온몸이 뻣뻣해요.” 그녀가 투덜거렸다. “대체 소파에 얼마나 누워 있었는지 기억도 안 난다고요."

"나 쳐다보지 마. 난 저녁 내내 뉴욕에 가자고 했잖아." 데이지가 쏘아붙였다.

"난 됐어요." 베이커 양이 주방에서 방금 가져온 넉 잔의 칵테일을 보며 말했다. "요즘 훈련 중이거든요."

톰은 도저히 믿기지 않는다는 표정으로 그녀를 쳐다보았다.

"그러서!" 톰은 마치 유리잔 바닥에 술이 한 방울밖에 안 남은 듯이 홀짝 들이켰다. "당신이 어떻게 그런 일을 해내는지 나는 통 모르겠단 말이야."

나는 그녀가 '해낸 일'이 대체 뭘까 궁금해하며 베이커 양을 바라보았다. 그녀를 보는 일은 즐거웠다. 그녀는 날씬하고 가슴이 납작한데, 마치 젊은 사관생도처럼 어깨를 뒤로 쫙 펴고 있어서 꼿꼿한 자세가 더욱 두드러져 보였다. 햇빛에 살짝 찡그린 그녀의 회색 눈이 나와 마주쳤다. 창백하고 매력적이면서도 불만에 찬 그녀의 얼굴에는 상대에 대한 정중한 호기심이 드러났다. 순간 예전에 어디선가 그녀를 혹은 사진으로라도 본 적이 있다는 생각이 들었다.

"웨스트에그에 살죠?" 그녀가 무시하는 말투로 말했다. "제가 아는 사람도 거기에 살아요."

"전 아직 아는 사람이 단 한 명도……."

“아마 개츠비는 알걸요?”

“개츠비?” 데이지가 물었다. “개츠비, 누구?”

내가 그는 내 이웃 사람이라고 대답하기도 전에, 저녁 식사가 준비되었다는 소리가 들려왔다. 톰 뷰캐넌은 팽팽한 근육질의 팔로 강제로 내게 팔짱을 끼더니, 마치 체스 판의 말을 다른 자리로 옮기는 것처럼 나를 방에서 끌고 나갔다.

두 여자는 두 손을 살짝 엉덩이 위에 얹은 채, 석양이 지는 쪽으로 열려 있는 장밋빛 베란다를 향해 나른하고 하늘하늘한 자태로 앞서 걸어갔다. 식탁 위의 촛불 네 개가 잦아든 바람 속에서 깜박이고 있었다.

“대체 촛불은 왜 켠 거야?” 데이지가 인상을 쓰며 화를 냈다. 그녀는 손가락으로 비벼 촛불을 껐다. “이제 이 주만 있으면 일 년 중 낮이 가장 긴 하지(夏至)라고.” 그녀가 환한 얼굴로 우리 모두를 바라보았다. “다들 일 년 내내 하지를 기다리다가 정작 그날이 오면 지나쳐 버리곤 하지 않아? 난 그러거든.”

“그러니까 뭔가 계획을 세워야 해요.” 베이커 양은 곧 잠자리에 들려는 사람처럼 길게 하품을 하며 식탁 앞에 앉았다.

“좋아.” 데이지가 말했다. “무슨 계획을 세울까?” 그녀는 애처롭게 내 쪽을 돌아보았다. “사람들은 무슨 계획을 세우지?”

내가 대답할 틈도 없이, 데이지는 겁에 질린 표정으로 자신의 새끼손가락을 뚫어져라 내려다보았다.

"이거 봐! 나 다쳤어." 그녀가 칭얼거렸다.

우리 모두 쳐다보았다. 그녀의 손가락 마디가 검푸르게 멍들어 있었다.

"톰, 당신 짓이야." 그녀가 비난했다. "일부러 그러지 않았다는 건 알지만, 그래도 당신이 이렇게 했어. 이게 다 내가 짐승 같은 남자와 결혼한 탓이지. 거대하고, 육중하고, 덩치 큰, 근육질 의……."

"난 덩치 크단 말은 딱 질색이야." 톰이 사납게 쏘아붙였다. "농담으로라도 싫어."

"덩치." 데이지는 물러서지 않았다.

데이지와 베이커 양은 도가 지나치지 않게, 말도 안 되는 농담을 섞어 가며 이따금 대화를 나누었는데, 그들의 흰 드레스와 아무 욕망도 없이 냉담한 눈빛만큼이나 냉랭한 그 대화는 결코 허물없는 수다라고 할 수 없었다. 두 여자는 이 자리에 있으면서 톰과 나를 받아 주고 있었지만, 오직 예의상 즐겁게 해 주거나 즐거운 척하려고 노력할 뿐이었다. 그들은 알고 있었다. 저녁 식사는 곧 끝날 것이고, 잠시 뒤면 이 오후도 지나고 그저 무심하게 흘러가 버리리라는 걸. 서부와는 완전히 달랐다. 그곳에서의 저녁은 계속 무너지는 기대감 속에, 혹은 순간 그 자체에 대한 순전하고 과민한

두려움 속에, 끝을 향해 한 단계 한 단계씩 바쁘게 전개되었다.

"널 보면 내가 촌놈처럼 느껴져, 데이지." 나는 코르크 냄새가 나긴 하지만 꽤 괜찮은 적포도주를 두 잔째 마시고 솔직히 털어놓았다. "넌 농작물이나 뭐 그런 이야기는 할 수 없니?"

딱히 무슨 뜻으로 한 말은 아니었다. 그냥 예상치 못하게 그런 말이 흘러나왔던 것이다.

"문명은 산산조각 나고 있어." 톰이 느닷없이 잔뜩 흥분해서 소리쳤다. "이 문제에 대해서라면 난 끔찍한 비관론자야. 혹시 고다드란 사람이 쓴 『유색 인종 제국의 발흥』이란 책 읽어 봤어?"

"글쎄, 못 읽어 봤는데." 나는 그의 말투에 다소 놀랐다.

"흠, 아주 훌륭한 책이야. 누구나 다 읽어 봐야 한다고. 우리가 조심하지 않으면 백인종은 완전히 침몰하고 말 거라는 내용이지. 모두 과학적인 자료들만 담겨 있어. 입증된 사실이라니까."

"톰은 날로 심오해지고 있어." 데이지가 아무 생각 없이 슬픈 표정을 지으며 말했다. "긴 단어들이 나오는 어려운 책들만 읽는다니까. 그런 단어들 있잖아. 우리가⋯⋯."

"글쎄, 이 책들은 모두 과학적이라니까." 톰이 짜증스럽게 그녀를 힐끗 쳐다보며 주장했다. "그 친구가 모든 걸 다 설명해 놓았어. 결국 지배 인종인 우리 백인에게 달려 있단 말이지. 정신 차리고 조심하든가, 아니면 다른 인종이 세상을 지배하게 되든가."

"우리가 그들을 때려눕혀야 해." 데이지는 빛나는 태양을 향해 눈을 마구 깜박이며 속삭였다.

"당신들은 캘리포니아에서 살아야겠어요." 베이커 양이 말을 꺼내는 순간, 톰이 의자에서 육중한 몸을 들썩이며 말을 가로챘다.

"이 책의 주장은 우리가 북유럽 인종이라는 거야. 나도 그렇고 당신도, 또 당신도 그리고……." 톰은 잠깐 망설인 끝에 살짝 고개를 끄덕이며 데이지도 포함시켰다. 그러자 데이지가 다시 나에게 눈을 찡긋했다. "그리고 우리는 문명을 이루는 모든 것을 만들어 냈어. 과학과 예술, 그 밖의 모든 것을 말이야. 알겠어?"

이렇게 열변하는 그의 모습은 어딘가 짠한 구석이 있었다. 자기 만족감이 예전보다 더 절실하게 필요해졌는데도, 더 이상 완전히 채워지지 않는 것 같았다. 바로 그때, 집 안에서 전화벨이 울리고 집사가 베란다를 떠나자, 데이지가 그 틈을 타서 내 쪽으로 몸을 기울였다.

"우리 집안의 비밀을 알려줄게." 데이지가 신이 나서 소곤거렸다. "저 집사의 코에 관한 거야. 저 집사의 코에 대해 좀 들어 볼래?"

"내가 바로 그 얘기를 들으려고 오늘밤 여길 온 거야."

"저 사람은 원래 집사가 아니었어. 뉴욕에서 은 식기를 닦는 사람이었는데 이백 명의 식기를 닦는 일을 했대. 그런데 아침부터 오

밤중까지 은 식기를 닦다가 결국 코에 이상이 오기 시작한 거야."

"설상가상이네." 베이커 양이 한 마디 거들었다.

"그래, 설상가상이지. 결국 그 일을 그만둬야 했어."

발그레하게 달아오른 그녀의 얼굴이, 잠깐 동안 마지막 햇살을 받아 더욱 낭만적으로 보였다. 나는 그녀의 목소리에 이끌려 몸을 앞으로 기울인 채, 숨도 쉬지 않고 귀를 기울였다. 석양이 점차 저물고 있었다. 햇살은 날이 저물어 홍겨웠던 골목길을 떠나야 하는 아이들처럼 서운함에 머뭇거리며 한 줄기 한 줄기 차례로 데이지에게 안녕을 고했다.

집사가 돌아와 톰의 귓가에 뭐라고 속삭였다. 그러자 톰은 얼굴을 찌푸리더니, 의자를 뒤로 밀고 일어나서 한 마디 말도 없이 집안으로 들어가 버렸다. 톰이 사라지자 마음속의 뭔가가 활기를 찾은 듯, 데이지가 다시 몸을 기울였다. 그녀의 목소리는 잔뜩 들떠서 노래를 부르는 것 같았다.

"닉, 이렇게 함께 식사를 하니까 정말 좋다. 당신을 보면 뭐랄까, 장미, 완벽한 장미가 생각나. 안 그래?" 그녀는 베이커 양을 돌아보며 동의를 구했다. "완벽한 장미 같지?"

물론 그건 사실이 아니었다. 나는 눈곱만큼도 장미를 닮지 않았다. 그녀는 그저 생각나는 대로 떠드는 것뿐이었다. 그렇지만 그녀에게서는 마음을 설레게 하는 따스함이 흘러나왔다. 숨 막히고

짜릿한 이 말들 중 하나에 감추어진 그녀의 심장이 나에게로 튀어 나오려고 하는 듯이. 그때 갑자기 데이지가 식탁 위로 냅킨을 내 던지더니 잠깐 실례한다고 말하고는 집 안으로 들어갔다.

베이커 양과 나는 잠깐 아무 의미 없는 시선을 주고받았다. 내 가 막 입을 열려고 하는 순간, 그녀가 민첩하게 허리를 꼿꼿이 세 우면서 "쉿!" 하고 주의를 주었다. 저쪽 방에서 한껏 목소리를 낮 추었지만 격한 감정이 느껴지는 중얼거림이 들려왔다. 베이커 양 은 뻔뻔스럽게 몸을 쭉 빼고 엿들으려고 했다. 중얼거리는 소리는 뭔가 알아들을 법한 문장이 되는 듯하다가, 확 낮아지고, 갑자기 흥분해서 큰 소리가 나는가 싶더니 뚝 그쳐 버렸다.

"아까 말씀하신 개츠비 씨가 제 이웃인데……." 내가 말을 꺼 냈다.

"조용히 하세요. 무슨 말을 하는지 듣고 싶으니까요."

"무슨 일이 생겼나요?" 나는 순진하게 물었다.

"아무것도 모르신단 말씀인가요?" 베이커 양이 진심으로 놀라 서 되물었다. "모두 다 아는 줄 알았는데요."

"전 모릅니다."

"이런……." 그녀가 머뭇거렸다. "톰은 뉴욕에 다른 여자가 있 어요."

"다른 여자가 있다고요?" 나는 어리둥절해서 그녀의 말을 따라

했다.

베이커 양이 고개를 끄덕였다.

"적어도 저녁 식사 시간에는 전화하지 않을 정도의 교양은 있어야 하는 게 아닌가요? 안 그래요?"

그녀의 말뜻을 정확히 알아채기도 전에, 드레스 자락이 펄럭이는 소리와 가죽 승마 부츠가 저벅거리는 소리가 나더니 톰과 데이지가 식탁으로 돌아왔다.

"어쩔 수가 없었어!" 데이지가 부자연스럽지만 애써 명랑한 어조로 외쳤다.

자리에 앉은 그녀는 탐색하는 눈빛으로 베이커 양을 한 번 쳐다보고, 나를 한 번 쳐다보더니, 말을 이었다. "잠깐 밖을 보고 왔는데, 정말 낭만적이었어. 잔디밭에 새 한 마리가 앉아 있더라고. 틀림없이 커나드나 화이트스타라인 운송선을 타고 날아온 나이팅게일일 거야. 새가 멀리서 노래를 하는데……." 그녀의 목소리는 노래하는 것처럼 들렸다. "정말 낭만적이지 않아? 안 그래, 톰?"

"무척 낭만적이군." 톰은 한 마디 대꾸하고는, 나를 애처롭게 쳐다보았다. "저녁 식사 뒤에도 아직 환하면, 마구간을 보여 주고 싶은데 말이야."

갑자기 집 안에서 전화벨이 요란하게 울렸다. 데이지가 톰을 향해 단호하게 고개를 젓는 순간, 마구간을 비롯한 사실상 모든 화제가 허공으로 사라졌다. 파편처럼 깨져 버린 저녁 식사의 마지막 오 분 중에서, 괜히 촛불을 다시 밝혔던 기억이 남아 있다. 나는 모든 사람들을 똑바로 쳐다보고 싶었지만, 사실은 모든 시선을 피하고 있다는 걸 알아차렸다. 데이지와 톰이 무슨 생각을 하고 있는지 짐작할 수도 없었다. 심지어 지독한 냉소주의의 대가인 듯 보이는 베이커 양조차 과연 날카로운 금속성 소리를 다급하게 울려대는 저 다섯 번째 손님을 완전히 무시할 수 있는지 의심스러웠다. 어떤 기질의 사람들에게는 이 상황이 대단히 흥미로울 수도 있었을 것이다. 하지만 나의 본능대로 한다면 당장 경찰에게 전화를 하고 싶었다.

당연히 말을 보러 가자는 이야기는 다시 거론되지도 않았다. 톰과 베이커 양은 마치 만질 수 있을 정도로 가까이 있는 시신 옆에서 밤샘을 하러 가는 사람들처럼 서로 대여섯 발자국 떨어진 채, 어슬렁어슬렁 서재로 돌아갔다. 한편 나는 유쾌하고 흥거운 양, 그리고 반쯤 귀가 먼 양 하려고 애를 쓰며 데이지를 따라 연달아 이어진 베란다들을 빙 돌아서 정문 현관으로 갔다. 짙은 어둠 속에서 우리는 고리버들 세공의 긴 의자에 나란히 앉았다.

데이지는 자신의 사랑스러운 생김새를 확인하려는 듯, 두 손으로 얼굴을 감쌌다. 그녀의 시선이 점차 벨벳 같은 어둠 속으로 향했다. 나는 그녀가 격한 감정에 사로잡혀 있음을 알아차렸다. 그래서 마음을 진정시킬까 싶어, 그녀의 딸에 대해 이것저것 물어 보았다.

"우린 정말 서로를 잘 몰라, 닉." 그녀가 갑자기 말했다. "사촌 지간인데도 말이야. 내 결혼식에도 안 왔잖아."

"그땐 전쟁터에서 돌아오지도 않았어."

"그건 그래." 그녀는 잠시 머뭇거렸다. "닉, 그동안 난 무척 힘든 시간을 보냈어. 그래서 세상만사에 냉소적인 사람이 되었지."

분명히 그럴 만한 까닭이 있었을 것이다. 나는 가만히 기다렸지만, 그녀는 더 이상 아무 말도 하지 않았다. 잠시 뒤에 나는 어쩔 수 없이 다시 그녀의 딸아이에게로 화제를 돌렸다.

"이제 말도 하고 밥도 먹고, 별별 걸 다 하겠구나."

"오, 그렇지." 그녀는 멍하니 나를 바라보았다. "이봐, 닉. 그 애가 태어났을 때, 내가 뭐라고 했는지 알아? 말해 줄까?"

"그래."

"이 얘기를 들으면 내가 왜 이렇게 됐는지 알 수 있을 거야. 그 애가 세상에 태어난 지 한 시간도 안 되었을 때, 톰은 어디론가 사라졌어. 정신을 차리고 깨어난 나는 완전히 버림받은 기분이었어. 간호사에게 딸인지 아들인지 물었더니 딸이라고 하더라. 그래서 난 고개를 돌리고 울며 말했지. '잘됐어. 딸이라 천만다행이야. 부디 멍청한 바보가 돼야 할 텐데. 이 세상에서는 그런 여자가 최고니까. 예쁘고 멍청한 여자.' 내가 세상만사를 얼마나 끔찍하게 생각하는지 알겠지?"

데이지가 확신에 찬 어조로 말을 이었다.

"모두 그런 식으로 생각하지. 진보적인 사람들 대부분은. 나도 알아. 난 안 가 본 곳이 없고, 못 본 게 없고, 안 해본 일이 없다고." 그녀의 눈이 마치 톰처럼 거만하게 번뜩였다. 그녀는 경멸에 기득 찬, 오싹한 웃음소리를 냈다. "닳고 닳았다니까. 맙소사, 난 닳고 닳았어."

하지만 내 관심과 믿음을 강요하던 그녀의 목소리가 사라지자마자, 난 당장 그녀가 한 말의 신빙성에 의심이 들었다. 나는 마음이 불편해졌다. 오늘 저녁에 있었던 일이 전부 나에게서 동정심을 자아내려는 일종의 속임수 같았다. 나는 기다렸다. 과연, 잠시 뒤에 그녀는 그 사랑스러운 얼굴에 완벽하게 천연덕스러운 미소를 띠며 나를 바라보고 있었다. 마치 그녀와 톰이 속해 있는 유명한 비밀 사교 클럽의 회원권을 과시하듯이.

안에서는, 진홍색 방이 불빛을 받아 꽃처럼 화사하게 피어났다. 톰과 베이커 양은 긴 안락의자의 양쪽 끝에 앉아 있었다. 베이커 양은 톰에게 「새터데이 이브닝 포스트」를 큰 소리로 읽어 주고 있었다. 단조롭게 읊조리는 단어들이 마음을 위로하는 곡조처럼 연달아 이어졌다. 전등 불빛에 톰의 부츠는 번쩍거리고 베이커 양의 낙엽 빛깔 머리카락은 뿌옇게 빛났다. 그녀가 잔잔한 근육이 발달한 팔로 페이지를 넘길 때마다, 종이가 반짝 빛을 반사했다.

우리가 들어가자, 그녀는 한 손을 들어 잠깐만 조용히 하라는 손짓을 했다.

"바로 다음 호에 계속됩니다."

그녀는 잡지를 탁자 위에 던졌다. 그리고 초조하게 무릎을 흔들더니 자리에서 벌떡 일어났다.

"열 시네." 그녀는 천장에 걸린 시계를 쳐다보며 말했다. "이 착한 아가씨는 그만 자러 갈 시간이야."

"조던은 내일 시합에 나가거든." 데이지가 설명했다. "웨스트체스터에서."

"아, 당신이 바로 그 조던 베이커로군요."

나는 비로소 그녀의 얼굴이 그토록 낯익은 까닭을 알았다. 유쾌하면서도 도도한 저 표정을 애슈빌과 핫스프링스, 그리고 팜비치에서의 스포츠 활동을 담은 수많은 사진 속에서 본 적이 있었던 것이다. 그녀를 비방하는 불쾌한 소문을 들은 적도 있었는데, 무슨 소문인지는 오래전에 잊어버렸다.

"잘 자." 그녀가 다정하게 말했다. "여덟 시에 나 좀 깨워 줄래?"

“일어나기만 한다면.”

“일어날 거야. 캐러웨이 씨도 안녕히 주무세요. 나중에 또 봐요.”

“또 만나게 될 거야.” 데이지가 장담했다. “사실 난 중매를 설 생각이야. 그러니까 종종 놀러 와, 닉. 두 사람만 따로 엮어 버리거나 그럴 거거든. 우연히 옷장 속에 두 사람을 가두든가, 보트에 태워서 바다로 내보낸다든가 뭐 그런 거 있잖아.”

“잘 자요.” 베이커 양이 계단에서 말했다. “난 한 마디도 못 들은 걸로 할게.”

“착한 아가씨야.” 잠시 뒤에 톰이 말했다. “이런 식으로 변두리를 떠돌게 내버려 둬서는 안 되는데.”

“대체 누가 내버려 둔다는 거야?” 데이지가 차갑게 쏘아붙였다.

“그녀의 가족 말이야.”

“그녀의 가족이라곤 천 살쯤 먹은 아주머니 한 분뿐이셔. 게다가 앞으론 닉이 돌봐 줄 텐데 뭐. 안 그래, 닉? 조던은 올 여름 여기서 몇 주일을 보낼 거야. 가족적인 분위기가 그 애한테 굉장히 좋은 영향을 미칠 거라고 생각해.”

데이지와 톰은 잠시 말없이 서로를 쳐다보았다.

“뉴욕 출신인가?” 내가 재빨리 물었다.

“루이빌 출신이야. 우리는 순수한 소녀 시절을 거기서 함께 보냈지. 우리의 아름답고 순수한……”

"아까 베란다에서 닉에게 속 얘기까지 털어놓았어?" 톰이 불쑥 물었다.

"내가 그랬냐고?" 그녀는 나를 쳐다보았다. "기억이 잘 안 나. 하지만 북유럽 인종에 대해서 얘기했던 것 같아. 그래, 맞아, 그랬어. 우리를 향해 서서히 다가오고 있고, 우리가 제일 먼저 알아야 할 건……."

"무슨 얘기를 들었든 다 믿지는 마, 닉." 톰이 내게 충고했다.

나는 아무 말도 듣지 못했다고 가볍게 말했다. 그리고 잠시 뒤에 집으로 돌아가려고 자리에서 일어났다. 현관까지 나를 따라 나온 두 사람은 밝은 네모난 불빛 속에 나란히 서 있었다. 자동차에 시동을 거는 순간, 데이지가 단호한 목소리로 "잠깐만!" 하고 불러 세웠다.

"뭔가 물어 본다는 걸 깜박했어. 중요한 일이야. 서부에서 어떤 아가씨랑 약혼했다는 소문이 있던데?"

"맞아." 톰이 상냥한 어조로 맞장구를 쳤다. "자네가 약혼했단 소식을 들었어."

"헛소문이야. 내가 무슨 돈이 있어?"

"하지만 분명히 들었다고." 데이지가 우겼다. 순식간에 다시 꽃처럼 활짝 피어난 그녀를 보고 나는 깜짝 놀랐다. "세 사람한테나 들었으니 틀림없어."

물론 그들이 무슨 얘기를 하는지 알고 있었다. 하지만 난 장난으로라도 약혼 따위는 결코 하지 않았다. 사실 교회에서 결혼 예고를 했다는 소문이 공공연히 나돈 것도 내가 동부로 온 이유 중 하나였다. 떠도는 소문 때문에 오랜 친구와의 관계를 끊을 수는 없었지만, 그렇다고 소문에 떠밀려 결혼을 할 생각은 전혀 없었다.

어쨌거나 두 사람의 관심은 꽤나 감동적이었고 부자인 그들에 대한 거리감을 다소 좁혀 주긴 했다. 그럼에도 불구하고 차를 몰고 돌아오는 내내, 나는 혼란스럽고 불쾌한 기분이었다. 내가 보기에 지금 데이지가 해야 할 일은 아기를 안고 당장 그 집에서 뛰쳐나오는 것이었다. 하지만 그녀는 확실히 그럴 의도가 전혀 없어 보였다. 솔직히 톰으로 말하자면, '뉴욕에 여자가 있다.'는 사실보다 오히려 그가 어떤 책 한 권을 읽고 우울해한다는 사실이 더 놀라웠다. 마치 지독히 자기중심적인 그의 건장한 육체가 더 이상 독단적인 그의 심장에 영양분을 제공해 주지 못하는 듯, 그는 케케묵은 사상의 언저리에 달라붙어 갉아먹고 있었다.

도로변 여관의 지붕 위와 주유소 앞은 이미 한여름이었다. 그곳에는 빨간 새 주유기들이 빛의 웅덩이 속에 나와 앉아 있었다. 웨스트에그의 내 집에 도착하자, 나는 차고에 자동차를 넣은 다음, 마당에 버려진 잔디밭을 고르는 롤러 위에 잠시 걸터앉았다. 바람이 불어와 나뭇가지를 탁탁 내려치는 날갯짓 소리가 떠들썩한 빛나는 밤을 만들고, 땅의 충만한 호흡이 개구리들에게 생명을 가득 불어넣을 때 들리는 오르간 소리가 울려 퍼졌다. 순간, 고양이의 검은 그림자가 달빛 속에서 얼씬거렸다. 그쪽을 보려고 고개를 돌리는 순간, 나는 혼자가 아니라는 걸 알았다. 십오 미터쯤 떨어진 곳에 누군가가 이웃집 저택의 그림자 속에서 걸어 나오더니 호주머니에 손을 찔러 넣은 채, 은빛 후춧가루처럼 흩뿌려진 별들을 바라보고 서 있었다. 느긋한 동작과 자신 있게 잔디밭을 딛고 선 자세를 보니, 개츠비 씨가 분명했다. 우리 동네 하늘에서 자기 지분은 얼마나 되는지 결정하러 나온 모양이었다.

나는 그에게 말을 걸어 볼 생각이었다. 저녁 식사 때 베이커 양한테 그에 대한 얘기를 들었으니, 그걸로 소개를 대신할 셈이었다. 하지만 끝내 말을 걸지 못했다. 갑자기 그가 혼자 있는 걸 좋아하는 듯한 암시를 주었기 때문이다. 그는 검은 바다를 향해 두 팔을 쭉 뻗으며 묘한 동작을 취했다. 좀 떨어져 있긴 했지만, 그가 파르르 떨고 있었다고 장담할 수 있다. 나도 모르게 해안 쪽을 힐끗 쳐다보았다. 저 멀리에서 홀로 조그맣게 빛나는 초록 불빛 외에는 아무것도 없었다. 아마 만의 끝에서 흘러나오는 불빛 같았다. 내가 다시 개츠비를 돌아보았을 때, 그는 사라지고 없었다. 나는 떠들썩한 어둠 속에서 다시 혼자였다.

2장

　도로는 웨스트에그와 뉴욕 사이의 중간쯤에서 허둥지둥 철도와 만나서 사백 미터 정도를 나란히 달려간다. 쓸쓸하고 황량한 땅에 겁을 집어먹고 달아나는 것이다. 그 땅은 재의 계곡✢으로, 재가 마치 밀처럼 자라나 산등성이와 언덕과 기묘한 정원을 이루고 있는 환상적인 농장이다. 그곳에서 잿더미는 집들과 굴뚝과 모락모락 피어오르는 연기 모양을 이루다가, 끝내는 어떤 초월적인 노력에 의해, 먼지가 휘날리는 대기 속에서 이미 무너져 내리면서도 가까스로 움직이고 있는 인간의 형상까지 만들어 낸다. 이따금 재를 뒤집어쓴 회색 자동차 행렬이 보이지 않는 길을 따라 꾸물꾸물 기어가다가 소름끼치는 삐걱 소리를 내며 멈추기라도 하면, 당장 회색

✢ **재의 계곡** : 플러싱 메도에 있는 곳으로, 쓰레기와 잿더미로 가득 차 있다가 1939년 세계 박람회장으로 개발되었다.

재의 인간들이 삽을 들고 몰려와서 한 치 앞을 볼 수 없는 먼지 구름을 일으킨다. 그렇게 해서 그들의 모호한 작업을 감추는 것이다.

하지만 잠시 후면, 잿빛 땅과 그 위를 끊임없이 떠도는 황폐한 먼지바람 위로, 닥터 T. J. 에클버그의 눈이 보인다. 닥터 T. J. 에클버그의 눈은 파랗고 거대하다. 그 망막의 높이가 일 미터나 된다. 얼굴 없는 두 눈은 보이지 않는 코 위에 걸쳐진 거대한 노란 안경 뒤에서 바라보고 있다. 어떤 정신 나간 안과 의사가 퀸스에 있는 자기 진료소를 선전하려고 거기에 세웠다가, 영원히 눈이 멀었거나 까맣게 잊고 이사를 가 버린 게 분명했다. 하지만 그의 두 눈은, 수많은 나날 동안 페인트칠도 하지 않고 햇빛과 비에 시달려 조금씩 바래 가면서도, 그 장엄한 쓰레기 처리장을 곰곰이 내려다보고 있었다.

재의 계곡 한 옆으로는 더러운 작은 강이 흐르고 있다. 도개교[*]가 화물선을 통과시키기 위해 올라갈 때면, 기다리고 선 기차의 승객들은 이 음산한 풍경을 삼십 분이나 지켜볼 수도 있다. 최소한 일 분 정도의 정차는 항상 있는데, 내가 처음 톰 뷰캐넌의 정부를 만나게 된 것도 바로 이 때문이었다.

톰에게 여자가 있다는 사실은 그가 알려진 곳에서는 어디서나

---

[*] **도개교** : 큰 배가 밑으로 지나갈 수 있도록 하기 위해서 위로 열리는 구조로 만든 다리.

이야기되었다. 그를 아는 사람들은 그가 대중식당에 여자를 데리고 나타나서 그녀를 테이블에 혼자 남겨 둔 채, 주위를 어슬렁거리다가 아무나 아는 사람을 붙잡고 잡담을 나눈다는 사실에 몹시 분개했다. 나는 호기심에 그 여자를 보고 싶긴 했지만, 만나고 싶은 마음은 없었다. 그러나 결국 만나고 말았다. 어느 날 오후에 톰과 함께 기차를 타고 뉴욕을 가는 길이었다. 우리 기차가 잿더미 근처에서 멈춰 서자, 톰이 자리에서 벌떡 일어나 내 팔을 붙잡더니 말 그대로 강제로 기차에서 끌어냈다.

"내리자고." 그가 고집을 부렸다. "내 여자를 자네에게 보여 주고 싶어."

아무래도 점심에 술을 진탕 마신 모양이었다. 반드시 나를 데리고 가겠다는 그의 결심은 거의 폭력에 가까웠다. 일요일 오후에 내가 딱히 할 일도 없을 거라는 주제넘은 판단이었다.

나는 그를 따라서 철도변의 하얀색 낮은 담장을 넘어갔다. 우리는 닥터 에클버그의 끈질긴 시선을 받으며 도로를 따라 백 미터쯤 되돌아갔다. 눈에 보이는 건물이라고는 쓰레기장 가장자리에 자리 잡은 작고 노란 벽돌 건물 한 채뿐이었다. 그 지역에서 일종의 작은 중심가인 셈이었지만, 주변에는 아무것도 없었다. 그 건물 안에 있는 세 채의 가게들 중 하나는 비어 있었고, 잿더미 길에 면한 다른 하나는 밤새 영업하는 식당이었다. 그리고 나머지 하나가 자동차 정비소였다. 거기에는 〈수리. 조지 B. 윌슨, 자동차 사고 팝니다.〉라는 팻말이 붙어 있었다. 나는 톰을 따라서 가게 안으로 들어갔다.

가게 안은 초라하고 궁색했다. 눈에 보이는 자동차라고는 어두침침한 구석에 먼지를 뽀얗게 뒤집어쓰고 있는 낡은 포드 한 대뿐이었다. 나는 이 정비소의 겉모습은 분명 눈속임이고 위층에는 호화롭고 낭만적인 방들이 감추어져 있을 거란 생각이 들었다. 그때 정비소 주인이 헝겊 조각에 손을 닦으며 사무실 문 앞에 나타났다. 금발에 약간 잘생긴 구석도 있었지만, 활기라곤 전혀 없는 무기력한 남자였다. 우리를 보자, 그의 옅은 푸른색 눈동자에 어렴풋한 희망의 빛이 잠깐 되살아났다.

"잘 있었나, 윌슨." 톰이 쾌활하게 그의 어깨를 툭 치며 말했다. "사업은 어때?"

"뭐, 그저 그래요." 윌슨이 자신 없는 목소리로 대답했다. "그런데 그 차는 저한테 언제 파실 건가요?"

"다음주에. 지금 우리 직원이 처리하는 중일세."

"일이 꽤 느린 친구로군요, 안 그런가요?"

"아니, 그렇지 않아." 톰이 차갑게 말했다. "자네가 그렇게 생각한다면, 아무래도 어디 다른 데다 파는 게 좋겠군."

"그런 뜻이 아니었습니다." 윌슨이 황급히 변명했다. "전 단지……."

윌슨이 말꼬리를 흐렸다. 톰은 초조하게 정비소 안을 두리번거렸다. 그때 계단에서 발소리가 들리더니, 곧이어 몸집이 뚱뚱한 여자가 사무실 문에서 흘러나오는 불빛을 가로막고 섰다. 그녀는 삼십 대 중반에 꽤 뚱뚱한 편이었지만, 몇몇 여자들이 그러하듯 남아도는 살을 육감적으로 사용할 줄 알았다. 물방울무늬가 박힌 검푸른색의 실크 드레스를 입은 그녀의 얼굴은 예쁜 구석이라고는 전혀 없었지만, 마치 온몸의 신경이 끊임없이 지글지글 타고 있는 것처럼 한눈에 봐도 활력이 흘러넘쳤다. 그녀는 천천히 미소를 짓고는 남편이 유령이라도 되는 듯 그 앞을 쓱 지나쳐 오더니, 뜨거운 눈빛으로 톰을 쳐다보며 악수를 했다. 이윽고 침으로 입술을 적신 그녀는 고개도 돌리지 않고 남편에게 낮고 쉰 목소리로 지시했다.

"의자 좀 가져오지 뭐 하고 있어? 그래야 다들 앉을 거 아니야."

"오, 그래."

윌슨이 얼른 대답하더니 작은 사무실 쪽으로 걸어갔다. 그의 모습은 벽의 회색 시멘트색과 뒤섞여 곧 사라졌다. 근처에 모든 것들이 그렇듯이, 그의 검은 양복과 금발도 하얀 재를 뿌옇게 뒤집어쓰고 있었다. 톰의 곁으로 다가오는 그의 아내만이 예외였다.

"보고 싶었어." 톰이 열정적으로 말했다. "다음 기차를 타."

“좋아.”

“지하 신문 가판대 앞에서 기다리지.”

그녀는 고개를 끄덕이고는 조지 윌슨이 의자 두 개를 들고 사무실 문에서 나타나는 순간, 톰으로부터 떨어졌다.

우리는 눈에 띄지 않게 길 아래쪽에서 그녀를 기다렸다. 7월 4일[‡]이 되기 며칠 전이었다. 회색 먼지를 뒤집어쓴 깡마른 이탈리아계 아이가 철도 선로를 따라 폭죽을 일렬로 늘어놓고 있었다.

“끔찍한 곳이야, 그렇지 않나?” 톰이 인상을 찌푸리며 닥터 에클버그를 마주 노려보았다.

“진짜 심하지.”

“여길 벗어나는 게 그 여자한테도 좋아.”

“남편이 뭐라고 하지 않나?”

“윌슨? 그 작자는 아내가 뉴욕에 여동생을 만나러 가는 줄 알아. 자기가 살아 있는지 죽어 있는지도 모르는 멍청이라니까.”

이렇게 해서 톰 뷰캐넌과 그의 애인과 나는 함께 뉴욕으로 향했다. 아니, 꼭 함께는 아니었다. 윌슨 부인은 신중하게 다른 칸을 타고 갔으니까. 혹시 기차에 탈지 모르는 이스트에그 주민들의 감수성을 깊이 염려한 톰의 조치였다.

그녀는 갈색 모슬린 드레스로 옷을 갈아입었다. 톰이 뉴욕 기차 승강장에서 그녀를 부축하여 내릴 때 보니 옷이 그녀의 넓적한 엉덩이를 터질 듯이 팽팽하게 감싸고 있었다. 그녀는 신문 가판대에서 「타운 태틀」 한 부와 영화 잡지 한 권을 샀고, 기차역 약국에서 콜드크림과 향수 작은 병 하나를 샀다.

그리고 지상으로 올라가서는, 요란하게 울려 퍼지는 찻소리 속에서 택시를 네 대나 보낸 후에야 회색 시트가 깔린 라벤더 색깔의 새 택시 한 대를 골랐다. 차에 탄 우리는 기차역의 군중을 벗어나 빛나는 햇빛 속으로 미끄러져 들어갔다. 하지만 곧 그녀가 창문에서 고개를 휙 돌리더니 몸을 앞으로 숙이고 칸막이 유리를 탁탁 두들겼다.

"저 개들 중에 한 마리만 갖고 싶어." 그녀가 간절히 말했다. "아파트에서 기르고 싶단 말이야. 저 개들은 기르기에 딱 좋겠어. 한 마리만."

우리는 반백의 노인에게로 차를 후진했다. 그 노인은 역설적이게도 존 D. 록펠러를 닮았다. 노인의 목에 걸린 바구니 속에는 갓 태어난 혼혈 강아지 열두어 마리가 바글거리고 있었다.

"이 개들 종이 뭔가요?"

노인이 택시 창문 앞으로 오자, 윌슨 부인이 신나서 물었다.

"이런저런 종이 다 있습니다. 어떤 걸 원하시나요, 부인?"

"경찰견으로 한 마리를 갖고 싶어요. 그건 없지요?"

노인은 망설이며 바구니 안을 이리저리 살펴보더니, 손을 쑥 집어넣어 버둥거리는 강아지 한 마리의 목덜미를 잡고 들어올렸다.

"이건 경찰견이 아닌데." 톰이 말했다.

"그렇습죠, 정확히 말하자면 경찰견은 아닙니다요." 노인의 목소리에 실망이 가득했다. "차라리 에어데일에 더 가깝습죠." 노인은 갈색 수건 같은 강아지의 등을 쓰다듬었다. "이 털 좀 보십시오. 끝내줍니다. 이런 강아지는 절대 감기에 걸려 주인을 힘들게 하지는 않을 겁니다요."

"난 귀여운 것 같아." 윌슨 부인이 잔뜩 들떠서 말했다. "얼마죠?"

"이놈 말입니까?" 노인은 애정 어린 눈길로 강아지를 바라보았다. "십 달러는 주셔야 하는데요."

결국 그 에어데일, 비록 다리가 놀랄 만큼 하얗긴 하지만 어느 구석에서든 분명 에어데일과 관련이 있었을 그 개는 주인이 바뀌어 윌슨 부인의 무릎 위에 안착했다. 부인은 추위를 안 탄다는 그 녀석의 털을 황홀한 듯 쓰다듬고 있었다.

"사내애인가요, 계집애인가요?" 부인이 우아하게 물었다.

"그 개요? 그 개는 사내애입죠."

"이건 암캐야." 톰이 딱 잘라 말했다. "여기 돈이오. 그 돈이면 열 마리는 더 살 거요."

우리는 5번가를 향해 달렸다. 여름날 일요일 오후가 마치 전원에 나온 듯 어찌나 따스하고 부드럽던지, 하얀 양 떼가 모퉁이를 돌아 나온다 해도 놀라지 않았으리라.

"잠깐 멈춰요." 내가 말했다. "난 여기서 그만 헤어져야겠어."

"아니, 가지 말게." 톰이 재빨리 가로막았다. "자네가 아파트까지 가지 않으면, 머틀이 섭섭할 거야. 안 그래, 머틀?"

"같이 가요." 그녀가 졸랐다. "제 여동생 캐서린에게 전화할 거예요. 걔는 아는 사람들 사이에서는 무척 예쁘다는 소리를 듣는다고요."

"글쎄, 저도 그러고 싶지만……."

우리는 센트럴파크를 지나 웨스트 100번대 거리 쪽을 향해 달려갔다. 택시는 158번가에서 길고 하얀 케이크 조각 같은 아파트 앞에 멈춰 섰다. 윌슨 부인은 왕궁에 돌아온 왕족처럼 주변을 한 번 쓱 둘러본 다음, 강아지와 다른 물건들을 주워 들고 거만하게 건물 안으로 들어갔다.

"맥키 부부더러 올라오라고 할 거야." 엘리베이터를 타고 올라가는 동안, 그녀가 선언했다. "물론 여동생도 불러야지."

그 아파트는 건물 제일 꼭대기 층에 있었다. 작은 거실과 작은 부엌, 작은 침실, 그리고 욕실이 있었다. 거실은 태피스트리를 씌운 가구들이 문 앞까지 비좁게 들어서 있었다. 가구들이 방에 비해 어찌나 컸던지, 돌아다니다 보면 귀부인들이 베르사유 정원에서 그네를 타고 있는 풍경이 그려진 부분에 걸려 자꾸 넘어지기 바빴다. 벽에 걸린 액자라고는 크게 확대해 놓은 사진 한 장뿐이었다. 분명 뿌연 바위에 앉아 있는 암탉을 찍어 놓은 사진 같은데, 좀 떨어져서 보면, 암탉이 끈 달린 여성용 모자로 바뀌면서, 활짝 웃으며 방을 내려다보고 있는 뚱뚱한 노부인의 얼굴이 보였다. 탁자 위에는「타운 태틀」지난 호 대여섯 권과『베드로라 불린 시몬』이라는 책 한 권, 그리고 브로드웨이의 스캔들을 다루는 싸구려 잡지들이 놓여 있었다. 윌슨 부인은 무엇보다 강아지에게 관심을 쏟았다. 엘리베이터 보이는 마지못해 짚을 가득 채운 상자와 우유를 사러 갔다가 시키지도 않은 딱딱하고 커다란 강아지 비스킷까지 사 가지고 왔다. 그중 하나는 무관심 속에 오후 내내 우유 접시 안에서 흐물흐물 풀어졌다. 한편 톰은 자물쇠를 채운 옷장에서 위스키 한 병을 가지고 나왔다.

나는 평생 동안 취한 적이 딱 두 번 있었는데, 두 번째가 바로 그날 오후였다. 그러므로 그날 벌어진 모든 일들은 내 기억 속에 희미하고 몽롱하게 남아 있다. 오후 여덟 시가 넘도록 그 아파트에는 명랑한 햇살이 한가득 비쳐들었음에도 말이다. 윌슨 부인은 톰의 무릎 위에 앉아 전화로 몇몇 사람들을 불렀다. 이윽고 담배가 떨어졌고, 나는 모퉁이 구멍가게에 담배를 사러 나갔다. 다시 돌아와 보니, 두 사람은 보이지 않았다. 나는 얌전하게 거실에 앉아서 『베드로라 불린 시몬』을 읽었는데, 책 내용이 형편없었는지 위스키 때문인지 도통 무슨 소리인지 알 수가 없었다.

톰과 머틀(한잔 하고 난 이후로 윌슨 부인과 나는 서로 이름을 부르기로 했다.)이 다시 나타나자마자, 일행들이 아파트 문 앞에 속속 도착하기 시작했다.

여동생 캐서린은 삼십 대에 세상 물을 많이 먹은 날씬한 아가씨였는데, 빨간 머리를 뻣뻣하고 착 달라붙은 단발 모양으로 하고 얼굴에는 하얀 분가루를 뒤집어쓰고 있었다. 눈썹을 싹 뽑고서 좀 더 세련된 각도로 다시 그려 넣었는데, 원래 자리에 다시 눈썹이 나는 바람에 되레 얼굴이 지저분해 보였다. 그녀가 몸을 움직일 때마다, 팔에 낀 수많은 도기 팔찌들이 아래위로 부딪히면서 끊임없이 짤랑짤랑 소리가 났다. 어찌나 집주인처럼 서슴없이 쑥 들어와서 꼼꼼하게 집안 가구들을 살펴보던지, 저 여자가 여기 사는 건 아닌가 하는 생각까지 들었다. 하지만 내가 물어 보자, 그녀는 마구 웃어대며 내 질문을 큰 소리로 따라하더니, 자기는 여자 친구와 호텔에서 지낸다고 말했다.

맥키 씨는 얼굴이 창백하고 여성스러운 남자로 아래층에 살고 있었다. 방금 면도를 했는지, 광대뼈에 하얀 비누자국이 남아 있었다. 그는 방 안에 있는 모든 사람들에게 깍듯이 예의를 갖춰 인사를 하고 있었다. 나에게는 자신이 '예술적 유희' 에 종사하고 있다고 소개했는데, 나중에 들은 바로는 사진작가였다. 유령처럼 벽에 떠 있는, 윌슨 부인의 어머니를 찍은 것 같은 저 흐릿한 확대 사진이 바로 그의 작품이었다. 그의 아내는 목소리가 날카롭고 늘쩍지근하며 예쁘장했지만 끔찍했다. 그녀는 자기 남편이 결혼한 이후에 백 번하고도 스물일곱 번이나 자기 사진을 찍어 주었다며 자랑스럽게 말했다.

윌슨 부인은 어느 틈에 다시 옷을 갈아입었는데, 이번에는 공들여 만든 크림색 시폰 야회복으로 차려입었다. 그녀가 옷자락으로 방을 쓸고 다닐 때마다 계속해서 사락사락 소리가 났다. 옷을 바뀌 입고 나니, 그녀의 성격까지 달라진 것 같았다. 자동차 정비소에서 그토록 두드러져 보였던 강한 활력은 인상적인 오만함으로 변했다. 그녀의 웃음, 몸짓, 단정적인 말투는 매 순간 난폭하리만큼 점점 더 거만해졌다. 그녀의 존재가 부풀어 오를수록 그녀를 둘러싼 방은 작아져만 갔고, 마침내 연기가 가득한 공기 속에서 그녀 혼자 시끄럽게 삐거덕거리는 축 위에 올라 빙글빙글 돌고 있는 것처럼 보였다.

"애." 그녀는 잔뜩 거드름을 피우며 여동생에게 높고 큰 목소리로 떠들었다. "그런 작자들 대개가 틈만 나면 속여 먹으려고 든다

니까. 그자들 머릿속에는 오직 돈밖에 없어. 지난주엔 발 좀 봐 달
라고 여자 하나를 이리로 불렀는데, 청구서만 보면 무슨 맹장 수술
이라도 한 줄 알았을 거야."

"그 여자 이름이 뭔데요?" 맥키 부인이 물었다.

"에버하트. 집집마다 다니면서 발 관리를 해 주지."

"전 오늘 당신이 입은 드레스가 참 맘에 들어요." 맥키 부인이
칭찬을 했다. "정말 아름다운 것 같아요."

월슨 부인은 한심하다는 듯이 눈썹을 치켜세우며 상대의 칭찬
을 깔아뭉갰다.

"다 낡아빠진 형편없는 옷인데? 남들 시선 생각하지 않고 편하
게 입을 때 가끔 그냥 걸치는 거야."

"하지만 당신이 입으니 아주 멋진걸요. 제 말이 무슨 뜻인지
아실 거예요." 맥키 부인이 말을 이었다. "체스터가 그런 포즈로
있는 당신을 잡아낼 수만 있다면, 굉장한 걸작 사진이 나올 것 같
네요."

우리 모두 입을 다물고 월슨 부인을 바라보았다. 그녀는 눈 위
로 흘러내린 머리카락을 쓸어 넘기더니 활짝 웃으며 우리를 마주
보았다. 맥키 씨는 고개를 갸우뚱한 채, 열심히 그녀를 관찰하더
니 그녀의 얼굴 앞에서 손을 천천히 앞으로 갔다 뒤로 갔다 하며
뭔가 재 보는 시늉을 했다.

"조명을 좀 바꿔야겠어." 잠시 후에 그가 말했다. "이목구비의 입체감을 뚜렷하게 살리고 싶거든. 그러고는 뒷머리를 한번 싹 묶어 보면……."

"내 생각엔 조명을 바꿀 필요가 없을 것 같은데." 맥키 부인이 목청을 높였다. "내 생각엔……."

그녀의 남편이 "쉿!" 하고 말문을 막았다. 우리 모두는 다시 화제의 주인공에게로 눈길을 돌렸다. 바로 그때 톰 뷰캐넌이 다 들리도록 크게 하품을 하더니 자리에서 벌떡 일어났다.

"뭔가 맥키네가 마실 만한 게 있을 텐데. 머틀, 다들 자러 가기 전에 얼음하고 생수 좀 더 가져와."

"안 그래도 꼬마한테 얼음을 가져오라고 했는데." 머틀은 하층 계급의 게으름에 한심해 죽겠다는 듯 눈썹을 치켜세웠다. "이 사람들은 정말! 온종일 감시를 해야 한다니까."

머틀은 나를 쳐다보며 뜬금없이 깔깔 웃었다. 그러고는 개에게 달려가 정신없이 입을 맞추더니, 마치 열두 명의 요리사가 그녀의 지시를 기다리고 있기라도 한 것처럼 부엌으로 휙 들어가 버렸다.

"롱아일랜드에서 멋진 작품들을 꽤 찍었지요." 맥키가 주장했다.

톰은 멍하니 그를 쳐다보았다.

"그중 두 개는 아래층에 액자를 만들어 걸어 놓았답니다."

"뭐가 두 개라는 거요?" 톰이 물었다.

"작품 두 편이죠. 그중 하나는 '몬턱 포인트[+]-갈매기', 다른 하나는 '몬턱 포인트-바다'라고 제목을 붙였습니다."

머틀의 여동생 캐서린이 소파 위 내 옆자리에 앉았다.

"당신도 롱아일랜드에 사시죠?" 그녀가 물었다.

"웨스트에그에 삽니다."

"정말요? 한 달 전쯤 그 동네 파티에 갔었는데. 개츠비란 사람 집이었어요. 그 사람을 아세요?"

"바로 옆집에 삽니다."

"사람들 말이 그분이 빌헬름 황제의 조카래요. 그분의 모든 돈이 거기서 나온다는데요."

"그래요?"

그녀는 고개를 끄덕였다.

"난 그 사람이 무섭더라고요. 나한테 무슨 관심이라도 보이면 싫을 거예요."

내 이웃에 관한 이 흥미로운 정보는 갑자기 맥키 부인이 캐서린을 가리키는 바람에 중단되고 말았다.

"체스터, 내 생각엔 이 여자 분과도 뭔가 할 수 있을 것 같아요."

그녀가 불쑥 끼어들었다. 하지만 맥키 씨는 성가신 듯 고개만 까딱하고는 다시 톰에게 관심을 돌렸다.

"전 롱아일랜드에서 좀 더 작업을 하고 싶습니다. 처음 발만 들여놓을 수 있다면 말이죠. 제가 원하는 건 단지 시작할 기회만 달라는 겁니다."

"머틀에게 부탁해 보시오." 윌슨 부인이 쟁반을 들고 들어오자, 톰은 짧게 너털웃음을 터트리며 말했다. "그녀가 소개장을 써 줄 거요, 안 그래, 머틀?"

"뭘요?" 윌슨 부인이 놀라서 물었다.

"맥키에게 당신 남편 앞으로 소개장을 써 주라고. 그럼 당신 남편과 멋진 작품을 찍을 수 있을 거야." 톰이 잠시 제목을 궁리하며 입술을 달싹거렸다. "'주유기 앞의 조지 B. 윌슨' 뭐 그런 제목으로 말이야."

캐서린이 내 쪽으로 몸을 기울이며 내 귓가에 대고 속삭였다. "저 사람들은 둘 다 자기 결혼 상대를 견딜 수 없어 해요."

"그래요?"

"견딜 수가 없대요." 그녀는 머틀을 한 번 쳐다본 다음, 톰을 쳐다보았다. "제 말은요. 그렇게 서로 견딜 수 없으면, 왜 계속 같이 사는 거죠? 내가 저 사람들이라면, 당장 이혼하고 서로 결혼할 텐데 말이죠."

"머틀도 윌슨을 싫어하나요?"

이 질문에 뜻밖의 대답이 돌아왔다. 옆에서 내 말을 들은 머틀이 직접 대답한 것이다. 사납고 음탕한 대답이었다.

"봤죠?" 캐서린이 의기양양하게 소리쳤다. 그러더니 다시 목소리를 낮추었다. "사실 두 사람을 갈라놓고 있는 장본인은 톰의 아내예요. 가톨릭 신자래요. 가톨릭 신자들은 이혼을 허락하지 않잖아요."

데이지는 가톨릭 신자가 아니었다. 나는 이 교묘한 거짓말에 다소 충격을 받았다.

"두 사람이 결혼하면, 잠잠해질 때까지 한동안 서부로 가서 살 거래요." 캐서린이 말을 이었다.

"유럽으로 가는 게 더 나을 텐데요."

"오, 유럽을 좋아하세요?" 그녀가 놀라서 소리쳤다. "저는 바로 얼마 전에 몬테카를로에서 돌아왔어요."

"그렇군요."

"바로 작년에 말이죠. 여자 친구랑 갔었어요."

"오래 머물렀나요?"

"아니요. 그냥 몬테카를로만 갔다가 돌아왔어요. 마르세유를 지나서 갔어요. 떠날 때 천이백 달러도 넘게 가져갔는데, 특실에서 지내다가 이틀 만에 몽땅 털렸지 뭐예요. 돌아오느라 엄청 고

생했어요. 맙소사, 정말이지 그 도시라면 지긋지긋해요!"

늦은 오후, 잠깐 동안 꿀을 머금은 푸른 지중해 같은 하늘이 창 밖으로 펼쳐졌다. 그때 맥키 부인의 날카로운 목소리가 들려와 다시 방 안으로 시선을 돌렸다.

"나도 하마터면 실수를 저지를 뻔했죠." 그녀가 목청을 높였다. "나를 몇 년 동안이나 쫓아다니던 별 볼일 없는 유대인이랑 결혼할 뻔했다니까요. 그자가 나보다 천한 계층이란 건 알고 있었죠. 다들 계속해서 이렇게 말했으니까요. '루실, 저 남자는 너보다 급이 낮아!' 하지만 체스터를 안 만났더라면, 분명히 그 남자 손에 넘어갔을 거예요."

"그랬겠지. 하지만 이봐." 머틀 윌슨이 고개를 끄덕이며 말했다. "적어도 당신은 그 남자와 결혼하지는 않았잖아."

"물론 안 했죠."

"글쎄, 난 했어." 머틀이 모호하게 말했다. "그게 바로 당신과 나의 차이야."

"왜 그랬어, 머틀?" 캐서린이 물었다. "억지로 시키는 사람도 없었는데."

머틀이 잠시 생각했다.

"난 그 사람이 신사라고 생각해서 결혼했어. 예의범절을 좀 안다고 생각했지. 그런데 내 신발 핥을 자격도 없는 인간이었어."

"그래도 한동안 그에게 미쳤었잖아." 캐서린이 말했다.

"내가 그에게 미쳤었다고!" 머틀이 어처구니없다는 듯 소리쳤다. "대체 누가 그래? 난 한 번도 저기 저 사람한테만큼도 그 작자에게 미쳤던 적이 없어!"

갑자기 그녀가 나를 가리켰다. 모든 사람들이 나를 비난하는 눈길로 쳐다보았다. 난 그녀의 과거와 아무 상관이 없다는 표정을 지어 보이려고 애를 썼다.

"내가 정말 미쳤었던 건 그 남자와 결혼한 그 순간뿐이었어. 금방 실수했다는 걸 깨달았지. 다른 사람의 정장을 빌려 입고 결혼식을 올리고는 내게 입도 뻥끗하지 않았지 뭐야. 어느 날 그 작자가 나가고 없을 때, 임자가 찾으러 왔더라고." 그녀는 우리가 자기 말을 듣고 있는지 빙 둘러보았다. "내가 말했지. '오, 이게 당신 양복이라고요? 그런 말은 처음 들어 보는군요.' 그래도 그자에게 옷을 내주었어. 그러고는 드러누워 저녁 내내 펑펑 울었어."

"정말이지 언니는 그 사람에게서 벗어나야만 해요." 캐서린이 나에게 말했다. "십일 년 동안이나 그 정비소에서 살고 있다니까요. 톰은 언니가 처음 사귄 애인이에요."

이제 두 번째 위스키 병이 필요하다는 게 거기 있는 모든 사람들의 한결같은 의견이었다. 캐서린만이 예외였다. 그녀는 술 한 방울 안 마셔도 똑같이 기분이 좋다고 했다. 톰은 벨을 울려 수위를 불렀다. 그리고 그곳에서 유명하다는 샌드위치를 사 오게 했다. 그것만으로도 완벽한 저녁 식사가 될 정도였다. 난 밖으로 나가서 부드러운 어스름 속에 공원을 향해 동쪽으로 산책을 하고 싶었다. 하지만 나가려고 할 때마다, 뭔가 격렬하고 시끄러운 논쟁에 휘말려서, 마치 밧줄에 걸린 듯 번번이 다시 의자에 주저앉곤 했다. 도시 위로 높이 솟은 이 방의 노란 창문들은 차츰 어두워지는 길을 지나가다 무심히 올려다본 사람들에게 인간의 비밀을 적당히 떼어 주고 있을 것이다. 나 또한 무심코 올려다보고 궁금해하는, 그런 사람이었다. 나는 안에 있으면서 동시에 밖에 있었다. 헤아릴 수 없이 다양한 삶의 모습에 매혹당하면서 동시에 진저리를 쳤다.

머틀이 내 쪽으로 의자를 끌어당기더니 갑자기 뜨거운 숨을 내뿜으며 처음 톰을 만났을 때의 이야기를 쏟아냈다.

"서로 얼굴을 마주보고 앉아야 하는 비좁은 2인 좌석이었어요. 기차를 타면 항상 제일 마지막까지 비는 자리죠. 나는 여동생과 만나 하루 자고 오려고 뉴욕으로 올라가는 길이었어요. 그이는 정장 양복을 입고 에나멜가죽 구두를 신고 있었는데, 난 도저히 눈을 뗄 수가 없었어요. 그이가 날 쳐다볼 때마다, 그의 머리 위로 광고판을 보는 척해야만 했죠. 기차역으로 들어섰을 때, 그이가 내 옆자리로 오더니 하얀 셔츠 앞가슴으로 내 팔을 지그시 누르더군요.

내가 경찰을 부르겠다고 말했지만, 그이는 거짓말인 줄 알고 있었어요. 난 어찌나 흥분했는지, 그이와 함께 택시에 올라타고도 지하철을 타지 않았다는 사실조차 깨닫지 못했다니까요. 그때 머릿속에 계속 맴도는 생각은 그저 한 가지뿐이었어요. '어차피 죽을 인생인데. 어차피 죽을 인생인데.'"

머틀이 맥키 부인을 돌아보았다. 그녀의 인위적인 웃음소리에 온 방이 쩌렁쩌렁 울렸다.

"이봐." 머틀이 소리쳤다. "이 드레스를 벗으면 곧바로 당신 줄게. 나는 내일 다른 걸 사야겠어. 안 그래도 사야 할 물건 목록을 죄다 적으려고 해. 마사지 기구랑 파마 기구, 개목걸이, 그리고 또 스프링 달린 귀엽고 앙증맞은 재떨이 하나. 엄마 무덤에 놓을 까만 비단 리본이 달린 화환도. 그거면 한여름은 가겠지. 까먹지 않게 사야 할 물건들을 죄다 적어야겠어."

아홉 시였다. 그리고 바로 얼마 후에 시계를 보니, 벌써 열 시였다. 맥키 씨는 주먹 쥔 손을 무릎 위에 올려놓은 채, 의자에서 잠이 들었다. 그 모습이 작전 중인 군인 사진 같았다. 나는 손수건을 꺼내 그의 뺨에 말라붙은 비누 자국을 닦아 냈다. 저녁 내내 눈에 거슬렸던 것이다.

강아지는 식탁 위에 앉아 제대로 뜨지도 못하는 눈으로 담배 연기 자욱한 방을 둘러보았다. 그리고 이따금 희미하게 끙끙거렸다.

사람들이 사라졌다 다시 나타났고, 어딘가 가자고 계획을 세우다가 곧 서로를 잃어버렸다. 그래서 서로를 찾아 나서면 바로 코앞에서 발견하곤 했다. 자정이 다 됐을 무렵, 톰 뷰캐넌과 윌슨 부인이 얼굴을 맞대고 서서, 그녀가 데이지의 이름을 부를 자격이 있는지 없는지를 두고 격하게 말다툼을 벌였다.

"데이지! 데이지! 데이지!" 윌슨 부인이 악을 썼다. "내가 부르고 싶을 때 언제든지 부를 거야! 데이지! 데이……."

톰 뷰캐넌이 빠르고 능숙하게 손바닥으로 그녀의 콧등을 내려쳤다.

이윽고 욕실 바닥에는 피 묻은 수건이 나뒹굴고, 비난하는 여자들의 목소리와 이 소란스러운 와중에도 오랫동안 끊어질 듯 다시 이어지는 고통에 찬 울부짖음이 들려왔다. 졸다 깨어난 맥키 씨는 얼떨결에 문 쪽으로 달려갔다. 반쯤 가다가 뒤로 돌아서더니, 이 모든 광경을 멀뚱멀뚱 쳐다보았다. 그의 부인과 캐서린은 구급약 상자를 들고 꽉 들어찬 가구들 사이로 이리저리 걸려 넘어지면서 비난을 하다가 위로를 하다가 하고 있었다. 한편 소파에서는 비탄에 빠진 인물이 피를 펑펑 쏟으면서도 베르사유 풍경이 그려진 양탄자 위에「타운 태틀」잡지를 깔려고 애를 쓰고 있었다. 잠시 후 맥키 씨가 다시 돌아서더니 그대로 밖으로 나가 버렸다. 나도 샹들리에에서 모자를 집어 들고 뒤를 따랐다.

“언제 점심이나 같이 하지요.” 삐걱거리는 엘리베이터를 타고 내려가면서, 그가 제안했다.

“어디서요?”

“어디든 괜찮습니다.”

“지렛대에 손대지 마세요.” 엘리베이터 보이가 쏘아붙였다.

“미안하네.” 맥키 씨가 위엄 있게 사과했다. “손대고 있는 줄 몰랐군.”

“좋습니다.” 내가 동의했다. “기꺼이 그렇게 하죠.”

……나는 그의 침대 옆에 서 있었고, 그는 속옷만 걸친 채 시트로 몸을 가리고 일어나 앉아 있었다. 그의 손에는 커다란 포트폴리오가 들려 있었다.

“「미녀와 야수」…… 「외로움」…… 「식료품점의 늙은 말」…… 「브루클린 다리」…….”

이윽고 나는 펜실베이니아 기차역의 추운 지하 대합실에서 「트리뷴」 조간신문을 보며 반쯤 잠이 들어 누워 있었다. 새벽 네 시 기차가 오기를 기다리면서.

3장

　여름 내내 밤마다, 이웃집 마당에서는 음악소리가 흘러나왔다. 개츠비의 푸른 정원에서는 남자들과 아가씨들이 속삭임을 주고받으며 샴페인과 별들 사이를 나방처럼 오고갔다. 오후 만조 때면 그의 손님들이 부잔교 탑에서 다이빙을 하거나 해변의 뜨거운 모래사장에서 일광욕을 하는 광경이 보였다. 한편에서는 그의 모터보트 두 대가 물거품 위로 수상스키를 끌며 좁은 해협의 물살을 갈랐다. 주말이면 그의 롤스로이스는 전용 버스가 되어, 아침 아홉 시부터 자정이 넘은 늦은 시각까지 파티 손님들을 도심에서 이곳으로 속속 실어 날랐다. 그리고 그의 스테이션왜건은 기차를 타고 도착하는 손님들을 맞이하느라 팔팔한 노란 딱정벌레처럼 날쌔게 움직였다. 월요일에는 특별 채용된 정원사를 포함한 여덟 명의 하인들이 걸레와 솔, 망치, 전지가위 등을 들고 전날 밤 망가진 곳을 고치느라 온종일 땀을 흘렸다.

매주 금요일에는 오렌지와 레몬 다섯 상자가 뉴욕의 과일 가게로부터 도착했다. 그리고 월요일이면 반으로 갈라져 과육은 사라진 오렌지와 레몬이 그의 집 뒷문에 피라미드를 이루고 있었다. 부엌에는 집사가 작은 버튼을 이백 번 누르기만 하면, 삼십 분에 이백 개의 오렌지를 짜낼 수 있는 기계가 있었다.

적어도 이 주에 한 번은 한 무리의 연회 준비 전문가들이 수백 미터의 천막과 개츠비의 드넓은 정원을 크리스마스트리로 만들기에 충분한 색색가지의 전구를 가지고 내렸다. 뷔페 테이블은, 윤기 나는 전채 요리와 알록달록하게 담아 놓은 샐러드에 맞서 수북이 쌓인 양념 구이 햄, 돼지고기 페이스트리, 그리고 마법에 걸려 거무스름한 황금색으로 변한 칠면조로 장식되어 있었다. 중앙 홀에는 진짜 놋쇠 난간이 달린 바가 세워졌고, 진과 독주, 그리고 너무 오랫동안 잊혔던 탓에 젊은 여자 손님들 대부분은 뭐가 뭔지 구별조차 하지 못하는 과일주들이 넘쳐났다.

일곱 시경에는 오케스트라가 도착했다. 보잘것없는 그렇고 그런 5인조 악단이 아니라, 오보에며 트롬본, 색소폰, 비올, 코넷, 피콜로, 큰북, 작은북까지 모두 갖춘 완벽한 오케스트라였다. 이제 제일 늦게까지 남아 수영하던 사람들까지 해변에서 돌아와 위층에서 옷을 갈아입고 있었다. 뉴욕에서 온 차들이 도로에 다섯 줄로 주차를 했다. 홀과 살롱과 베란다는 이미 원색적인 색깔들과 독특한 최신 스타일로 손질한 머리들, 그리고 카스티야*산(産) 숄보다도 더 좋은 화려한 숄들로 휘황찬란했다. 바는 한창 성업 중이었고, 머리 위로 둥둥 떠서 돌고 있는 칵테일 쟁반은 바깥 정원으로까지 이어졌다. 수다와 웃음, 그리고 그때그때 튀어나오는 비꼬는 농담, 돌아서면 잊어버리는 형식적인 소개, 서로 이름조차 모르는 여자들끼리 나누는 열광적인 인사 등으로 분위기는 한껏 달아올랐다.

지구가 한쪽으로 기울어지며 태양이 그 빛을 잃을수록, 조명은 더욱 빛을 발했다. 이제 오케스트라는 선정적인 칵테일 뮤직을 연주하고 있었고, 오페라 같은 고음의 목소리는 더 높아졌다. 순간순간 웃음이 더 헤퍼졌고, 걷잡을 수 없이 터져 나왔으며, 재밌는 말 한 마디마다 꼬리처럼 따라붙었다. 사람들은 더 빨리 자리를 바꾸었고 새로 도착하는 손님들로 점점 숫자가 늘어났다. 그리고 숨 돌릴 틈도 없이 흩어졌다 다시 모였다. 벌써부터 정원을 헤매고 돌아다니는 남자들과, 좀 더 얌전하게 가만히 있는 사람들 사이를 여기저기 누비고 다니는 자신만만한 여자들이 있었다. 그녀들은 모임의 중심이 되어 짜릿하고 즐거운 한순간을 누린 다음,

---

✤ **카스티야**: 스페인의 옛 왕국.

곧 승리감에 도취되어 끊임없이 반짝이는 불빛 아래에서 변화무쌍한 얼굴들과 목소리들과 색깔들 사이를 스르르 미끄러져 가는 것이었다.

갑자기 이 집시 여인들 중 하나가 오팔 팔찌를 찰랑거리며 허공에 떠다니던 칵테일 한 잔을 집어 들더니 용기를 내기 위해 단숨에 들이켰다. 그러고는 프리스코*처럼 두 손을 움직이며 천막 무대 위에서 홀로 춤을 추기 시작했다. 일순간 정적이 흘렀다. 오케스트라 지휘자는 친절하게 그녀에게 리듬을 맞춰 주었고, 저 여자가 바로 「폴리스」**에서 길다 그레이의 대역 배우라는 억측이 돌자, 사람들은 한바탕 술렁거렸다. 파티가 시작된 것이다.

아마 내가 개츠비의 저택을 처음으로 방문했던 그날 밤에, 나처럼 정식으로 초대받아 온 손님은 몇 명 되지 않았을 것이다. 사람들은 초대받지 않고도 그곳에 왔다. 사람들을 롱아일랜드로 실어 나르는 자동차에 올라타고 개츠비의 문 앞에 내리기만 하면 끝이었다. 일단 그곳에 오면 으레 개츠비를 아는 누군가와 인사를 나누게 되고, 그런 다음에는 놀이공원에 어울리는 행동 규칙에 따라 행동하면 그만이었다. 때로는 왔다가 개츠비의 얼굴 한 번 보지 않고 돌아가기도 했는데, 그렇게 단순한 마음으로 파티에 참석했

---

* **프리스코** : 당대의 코미디언이며 괴짜 무용수 조 프리스코를 말한다.
** **「폴리스」** : 글래머러스한 여성이 등장하는 시사 풍자극.

고 그것 자체가 초대장인 셈이었다.

하지만 나는 정식으로 초대를 받았다. 토요일 아침 일찍, 개똥지빠귀 알 같은 푸른색 제복을 입은 운전기사가 우리 집 잔디밭을 가로질러 찾아왔던 것이다. 놀랄 만큼 깍듯이 격식을 갖춘 주인의 초대장을 들고서. 거기에는, 그날 밤 열리는 그의 '소박한' 파티에 내가 참석해 준다면 그에게 큰 영광이 될 것이라고, 나를 몇 번 본 적이 있으며 오래전부터 나를 방문하고 싶었지만 복잡한 여러 가지 사정 때문에 그러지 못했노라고 적혀 있었다. 그리고 마지막에는 위엄 있는 필치로 '제이 개츠비' 라고 서명이 되어 있었다.

나는 하얀 플란넬 양복을 차려입고, 일곱 시가 조금 넘은 시각에 그의 잔디밭으로 건너갔다. 비록 통근 열차에서 만났던 얼굴도 더러 있긴 했지만, 전혀 모르는 사람들의 소용돌이와 물결 속에서 나는 어쩔 줄 모르고 서성거렸다. 하지만 곧 점점이 박혀 있는 젊은 영국인들에게 관심이 쏠렸다. 다들 옷을 잘 차려입었지만 어딘가 굶주린 듯한 표정이었고, 견실하고 부유해 보이는 미국인들에게 낮고 진지한 목소리로 이야기를 하고 있었다. 뭔가 팔고 있는 게 분명했다. 채권이나 보험이나 자동차 따위를. 그들은 최소한 눈먼 돈이 가까이 있다는 걸 뼈에 사무치게 알고 있었고, 적당한 말 몇 마디면 그 돈이 자기 차지가 될 거라고 확신하고 있었다.

그곳에 도착하자마자, 나는 집주인을 찾아보려고 했다. 하지만 두세 사람을 붙잡고 그의 소재를 물어 보자 어찌나 깜짝 놀란 표정으로 나를 뻔히 쳐다보며 자기는 아무것도 모른다고 격렬하게 부인을 하던지, 나는 칵테일 테이블 쪽으로 슬금슬금 물러나고 말았다. 그곳은 이 정원 안에서 외톨이 남자가 할 일 없어 보이거나 외로워 보이지 않고 머물 수 있는 유일한 장소였다.

이 순전한 어색함을 이기지 못하고 잔뜩 퍼 마시러 가던 길이었다. 그때 조던 베이커가 저택에서 걸어 나와 대리석 계단 꼭대기에 우뚝 서더니, 살짝 몸을 뒤로 젖히고는 경멸과 흥미가 뒤섞인 표정으로 정원을 내려다보고 있었다.

환영을 받든 받지 못하든, 지금은 지나가는 아무에게나 친근한 말을 건네기 시작하기 전에 누구라도 붙잡아야 할 필요성을 느꼈다.

"안녕하세요!" 나는 그녀를 향해 다가가며 큰 소리로 외쳤다. 정원에 울려 퍼지는 내 목소리가 부자연스러울 정도로 크게 들렸다.

"당신이 왔을지도 모른다고 생각했죠." 내가 계단을 올라가자, 그녀가 멍한 얼굴로 대답했다. "옆집에 사신다고 했지요."

그녀는 마치 나를 돌봐 주겠다는 약속을 하듯 무덤덤하게 나와 악수를 나누었다. 그러고는 쌍둥이처럼 노란 드레스를 입고 계단 발치에 서 있는 두 아가씨의 말에 귀를 기울였다.

"안녕하세요!" 두 사람은 입을 모아 외쳤다. "우승을 못해서 안타까워요."

골프 시합 얘기였다. 그녀는 지난주 결승전에서 패배했던 것이다.

"우리가 누군지 모르시죠?" 노란 드레스를 입은 아가씨들 중 한 명이 말했다. "한 달 전에 여기서 만났었는데."

"그 사이에 머리를 염색했나 보군."

조던이 던지는 말에, 순간 나는 움찔했다. 하지만 두 아가씨들이 무심히 자리를 옮겨 버리는 바람에, 분명 출장 요리사의 바구니에서 꺼낸 저녁 식사처럼 (즉흥적으로) 튀어 나온 그녀의 말은 초저녁달에게로 날아가 버렸다. 황금빛으로 그을린 가느다란 조던의 팔을 내 팔 위에 걸친 채, 우리는 계단을 내려와서 정원을 산책했다. 어스름을 헤치고 칵테일 쟁반이 우리 앞까지 둥둥 떠왔다. 우리는 노란 드레스를 입은 두 아가씨와 남자 세 사람과 함께 테이블에 앉았다. 세 남자들은 제각기 '멈블' 이라고 자신을 소개했다.

"이런 파티에 자주 오나요?" 조던이 옆에 앉은 아가씨에게 물었다.

"지난번 당신을 만났을 때가 마지막이었어요." 아가씨는 똑 부러지고 자신감 넘치는 목소리로 대답했다. 그녀는 친구를 쳐다보았다. "너도 그렇지, 루실?"

루실도 마찬가지였다.

"전 파티 오는 게 좋아요." 루실이 말했다. "뭘 하든 전혀 신경을 쓰지 않아도 되니까, 항상 즐거운 시간을 보내죠. 지난번에 여기 왔을 때, 의자에 걸려 가운이 찢어졌어요. 그 사람이 내게 이름과 주소를 묻더군요. 그러고는 일주일도 안 돼서 크루아리에의 새 이브닝 가운이 든 소포를 받았지 뭐예요.”

“그 옷을 받았어요?” 조던이 물었다.

“물론이죠. 오늘밤 입으려고 했는데, 가슴 부분이 너무 헐렁해서 수선을 해야만 했어요. 라벤더색 구슬이 달린 연푸른색 드레스예요. 265달러짜리죠.”

“사실 그런 행동은 좀 웃긴 구석이 있어요.” 다른 아가씨가 흥분해서 떠들었다. “어느 누구하고도 절대 말썽을 일으키고 싶지 않은 거죠.”

“누가 말인가요?” 내가 물었다.

“개츠비요. 어떤 사람한테 들었는데…….”

두 아가씨와 조던은 친밀하게 서로 몸을 기댔다.

“누군가가 그러는데, 아무래도 그 사람이 예전에 살인을 저지른 것 같대요.”

오싹한 전율이 우리 모두를 스치고 지나갔다. 세 명의 멈블 씨는 몸을 앞으로 숙이고서 열심히 귀를 기울였다.

“그건 아닐 거야.” 루실이 의심스러운 어조로 반박했다. “오히려 전쟁 동안 독일 스파이였다는 말이 더 그럴듯해.”

남자들 중 하나가 고개를 끄덕이며 동의했다.

"저도 그 사람 일이라면 모르는 게 없는 어떤 사람한테서, 독일에서 그와 함께 자랐다는 얘길 들었습니다."

그의 말은 신빙성 있게 들렸다.

"오, 그렇지 않아요." 첫 번째 아가씨가 말했다. "그럴 리가 없어요. 왜냐면 그 사람은 전쟁 동안 미군에 복무했거든요." 우리의 신뢰가 다시 그녀에게로 쏠리자, 그녀는 흥분해서 몸을 잔뜩 앞으로 숙였다. "가끔 아무도 자길 보고 있지 않다고 생각할 때 그 사람의 모습을 한 번 보세요. 사람을 죽인 게 분명하다니까요."

그녀는 눈살을 찌푸리며 몸서리를 쳤다. 루실도 부르르 몸을 떨었다. 우리 모두 고개를 돌리고 개츠비를 찾아보았다. 세상에 수군거리고 다닐 만한 일이 뭐 있냐는 생각을 하는 사람들까지 그에 대해서는 수군거린다는 사실, 이것이 바로 그가 불러일으키는 낭만적 추측에 대한 증거였다.

이제 첫 번째 저녁 식사—자정 이후에 또 한 번 식사가 나올 예정이었다.—가 나오고 있었다. 조던은 자기 일행과 합석하자고 나를 초대했다. 그들 일행은 정원 다른 쪽에 놓인 테이블 하나를 차지하고 앉아 있었는데, 부부 세 쌍과 조던의 동행자로 온 끈덕진 대학생이었다. 거친 농담을 몹시 즐기는 그는 조만간 조던이 그에게 어느 정도 굴복하리라는 생각을 갖고 있는 게 분명했다.

이들은 여기저기 어슬렁거리는 대신에, 자기들끼리 고상한 동질성을 유지했다. 그리고 자기 동네의 근엄한 기품을 대표하는 역할을 떠맡았다. 이스트에그 사람들은 웨스트에그 사람들에게 짐짓 겸손하게 굴면서도 이 동네의 야단스러운 환락을 조심스럽게 경계했다.

"그만 가요." 쓸데없이 불편하기만 한 삼십 분을 보낸 후에 조던이 속삭였다. "내가 있기에는 너무 점잖은 자리군요."

우리는 자리에서 일어났다. 조던은 대학생에게 집주인을 찾으러 간다고 설명했다. 그녀는 내가 아직 그를 만나 보지 못했기 때문이라고 덧붙였는데, 그 말에 나는 마음이 불편해졌다. 대학생은 냉소적이면서도 우울한 태도로 고개를 끄덕였다.

우리가 제일 먼저 슬쩍 살펴본 곳은 바였는데, 사람들로 붐볐지만 개츠비는 없었다. 조던이 계단 꼭대기에서 살펴봐도 찾지 못했고, 베란다에도 없었다. 우연히 우리는 꽤나 거창해 보이는 방문을 열고, 천장이 높은 고딕 양식의 서재 안으로 걸어 들어갔다. 벽에는 무늬를 새긴 영국산 떡갈나무 패널을 대었는데, 바다 건너 어느 유적지를 통째로 수송해 온 것 같았다.

커다란 올빼미 안경을 쓴, 뚱뚱한 중년 남자가 거나하게 술에 취한 듯 커다란 책상 가장자리에 걸터앉아서 불안정한 시선으로 책꽂이를 노려보고 있었다. 우리가 들어가자, 그가 흥분해서 몸을 휙 돌리더니 조던을 머리끝부터 발끝까지 훑어보았다.

"어떻게 생각하시오?" 그가 다짜고짜 물었다.

"뭘요?"

그는 책꽂이를 향해 손짓을 했다.

"저거 말이요. 사실상 군이 확인해 볼 필요도 없소. 내가 확인했으니까. 저것들은 진짜요."

"책 말인가요?"

그가 고개를 끄덕였다.

"완벽한 진짜 책이란 말이오. 겉장만 있는 게 아니고 내용과 모든 게 다 있소. 난 저것들이 마분지로 꽤 그럴듯하게 만든 가짜일 거라고 생각했소. 그런데 완벽한 진짜였소. 안에 내용도 있고 여기! 이것 좀 보시오."

우리가 의심하는 게 당연하다는 듯, 그는 책장으로 달려가서 『스토다드 강연집』*의 1권을 뽑아들고 돌아왔다.

"보시오!" 그가 의기양양하게 소리쳤다. "인쇄된 종이로 만든 진짜 책이란 말이오. 이 친구야말로 진정한 벨라스코**요. 이건 대단한 업적이오. 얼마나 철두철미한지! 얼마나 사실주의적인지!

＊ 『스토다드 강연집』: 존 로슨 스토다드(1850~1931)는 미국 작가, 강연가로 특히 여행 강연이 대중적 인기를 끌었다. 『스토다드 강연집』은 총 10권으로 전 세계 유명 여행지에 관한 내용을 담고 있다.

＊＊ 벨라스코: 데이비드 벨라스코는 당시 미국의 배우 겸 극작가였다. 특별히 성공한 작품은 없지만 철저하게 사실주의적으로 꾸민 무대로 유명했다.

게다가 언제 멈춰야 할지도 알고 있구려. 붙어 있는 책장을 뜯지도 않은 걸 보니.✛ 그런데 당신들은 무슨 일이오? 뭘 찾고 있는 거요?”

그는 내게서 책을 휙 낚아채더니, 한 권이라도 빠지면 서재 전체가 무너질지도 모른다고 중얼거리며 황급히 책꽂이에 도로 꽂았다.

“누가 들여보내 준 거요?” 그가 추궁했다. “아니면 그냥 들어온 거요? 난 누가 들여보내 줬소. 대부분 그렇게 오던데.”

조던은 잠자코 유쾌한 표정으로, 그러나 경계하며 그를 바라보았다.

“난 루스벨트란 여자를 따라왔소.” 그가 말을 이었다. “클로드 루스벨트 부인. 혹시 그분을 아시오? 어젯밤 어디선가 만났지. 난 지금 거의 일주일째 술에 취해 있어서 말이오. 서재에 앉아 있으면 혹시나 술이 깰까 싶었소.”

“그래, 술이 좀 깨던가요?”

“뭐, 약간. 아직은 잘 모르겠소. 한 시간밖에 안 돼서. 그런데 내가 이 책들 얘기를 했던가? 이 책들은 진짜요. 이것들은…….”

“얘기 하셨어요.”

우리는 그와 정중하게 악수를 나누고 다시 밖으로 나왔다.

✛ 당시 책들은 제본상의 이유로 두 장이 붙어 있는 경우가 많아서 북 나이프로 뜯어야만 했다.

74

이제 정원 천막에서는 무도회가 열렸다. 늙은 남자들은 꼴사납게 끝없이 원을 그리며 젊은 아가씨들을 뒤로 밀어내고 있었고, 우월한 연인들은 서로 부둥켜안고 세련되게 몸을 비비 꼬면서 구석자리를 지켰다. 혼자서 춤을 추거나, 오케스트라에서 잠시 밴조나 타악기 연주자의 부담을 덜어 주는 아가씨들도 상당히 많았다. 자정 무렵이 되자, 분위기가 더욱 떠들썩해졌다. 유명한 테너 가수가 이탈리아 가곡을 불렀고, 악명 높은 콘트랄토 가수가 재즈를 불렀다. 사이사이에 많은 사람들이 정원 곳곳에서 '묘기'를 부리고 있었다. 행복에 겨운, 그러나 공허한 웃음소리가 여름 하늘로 울려 퍼졌다. 쌍둥이 둘이 무대에 올라 의상을 입고 아기 흉내를 내고 있었는데, 알고 보니 노란 드레스를 입은 아가씨들이었다. 샴페인이 핑거볼보다 더 큰 유리잔에 담겨져 나왔다. 달은 점점 더 높이 떠오르고, 해협 위에서는 은빛 비늘의 삼각형이 잔디밭에서 울려 퍼지는 밴조의 똑똑 떨어지는 소리에 맞춰 조금씩 흔들리며 떠다니고 있었다.

나는 여전히 조던 베이커와 함께 있었다. 우리는 나와 비슷한 또래의 한 남자와 몹시 시끄러운 자그마한 아가씨와 한 테이블에 앉았다. 그녀는 아주 사소한 자극만 받아도 자지러지게 웃어댔다. 이제 나는 제법 즐기고 있었다. 샴페인을 두 잔 마시고 나니, 눈앞의 광경이 뭔가 매우 중대하고 본질적이며 심오한 것으로 바뀌었다.

여흥이 잠시 멈췄을 때, 그 남자가 나를 보고 미소를 지었다.

"왠지 낯이 익군요." 그가 정중하게 말했다. "혹시 전쟁 중에 제3사단에 있지 않으셨나요?"

"어, 그렇습니다. 제9기관총 대대였죠."

"나는 1918년 6월까지 제7보병 연대에 있었습니다. 어쩐지 전에 어디서 뵌 분 같더군요."

우리는 프랑스의, 비에 젖은 회색빛 작은 마을들에 대해 잠시 이야기를 나누었다. 그는 인근에 사는 사람이 확실했다. 바로 얼마 전에 수상비행기를 구입했는데, 아침에 그걸 타 볼 생각이라고 말했기 때문이다.

"혹시 같이 가실래요? 저 해협의 바닷가인데."

"몇 시에?"

"편하실 때 언제든."

그런데 이름이 뭐냐고 물어 보려는 순간, 조던이 주위를 둘러보며 미소를 지었다.

"이제 좀 즐거운가요?" 그녀가 물었다.

"훨씬 좋습니다." 나는 다시 새로 사귄 친구에게로 고개를 돌렸다. "저는 이런 파티가 좀 생소해서요. 아직 집주인 얼굴도 못 봤답니다. 저는 바로 저기 살지요." 나는 멀리 보이지도 않는 울타리 쪽으로 손을 흔들었다. "개츠비라는 사람이 운전기사에게 초대장을 들려 보냈더군요."

한순간, 그가 이해할 수 없다는 표정으로 나를 쳐다보았다.

"내가 바로 개츠비입니다." 그가 갑자기 말했다.

"뭐라고요!" 내가 소리쳤다. "오, 미안합니다."

"이봐 친구, 난 자네가 알고 있는 줄 알았어. 아무래도 내가 주인 노릇을 제대로 못한 것 같군."

순간, 그가 이해심 가득한 미소를 지었다. 아니, 단순한 이해심 정도가 아니었다. 그것은 언제까지나 변함없이 안심시켜 주는 극히 보기 드문 미소였다. 정말이지 일생에 네다섯 번쯤 만날까 말까 한 그런 미소였던 것이다. 그 미소는 바깥 세계 전체를 잠깐 대면하고(혹은 대면한 듯 느끼고) 난 다음, 당신만을 편애하고 당신에게 집중하지 않을 수 없노라고 말하고 있었다. 그 미소는 당신이 이해받기를 원하는 그만큼 당신을 이해했고, 당신이 자신을 믿어 주고 싶은 그만큼 당신을 믿어 주었으며, 당신이 최선을 다해 전하고 싶은 그 인상을 정확히 전달 받았다고 확신시켜 주었다. 그리고 바로 그 순간, 미소는 사라졌다. 내 눈앞에는 서른한두 살쯤 되는 세련된 젊은 사내가 서 있을 뿐이었다. 일부러 격식을 차리려고 애를 쓰는 그의 말투는 거의 우스꽝스러울 지경이었다. 그가 자기소개를 하기 전까지, 나는 이 남자가 단어 하나하나까지 신경 써서 고른다는 강한 인상을 받았다.

개츠비 씨가 자신을 소개하자마자, 집사가 황급히 그에게로 달려와 시카고에서 전화가 왔다고 전했다. 그는 우리 모두에게 차례로 살짝 고개 숙여 인사를 하고 양해를 구했다.

"뭐든 원하는 게 있으면 말만 하게, 친구." 그가 말했다. "잠깐 실례. 나중에 다시 만나지."

그가 가 버리자, 나는 얼른 조던을 돌아보았다. 내 놀라움을 그녀에게 확인시켜 주지 않을 수 없었던 것이다. 나는 개츠비 씨가 혈색 좋고 뚱뚱한 중년 남자일 거라고 예상했었다.

"대체 저 사람은 뭐 하는 사람입니까?" 내가 물었다. "당신은 아나요?"

"저이가 바로 개츠비란 사람이에요."

"내 말은 어디 출신이냐고요. 무슨 일을 하나요?"

"이제 **당신도** 그 주제를 파고들기 시작했군요." 조던이 싱끗 웃으며 대답했다. "글쎄요, 한번은 자기가 옥스퍼드에 다녔다고 말하더군요."

그러자 어렴풋이 그의 배경이 그려지기 시작했다. 하지만 다음 말에 그나마 사라졌다.

"하지만 나는 안 믿어요."

"왜죠?"

"잘 모르겠어요. 그냥 다니지 않았을 거란 생각이 들어요."

그녀의 말투는 왠지 "분명 사람을 죽였을 거예요."라고 했던 또 다른 아가씨의 말을 떠올리게 했다. 그리고 내 호기심을 자극했다. 아마 개츠비가 루이지애나 주의 습지대 출신이거나 뉴욕 이스트사이드 아랫동네 출신이라고 했다면, 아무 의심 없이 믿었을 것이다. 그럴 수 있는 일이었다. 하지만 젊은 남자가, 적어도 내 짧은 경험상으로는, 출신도 없이 떠돌아다니다가 롱아일랜드 해안에 저택을 살 수는 없었다.

"어쨌든 그 사람은 큰 파티를 자주 열어요." 구체적으로 따지길 싫어하는 도시인답게, 조던이 슬쩍 화제를 돌렸다. "난 이런 큰 파티를 좋아해요. 무척 개인적이잖아요. 작은 파티에서는 도통 사생활이란 게 없어요."

베이스 드럼이 두두두 울리더니, 갑자기 오케스트라 지휘자의 목소리가 정원에 쩌렁쩌렁 울려 퍼졌다.

"신사 숙녀 여러분." 지휘자가 외쳤다. "개츠비 씨의 요청에 따라, 블라디미르 토스토프의 최신 작품을 연주해 드리겠습니다. 지난 오월에 카네기 홀에서 연주되어 지대한 관심을 끌었던 작품이죠. 신문을 보신 분들이라면, 얼마나 엄청난 반응을 불러일으켰는지 아실 겁니다." 그는 유쾌하게 짐짓 겸손한 미소를 짓더니, 한마디 덧붙였다. "뭐, 꽤 대단한 반응이었죠!" 그 말에 모든 사람들이 웃음을 터트렸다.

"이 곡의 제목은 블라디미르 토스토프의 「세계 재즈 역사」입니다." 그가 활기차게 말을 끝맺었다.

토스토프의 곡은 내 관심을 끌지 못했다. 음악이 시작되자마자, 내 시선은 개츠비에게 꽂혔기 때문이다. 그는 대리석 계단 위에 홀로 서서 만족스러운 눈빛으로 이 사람들, 저 사람들을 내려다보고 있었다. 그을린 피부는 매력적으로 팽팽했고, 짧은 머리는 매일 다듬는 것 같았다. 그에게서 어떤 기분 나쁜 구석도 찾을 수 없었다. 그가 술을 안 마신다는 사실 때문에 다른 손님들과 그렇게 동떨어져 보이는 걸까, 나는 의아했다. 손님들 사이에 흥이 무르익을수록 그는 점점 더 꼿꼿해지는 듯 보였던 것이다. 「세계 재즈 역사」가 끝나자, 아가씨들은 강아지처럼 발랄하게 남자들의 어깨에 머리를 기대기도 하고, 장난스럽게 기절한 척 남자들 품안으로 쓰러지거나 심지어 누군가 잡아 줄 것을 알고 사람들 위로 넘어지기도 했다. 하지만 개츠비에게 쓰러지는 아가씨는 아무도 없었다. 개츠비의 어깨에 슬며시 기대는 프랑스식 단발머리도, 개츠비가 선도해서 함께 부르는 사중창도 없었다.

"실례합니다."

개츠비의 집사가 어느 틈에 우리 옆에 서 있었다.

"베이커 양?" 집사가 물었다. "실례합니다만, 개츠비 씨께서 베이커 양과 조용히 말씀을 나누고 싶어 하십니다."

"저 말인가요?" 그녀가 깜짝 놀라 외쳤다.

"그렇습니다, 마담."

그녀는 놀라운 듯 나를 향해 눈썹을 치켜세우며 천천히 자리에서 일어났다. 그리고 집사를 따라 저택 안으로 들어갔다. 나는 비로소 그녀가 야회복을 입고 있다는 걸 알아차렸다. 무슨 옷을 입든, 그녀가 입는 옷은 전부 운동복처럼 보였다. 마치 맑고 투명한 아침에 골프 코스를 따라 걷는 법을 처음 배운 사람처럼, 그녀의 움직임은 경쾌했다.

나는 혼자 남았고, 거의 새벽 두 시가 다 되었다. 베란다가 달려 있고, 수많은 창문이 나 있는 길쭉한 방에서 한동안 뭔가 종잡을 수 없는 묘한 소리가 흘러나왔다. 이제 조던을 따라온 대학생은 코러스 걸 두 명과 한창 음담패설을 나누고 있었다. 그러면서 나에게도 어서 끼라고 애원했다. 나는 그를 교묘히 따돌리고, 집 안으로 들어갔다.

커다란 방은 사람들로 가득했다. 노란 드레스를 입은 아가씨들 중 하나가 피아노를 치고 있었고, 그 옆에서는 유명한 코러스 출신의 키가 큰 빨간 머리 아가씨가 노래를 부르고 있었다. 그녀는 샴페인을 잔뜩 마신 상태였다. 게다가 노래를 부르는 동안, 어리석게도 온 세상이 너무너무 서글프다는 결론을 내린 모양이었다. 그녀는 노래만 부르는 게 아니라, 동시에 울고 있었다. 노래가 잠시 멈출 때마다, 헐떡거리며 흐느끼는 소리가 빈자리를 가득 채웠고, 곧 다시 떨리는 소프라노의 노랫소리가 이어졌다. 눈물이 그녀의 두 뺨을 타고 흘러내렸다. 그러나 곧장 굴러 떨어지지는 못했다. 짙게 화장한 속눈썹에 닿는 순간, 눈물은 잉크색으로 변했고 그 이후로는 시커먼 실개천이 되어 천천히 흘러내렸던 것이다. 얼굴에 악보를 그리고 노래하는 모양이라고 누군가 농담을 던졌다. 그 말에 어자는 두 손을 번쩍 치켜들더니 의자에 쓰러져서는 그대로 곯아떨어졌다.

"자기 입으로 이 여자의 남편이라고 주장하는 어떤 남자와 싸웠어요."

내 옆에 있는 여자가 해명을 해 주었다.

나는 주위를 둘러보았다. 남아 있는 여자들 대부분이 남편이라고 주장하는 남자들과 싸우고 있었다. 심지어 조던의 일행인 이스트에그에서 온 두 쌍도 말다툼 끝에 따로따로 찢어졌다. 남자들 중 한 명은 젊은 배우에게 깊은 관심을 보이며 대화를 나누고 있었다. 그의 부인은 고고하고 무관심한 태도로 그 상황을 웃어넘기려고 하다가, 완전히 자제력을 잃고 측면공격을 하기 시작했다. 틈틈이 각이 진 다이아몬드처럼 남편 옆에 불쑥 나타나서 귀에 대고 "당신 약속했잖아!"라고 낮게 쏘아붙이는 것이었다.

집에 가기 싫어하는 것은 비단 남자들만이 아니었다. 이제 홀은 안타깝게도 술에 취하지 않은 두 남자와 잔뜩 화가 난 아내들이 차지하고 있었다. 아내들은 약간 흥분한 목소리로 서로를 위로하고 있었다.

"저이는 내가 좀 즐긴다 싶으면, 항상 집에 가자고 한다니까요."

"어쩜 그렇게 이기적일 수가! 내 평생 처음이에요."

"우리 부부는 언제나 제일 먼저 자리를 뜨지요."

"저희도 그래요."

"글쎄, 오늘밤엔 우리가 제일 마지막인 것 같은데." 두 남편 중 하나가 조심조심 말을 꺼냈다. "오케스트라도 삼십 분 전에 다 떠났어."

이거야말로 정말 믿을 수 없을 만큼 고약한 심술이라는 데 두 아내의 의견이 일치했음에도 불구하고, 말다툼은 짧은 싸움으로 끝났다. 두 아내는 불평을 늘어놓으며 어둠 속으로 끌려 나갔다.

내가 홀에서 모자를 갖다 주기를 기다리고 있을 때, 서재 문이 열리더니 조던 베이커와 개츠비가 나란히 나왔다. 그는 그녀에게 뭔가 마지막 말을 하고 있었다. 하지만 대여섯 명이 그에게 작별 인사를 하려고 다가가자, 열의에 가득 찼던 태도가 갑자기 형식적으로 딱딱하게 굳어졌다.

조던 일행이 현관 밖에서 초조하게 그녀를 부르고 있었지만, 그녀는 잠시 멈춰 서서 악수를 청했다.

"방금 세상에서 가장 놀라운 이야기를 들었어요." 그녀가 속삭였다. "우리가 저기에 얼마나 있었죠?"

"글쎄요, 한 시간쯤."

"이건 정말이지…… 그저 놀라울 따름이에요." 그녀가 막연하게 같은 말을 되풀이했다. "하지만 절대 말하지 않겠다고 맹세했으니 이쯤에서 당신을 감질나게 내버려 둘 수밖에 없네요." 그녀는 내 얼굴에 대고 우아하게 하품을 했다. "한번 만나러 오세요……. 전화번호부…… 시고니 하워드 부인이란 이름을 찾아보세요……. 제 이모님이에요." 그녀는 이렇게 말하며 서둘러 자리를 떠났다. 그러고는 햇볕에 그을린 갈색 손을 명랑하게 흔들며, 문가에서 기다리고 있던 일행들 속으로 사라졌다.

처음 초대받아 온 처지에 이렇게 늦게까지 남아 있는 게 좀 겸연쩍었지만, 나는 개츠비를 둘러싸고 서 있는 마지막 손님들 틈에 끼었다. 사실은 초저녁부터 그를 찾아다녔다고 해명하고 아까 정원에서 알아보지 못해 미안하다고 말하고 싶었다.

"제발 그런 말 하지 마." 그는 극구 나를 만류했다. "다른 생각할 것 없어, 친구." 친근한 말투만큼이나, 괜찮다고 내 어깨를 쓰다듬는 손길이 무척이나 다정했다. "함께 수상비행기 타기로 한 거나 잊지 말게. 내일 아침 아홉 시야."

그때 집사가 그의 등 뒤에 나타났다.

"필라델피아에서 전화가 왔습니다."

"알겠네. 잠깐만 기다려. 내가 곧 간다고 좀 전해 주게……. 잘 가게."

"잘 있어."

"잘 가." 그가 빙그레 미소를 지었다. 그러자 갑자기 끝까지 남아 있는 손님들 사이에 내가 있다는 사실이 무척이나 행복하고 중요하게 느껴졌다. 마치 그가 줄곧 그걸 바라기라도 했다는 듯이.

"잘 가게, 친구…… 잘 가."

하지만 계단을 걸어 내려오는 순간, 이 밤이 아직 완전히 끝나지 않았음을 알았다. 문에서 십오 미터쯤 떨어진 곳에서 열두어 개의 헤드라이트가 참으로 기괴하고도 소란한 장면을 비추고 있었다. 개츠비 저택의 차고를 이 분 전에 막 벗어난 최신형 쿠페가 바퀴 하나가 완전히 빠지고 몸체가 왼쪽으로 기운 채, 길가 도랑에 처박혀 있었다. 담벼락의 날카롭게 튀어나온 부분 때문에 바퀴가 빠진 모양이었다. 지금은 호기심에 가득 찬 운전기사 대여섯 명이 이 광경을 정신없이 구경하고 있었다. 하지만 그들이 도로를 막은 채, 차를 세워 놓았기 때문에 그들 뒤쪽에서는 한동안 시끄럽고 사나운 경적 소리가 들려왔고 이미 혼란스러운 와중에 더욱 혼란이 커졌다.

이때 긴 먼지막이 외투를 입은 남자가 부서진 자동차에서 내리더니, 도로 한가운데 우뚝 서서 어리둥절한 표정으로 차와 바퀴와 신나서 지켜보는 구경꾼들을 번갈아 쳐다보았다.

"이거 좀 봐요!" 그가 입을 열었다. "도랑에 빠졌어요!"

그 남자는 이 사실에 엄청나게 놀란 모양이었다. 나는 처음에는 꽤나 유별나게 놀라는구나 생각하다가, 곧 그 남자를 알아보았다. 아끼 개츠비의 서재에 있던 사람이었다.

"어떻게 된 일입니까?"

그 남자가 어깨를 으쓱했다.

"난 기계에 대해선 아무것도 모르오." 그가 딱 잘라 말했다.

"하지만 어떻게 된 일이죠? 벽을 들이박았나요?"

"나한테 묻지 마시오." 올빼미 안경을 쓴 남자는 끝까지 모른다고 잡아뗐다. "자동차에 대해서는 별로 아는 게 없으니까. 전혀 모르는 거나 마찬가지요. 그냥 이렇게 됐소. 내가 아는 건 그게 전부요."

"운전을 못하면, 밤에 차를 몰지 말았어야죠."

"난 운전대는 잡지 않았소." 그가 씩씩거리며 변명했다. "건드리지도 않았단 말이오."

순간 구경꾼들은 기가 막혀 말문이 막혔다.

"죽으려고 환장했소?"

“바퀴만 부서진 걸 다행으로 아시오! 운전을 못하면 아예 차를 건드리지도 말았어야지!”

“내 말을 못 알아듣는군.” 범인이 해명했다. “내가 운전한 게 아니오. 차 안에 누가 또 있단 말이오.”

이 느닷없는 선언에 충격이 이어지는 순간, 쿠페의 문이 천천히 열리면서 아-아-아! 하는 일련의 신음 소리가 들렸다. 군중들— 이제는 군중을 이루고 있었다.—은 자신도 모르게 뒷걸음질 쳤다. 자동차 문이 활짝 열리자, 공포에 찬 정적이 감돌았다. 그때 아주 천천히, 하나씩 하나씩, 창백하게 질린 누군가가 비틀거리며 부서진 차에서 나오더니 헐렁한 댄싱 구두를 신은 발을 조심스럽게 땅에 디뎠다.

헤드라이트의 강한 불빛에 눈이 멀고, 쉴 새 없이 울려대는 경적 소리에 얼이 빠진 그 유령은 한동안 비틀거리며 서 있다가, 마침내 먼지막이 외투를 입은 남자를 발견했다.

“무슨 일이야?” 남자는 태평스럽게 물었다. “기름이 떠-어-러-졌나?”

“이거 좀 봐요!”

여섯 개의 손가락이 일제히 절단 난 바퀴를 가리켰다. 그는 잠시 멀뚱멀뚱 바라보다가, 이게 하늘에서 떨어졌나 의심스러운 듯 위를 올려다보았다.

“빠졌어요.” 누군가 설명해 주었다.

남자가 고개를 끄덕였다.

“첨엔 차가 머-엄-추-운 줄도 몰랐어.”

정적이 흘렀다. 이윽고 남자는 긴 한숨을 내쉬더니 어깨를 쫙 펴면서 뭔가 단단히 결심한 어조로 말했다.

“주유소가 어딨는지 누구 아는 사아람 없수?”

그러자 적어도 열두어 명의 사람들이 이제 저 바퀴는 더 이상 차에 붙어 있지 않다고 그에게 알려주었다. 그중 몇 명은 사고를 낸 남자와 거의 다를 바 없이 취한 상태였다.

“끌어내자고.” 잠시 후에 그가 제안했다. “차를 후진해.”

“바퀴가 빠졌다니까요!”

남자는 머뭇거렸다.

“한번 해봐서 나쁠 거 없잖아.” 그가 말했다.

고양이처럼 울어대는 경적 소리는 점점 더 커져 갔다. 나는 그만 돌아서서 잔디밭을 가로질러 집을 향해 갔다. 나는 뒤를 힐끗 한 번 돌아보았다. 와플처럼 둥근 달이 개츠비의 저택을 비추며 전날처럼 근사한 밤을 연출하고 있었다. 달빛은 아직도 환하게 불을 밝힌 개츠비네 정원의 소음과 웃음소리보다 더 오래 살아남았다. 이제 창문들과 커다란 문들에서부터 갑작스러운 공허가 흘러나오면서 집주인의 그림자에 완벽한 고립감을 부여하는 것 같았다. 그는 현관 앞에 서서 손을 들고 의례적인 작별 인사를 하고 있었다.

지금까지 쓴 글을 다시 읽어 보니, 마치 내가 몇 주 간격을 두고 삼 일 저녁 동안에 일어난 사건들에만 온통 몰두하고 있었던 것 같은 인상이 들지만, 사실은 정반대였다. 그것은 단지 사람들로 붐비는 여름날의 우연한 사건들일 뿐이었다. 그리고 그 후로도 상당히 오랫동안 내 개인적인 일들에 비해서 거의 안중에도 없었다.

대부분의 시간은 일을 하며 보냈다. 아침 일찍 떠오르는 태양에 그림자가 서쪽으로 드리워질 때면, 나는 프로비티 신탁회사를 향해 뉴욕 아래쪽의 하얀 빌딩의 계곡을 바쁘게 걸어갔다. 다른 직원들이나 젊은 증권 판매인들과는 손님들로 붐비는 어두침침한 식당에서 작은 소시지와 으깬 감자와 커피로 함께 점심을 먹고 서로 이름을 부르는 사이가 되었다. 심지어 저지시티에 사는 회계부서의 한 아가씨와 짧은 연애를 했는데, 그녀의 오빠가 자꾸 내 쪽을 째려보기 시작하는 바람에 그녀가 7월 1일에 휴가를 떠났을 때 조용히 끝내 버렸다.

나는 대개 예일 클럽에서 저녁을 먹었다. 몇 가지 이유 때문에 내게는 하루 일과 중 가장 우울한 시간이었다. 그리고 위층의 도서관으로 올라가서 꽤 오랫동안 투자와 유가증권에 관한 책을 읽

었다. 주위에 항상 시끄럽게 구는 친구들이 있었지만 도서관 안에
는 절대 들어오지 않았기에 공부하기에는 딱 좋았다. 그런 다음,
날씨가 좋으면 달콤한 밤공기를 마시며 매디슨 애비뉴를 따라 오
래된 머리힐 호텔을 지나서 33번가 너머 펜실베이니아 역까지 천
천히 산책했다.

나는 뉴욕이 좋아지기 시작했다. 그 활기와 그 밤의 모험적인
느낌, 남자들과 여자들, 자동차들이 끊임없이 명멸하며 욕망에 들
뜬 눈에게 안겨 주는 그 충족감이 좋았다. 나는 5번가를 따라 걷다
가 군중 속에서 낭만적인 여인들을 골라서 나 혼자 상상하길 좋아
했다. 아무도 모르게, 누구의 비난도 받지 않고 잠깐 동안 저들의
삶 속으로 들어가는 상상을. 때로는 상상 속에서 숨겨진 골목 모
퉁이에 있는 그 여자들의 아파트까지 따라가곤 했다. 여자들은 문
을 열고 따뜻한 어둠 속으로 사라지기 전에 돌아서서 나에게 미소
를 던지는 것이다. 매혹적인 대도시의 어스름 속에서 나는 때때로
불쑥 찾아오는 외로움에 사로잡히곤 했다. 그리고 다른 이들에게
서도 똑같은 외로움을 발견했다. 식당에서 쓸쓸하게 저녁 식사 시
간을 기다리며 창문 앞을 서성이는 가난한 젊은 점원들, 밤과 인생
의 가장 절실한 시간들을 헛되이 낭비하고 있는 해질 무렵의 젊은
직원들에게서 말이다.

다시 여덟 시가 되고, 40번가의 어두운 골목길에 요란한 엔진

소리를 내며 극장으로 향하는 자동차들이 다섯 줄로 늘어설 때면, 나는 마음이 무겁게 내려앉았다. 기다리는 택시 안에서 서로 몸을 기대고 있는 형상들, 노래하는 목소리들, 들리지 않은 농담에 터져 나오는 웃음소리, 그 안에서 불을 붙인 담배가 그리는 해독할 수 없는 몸짓들. 그러면 나 역시 떠들썩한 환락을 향해 서둘러 가고 있으며 그들의 짜릿한 흥분을 나누고 있다고 상상하면서, 나는 그들 모두의 안녕을 기원하곤 했다.

한동안 조던 베이커의 모습을 볼 수 없다가, 한여름이 되어서야 다시 만났다. 처음에는 그녀와 함께 다니는 게 내심 우쭐했다. 어쨌든 그녀는 골프 챔피언이었고 모든 사람들이 그녀의 이름을 알았으니까. 그러다가 그 이상의 어떤 감정이 생겼다. 진짜로 사랑에 빠진 것은 아니었지만, 일종의 애정 어린 호기심을 갖게 된 것이다. 그녀가 세상을 향해 내보이는, 오만하고 따분한 표정의 얼굴은 뭔가를 감추고 있었다. 사실 대부분의 겉치레는 결국 뭔가를 감추고 있기 마련이다. 처음에는 그렇지 않았을지 몰라도 말이다. 어느 날 나는 그것이 무엇인지 알았다. 그녀와 함께 워릭에서 열린 하우스 파티✛에 갔을 때였다. 그녀는 빌린 차의 덮개를 열어 놓은 채, 빗속에 세워 놓고 내버려 두고는 나중에 거짓말을 했다. 그

✛ **하우스 파티** : 별장 같은 곳에 손님을 초대해서 여는 연회.

때 문득 데이지의 집에서 저녁을 먹던 그날 밤, 내가 기억하지 못했던 그녀에 관한 소문이 떠올랐다. 그녀가 처음 참가한 큰 골프 시합에서, 거의 신문에까지 날 뻔했던 소동이 벌어졌다. 그녀가 준결승 라운드에서 안 좋은 자리에 있던 공을 옮겼다는 의혹이 제기된 것이다. 그 일은 거의 추문으로까지 번지다가, 곧 가라앉았다. 캐디가 자신의 발언을 철회했고, 유일한 또 다른 목격자가 아마 잘못 본 모양이라고 인정했기 때문이다. 하지만 그 사건과 그 이름은 내 기억 속에 남았다.

조던 베이커는 본능적으로 영리하고 빈틈없는 사람들을 피했다. 이제야 그것은 그녀가 어떤 탈선도 불가능하다고 생각하는 사람들 틈에서 자신이 좀 더 안전하다고 느끼기 때문이라는 걸 알았다. 그녀는 구제불능의 거짓말쟁이였다. 조금이라도 불이익을 당하는 걸 견딜 수 없어 했다. 그녀는 내키지 않은 상황이 되면, 짐작건대, 아주 어렸을 때부터 속임수를 쓰기 시작했을 것이다. 세상을 향해 던지는 그 거만하고 초연한 미소를 끝까지 잃지 않으면서, 동시에 그 단단하고 날렵한 몸의 욕구를 충족시켜 주기 위해서.

나는 별로 개의치 않았다. 사실 여자에게 있어 거짓말은 결정적인 흠이 아니다. 가끔 못마땅하긴 했지만, 곧 잊어버렸다. 우리가 운전에 대해서 흥미로운 대화를 나눈 것도 바로 그 하우스 파티 때였다. 조던 베이커가 일꾼들 곁으로 바짝 자동차를 몰다가 차의 펜더*가 그중 한 남자의 윗옷 단추를 살짝 건드리는 바람에, 말이 나왔던 것이다.

"당신은 참 형편없는 운전사로군요." 내가 잔소리를 했다. "좀 더 조심하든지, 아니면 아예 차를 몰면 안 되겠어요."

"조심하고 있어요."

"아니, 그렇지 않아요."

"뭐, 다른 사람들이 그러겠죠." 그녀가 태연하게 말했다.

"다른 사람들이 무슨 상관이죠?"

"다른 사람들이 길을 비켜 줄 테니까요." 그녀가 우겨댔다. "어차피 사고는 쌍방이 내는 거 아닌가요?"

"그러다가 당신처럼 똑같이 부주의한 사람을 만난다면?"

"그런 일은 절대 없길 바라야지요." 그녀가 대답했다. "난 부주의한 사람들은 정말 싫어요. 그래서 당신을 좋아하죠."

햇빛 때문에 살짝 찡그린 그녀의 회색 눈은 똑바로 앞을 응시하고 있었다. 하지만 그녀는 은근히 우리 관계를 바꿔 놓은 것이다. 잠깐 동안 나는 그녀를 사랑한다고 생각했다. 그렇지만 나는 판단이 느린데다가, 욕망에 브레이크를 거는 온갖 내면의 규칙들로 가득 차 있었다. 게다가 무엇보다 고향에 돌아가서 얽힌 관계를 확

✣ **펜더** : 자동차의 흙받기. 바퀴에서 튀어 오르는 흙탕물을 막기 위하여 그 윗부분에 철판을 둥글게 씌운다.

실하게 정리하는 게 우선임을 알고 있었다. 나는 '사랑을 담아, 닉'이라고 서명한 편지를 일주일에 한 번씩 쓰고 있었다. 이제 기억나는 거라고는 그 아가씨가 테니스를 칠 때, 윗입술에 희미한 콧수염처럼 송골송골 맺히던 땀방울뿐이었다. 그럼에도 불구하고 자유의 몸이 되기 전에 먼저 적절히 빠져나와야만 하는 어떤 모종의 이해관계가 있었다.

사람들은 누구나 자신이 진정한 덕목들 중 최소한 한 가지는 지녔을 거라고 생각한다. 내 경우가 그렇다. 나는 내가 아는 정말 몇 안 되는 정직한 사람들 중 하나였다.

4장

해변을 따라 들어선 마을에 교회 종소리가 울려 퍼지는 일요일 아침, 사교계 인사들과 그들의 애인들은 개츠비 저택으로 다시 돌아와 그의 잔디밭에서 희희낙락하고 있었다.

"개츠비는 밀주업자예요." 젊은 숙녀들은 개츠비가 제공한 칵테일과 꽃 사이를 누비고 다니면서 멋대로 떠들었다. "한 번은 자기가 폰 힌덴부르크⁺의 조카이자 그 악마⁺⁺⁺의 육촌이란 사실을 알아낸 사람을 죽이기도 했대요. 거기, 장미 한 송이만 꺾어 주세요. 그리고 저기 크리스털 잔에 한 방울도 남김없이 따라 주세요."

한번은 그해 여름 개츠비의 저택에 온 사람들의 이름을 열차 시간표 빈자리에 쓴 적이 있었다. 제일 위에 '1922년 7월 5일자 운

⁺ **폰 힌덴부르크** : 제1차 세계대전 당시 독일 장군. 나중에 독일 대통령이 되었다.
⁺⁺⁺ **그 악마** : 히틀러를 뜻함.

행 시간표'라고 적혀 있고, 이제는 귀퉁이가 다 해진 오래된 시간표지만 아직도 그 흐릿한 글씨는 읽을 수 있다. 아마 내 대략적인 설명보다는 그 이름들이, 그렇게 개츠비의 환대를 받아 놓고 정작 그에 대해서는 아무것도 모른다는 식의 이상한 보답을 했던 그 사람들에 대해 더 분명한 인상을 심어 줄 것이다.

이스트에그에서는 체스터 베커 부부와 리치 부부가 왔고, 내가 예일 대학 시절에 알았던 번슨이란 이름의 남자가 왔었다. 그리고 지난여름 메인 주에서 익사한 웹스터 시벳 박사와 혼빔 부부, 윌리 볼테어 부부, 그리고 줄곧 구석에 모여 있다가 누구든 가까이 오는 사람에게 염소처럼 코를 벌름거리던 블랙벅 집안의 일가 전체가 왔었다. 또한 이스메이 부부와 크리스티 부부(아니, 허버트 아우어바흐와 크리스티 씨의 부인이라고 해야 할 것이다.), 그리고 소문에 따르면 어느 겨울 오후 특별한 이유도 없이 머리가 솜처럼 하얗게 세어 버렸다는 에드거 비버가 왔다.

내가 기억하기로는, 클래런스 엔다이브도 이스트에그에서 왔다. 하얀 니커보커†를 입고 딱 한 번 왔었는데, 정원에서 에티라는 이름의 건달과 싸움을 벌였다. 멀리 롱아일랜드에서는 치들 부부와 O. R. P. 슈레이더 부부, 조지아 출신의 스톤월 잭슨 에이브럼

---

† **니커보커** : 무릎 아래로 졸라매는 짧은 바지.

부부, 피시가드 부부, 그리고 리플리 스넬 부부가 왔다. 스넬은 연방 교도소에 들어가기 전까지 삼 일 동안 그곳에서 지냈는데, 잔뜩 취해서 자갈 깔린 도로 위에 나와 있다가 율리시즈 스웨트 부인의 자동차에 오른손을 깔리기도 했다. 댄시 부부도 왔고, 예순이 훨씬 넘은 S. B. 화이트베이트, 모리스 A. 플링크, 해머헤드 부부, 그리고 담배 수입업자인 벨루거와 그의 딸들도 왔다.

웨스트에그에서는 폴 부부와 멀레디 부부, 세실 로벅과 세실 숀, 주 의회 상원의원 굴릭, '파 엑설런스' 영화사를 경영하는 뉴턴 오키드, 에크하우스트와 클라이드 코언, 돈 S. 슈워츠(아들), 그리고 아서 맥카티가 왔는데, 다들 영화 산업으로 얽혀 있는 관계였다. 캐틀립 부부와 뱀버그 부부, 뒷날 자기 아내를 목졸라 죽인 멀둔 형제 중 G. 얼 멀둔, 광고주 다 폰타노, 에드 리그로스와 제임스 B. 페리트('싸구려 술'이란 별명을 지닌), 그리고 드종 부부와 어니스트 릴리가 왔다. 이들은 도박을 하러 왔다. 페리트가 정원으로 어슬렁거리며 나오면, 돈을 다 털렸으며 다음날 연합 운송 회사의 주가가 상승세로 요동쳐야만 한다는 걸 의미했다.

클립스프링어라는 남자는 너무 자주 오고 오래 머물러서 '하숙생'으로 통했는데, 자기 집이 있는지도 의심스러웠다. 연극계 사람들로는 거스 와이즈, 호레이스 오도너번, 레스터 마이어, 조지 덕위드, 프랜시스 불이 왔다. 뉴욕에서 온 사람들은, 크롬 부부,

배키슨 부부, 데니커 부부, 러셀 베티, 코리건 부부, 켈러허 부부, 듀어 부부, 스컬리 부부, S. W. 벨처, 스머크 부부, 지금은 이혼한 젊은 퀸 부부, 그리고 타임스퀘어에서 지하철에 뛰어들어 자살한 헨리 L. 팔미토가 왔다.

베니 맥클리너핸은 항상 여자 네 명을 거느리고 왔다. 그 여자들은 전부 동일인물이 아닌데도, 너무 똑같이 생겨서 전에 한 번 왔던 것 같은 생각이 저절로 들었다. 그들 이름은 다 잊어버렸는데, 재클린이나 콘수엘라, 아니면 글로리아나 주디, 혹은 준이었던 것 같다. 그들의 성은 꽃 이름과 달 이름에서 따온 듣기 좋은 것들이거나, 혹은 위대한 미국 자본가들의 좀 더 딱딱한 이름이었다. 혹시 다그쳐 물으면 누구의 사촌이라고 고백을 했을지도 모른다.

이 모든 사람들 말고도, 포스티나 오브라이언이 최소한 한 번은 왔었고, 베더커 집안의 딸들과 전쟁에서 총에 맞아 코가 날아간 젊은 브루어, 올브룩스버거 씨와 약혼녀 하그 양, 아디타 피츠피터스와 한때 재향군인회 회장이었던 P. 주웨트 씨, 그녀의 운전기사로 소문이 난 남자와 함께 왔던 콜로디아 힙 양, 그리고 우리가 공작이라고 불렀던 어느 나라의 왕자가 있었는데, 그때는 이름을 알았을지 몰라도, 지금은 잊어버렸다.

이 모든 사람들이 그해 여름 개츠비의 저택에 왔었다.

칠월 말경 어느 날 아침 아홉 시에 개츠비의 호화로운 자동차가 우리 집 문 앞까지 울퉁불퉁한 차도를 비틀거리며 올라오더니, 세 가지 음의 멜로디 소리가 나는 경적을 울려댔다. 나는 그의 파티에 두 번이나 참석하고, 그의 수상비행기도 타 보고, 그의 간절한 초대를 받아 종종 그의 해변을 이용하기도 했지만, 그가 우리 집을 찾아온 것은 처음이었다.

"잘 잤나, 친구. 오늘은 나랑 점심이나 하지. 그리고 함께 드라이브를 나갈까 생각했는데."

그는 몸을 계속 떨거나 흔들면서 펜더 위에 아슬아슬하게 앉아 있었다. 미국인들 특유의 그런 버릇은 아마 어릴 때 반듯하게 앉아 있거나 무거운 것을 든 경험이 없는 데에서 비롯된 것 같다. 아니면 신경을 자극하고 발작적인 우리 미국인들의 게임 방식 때문인지도 모른다. 아무튼 이런 특성은 깍듯하게 격식을 차리는 그의 태도를 끊임없이 흐트러뜨리며, 안절부절못하는 모습으로 드러내고 있었다. 그는 한시도 가만히 있지를 못했다. 항상 아무 데나 발로 툭툭 차거나 초조하게 한 손을 쥐었다 폈다 했다.

그는 감탄하는 눈빛으로 그의 차를 쳐다보는 나를 보았다.

"근사하지? 안 그런가, 친구?" 그는 차가 좀 더 잘 보이도록 차에서 훌쩍 뛰어내렸다. "이 차는 처음 보나?"

물론 본 적이 있었다. 모두가 다 이 차를 보았다. 짙은 크림색에

니켈 장식이 번쩍거리고, 괴물처럼 거대한 몸체 여기저기에는 모자 넣는 통, 도시락통, 연장통 등이 불룩 튀어나와 있었으며, 열두 개쯤의 태양도 반사할 수 있는 바람막이 유리창의 미러가 달려 있었다. 여러 겹의 유리창으로 된 일종의 초록색 가죽 온실 같은 자동차를 타고 우리는 도심을 향해 출발했다.

지난달에 나는 여섯 번쯤 그와 이야기를 나누었다. 하지만 실망스럽게도, 그는 별로 이야깃거리가 없는 사람이었다. 따라서 그가 정체를 알 수 없는 엄청난 거물일 거라는 나의 첫인상은 점차 퇴색하고, 이제는 단지 공들여 잘 지은 이웃집 여관 주인으로 여길 뿐이었다.

그러던 차에 어색한 드라이브를 하게 된 것이다. 웨스트에그 동네에 도착하기 전, 개츠비는 세련되게 구사하던 문장의 말꼬리를 흐리더니 캐러멜 색깔의 양복 무릎을 괜히 툭툭 치기 시작했다.

"이봐, 친구." 그가 느닷없이 말을 꺼냈다. "날 어떻게 생각하나?"

약간 당황한 나는 그 질문에 어울릴 만한 일반적인 말로 얼버무리기 시작했다.

"사실은 자네에게 내가 살아온 인생에 대해 좀 이야기해 주려고." 그가 내 말을 막았다. "주변에서 들려오는 소문 때문에 자네가 나를 오해하는 게 싫거든."

그러니까 개츠비도 자기 집 연회장에서 오고가는 대화에 양념처럼 반드시 등장하는 이상한 험담들을 알고 있었던 것이다.

"하느님께 맹세코 진실만 말해 주겠네." 그가 갑자기 오른손을 들고 성스러운 맹세를 했다. "나는 중서부의 부유한 집안 출신이라네. 지금은 가족 모두 돌아가셨지만. 미국에서 자라기는 했지만, 옥스퍼드에서 교육을 받았어. 우리 선조들이 대대로 옥스퍼드에서 공부하셨거든. 가문의 전통인 셈이지."

그가 힐끗 나를 곁눈질했다. 나는 조던 베이커가 왜 그를 거짓말쟁이라고 생각했는지 알 것 같았다. 그는 '옥스퍼드에서 교육을 받았다.'는 이 말을 황급히 넘겨 버리다시피, 혹은 내뱉자마자 얼른 삼켜 버리다시피 했다. 혹은 전에 곤란한 일이라도 있었던 것처럼 이 말이 자꾸 목에 걸리는 듯했다. 한번 이런 의심이 생기자, 그의 모든 말이 신뢰를 잃었다. 결국 나는 그에게 뭔가 조금이라도 안 좋은 구석이 있지 않을까 의심하게 되었다.

"중서부 어디?" 나는 지나가는 말처럼 물었다.

"샌프란시스코."⁂

"그렇군."

"우리 가족은 모두 죽었어. 그래서 막대한 유산이 내게 주어

⁂ 샌프란시스코는 중서부가 아니라 서부 해안에 있다.

졌지.”

그의 목소리는 엄숙했다. 마치 급작스러운 멸족의 기억이 아직도 떠오른다는 듯. 나는 이자가 날 놀리는 건가 잠깐 의심이 들었지만, 그를 한번 보자 그렇지 않다는 확신이 생겼다.

“그 다음부터 나는 유럽의 모든 대도시에서 젊은 왕자처럼 살았어. 파리, 베니스, 로마 등지에서 보석, 그러니까 주로 루비를 수집하거나, 큰 사냥감을 사냥하고, 오직 나 자신만을 위한 그림도 좀 그리면서. 오래전에 내게 일어난 매우 슬픈 일을 잊어버리려고 노력했어.”

나는 어이없는 웃음이 터져 나오려는 걸 간신히 참았다. 그가 하는 말이 어쩌나 진부한지, 불로뉴 숲에서 호랑이를 쫓아다니며 온 땀구멍에서 톱밥을 뻘뻘 흘리는 터번을 두른 인물의 이미지밖에는 떠오르지가 않았다.

“곧 전쟁이 터졌어. 내게는 커다란 위안이었다네. 나는 죽고 싶어 난리였으니까. 하지만 난 행운을 타고난 모양이야. 전쟁이 시작되었을 때, 나는 중위로 임무를 받았어. 아르곤 숲 전투에서 나는 기관총 부대 둘을 이끌고 너무 앞서 전진한 나머지, 일 킬로미터쯤 떨어지고 말았다네. 보병은 아직 그곳에 도착하지 않았지. 결국 우리는 그곳에서 이틀 밤낮을 버텼어. 백삼십 명의 군인들이 열여섯 대의 루이스 기관총과 함께. 마침내 보병이 도착했을 때에는, 시체 더미 속에서 독일군 3개 사단의 기장을 발견했지. 나는 소령으로 승진했어. 그리고 모든 연합군 정부에서 훈장을 수여했지. 심지어 몬테네그로에서까지. 아드리아 해 아래쪽에 있는 그 작은 몬테네그로 말일세!"

작은 몬테네그로! 그는 특히 목소리를 높여 그 이름을 부르며 고개를 끄덕였다. 미소와 함께. 그 미소는 몬테네그로의 고달픈 역사를 충분히 이해하고, 몬테네그로 시민들의 용맹스러운 투쟁을 절절히 공감하고 있었다. 또한 몬테네그로의 작지만 따뜻한 가슴에서 우러난 이런 감사의 표시를 이끌어 낸 국가적 상황을 충분히 이해하고 있었다. 이제 나의 불신은 매혹 속에 사라져 버렸다. 마치 열두어 권의 잡지를 서둘러 훑어보았을 때의 느낌 같았다.

그는 호주머니에 손을 넣더니 리본에 달린 메달을 내 손바닥에 떨어뜨렸다.

"몬테네그로에서 받은 거야."

놀랍게도 그 물건은 진짜처럼 보였다. '오르데리 디 다닐로, 몬테네그로, 노콜라 렉스' 라는 글씨가 가장자리에 빙 둘러 새겨져 있었다.

"뒤집어 봐."

"제이 개츠비 소령." 나는 소리 내어 읽었다. "비범한 용맹을 기리며."

"내가 항상 지니고 다니는 게 하나 더 있어. 옥스퍼드 시절의 기념품이야. 트리니티 쿼드에서 찍은 건데, 내 왼쪽에 있는 이 사람이 지금의 동캐스터 백작이야."

블레이저*를 입은 여섯 명의 젊은이들이 아치 밑에서 빈둥거리고 있는 사진이었다. 아치 사이로는 수많은 첨탑이 보였다. 그리고 그다지 많이는 아니고 약간 더 젊어 보이는 개츠비가 손에 크리켓 베트를 들고 있었다.

결국 모든 게 사실이었다. 나는 그랑카날***에 있는 그의 궁전에서 이글거리는 호랑이 가죽이 눈에 보이는 듯했다. 상처 입은 마음의 고뇌를 짙은 진홍빛 보석으로 달래기 위해 루비 상자를 여는 그의 모습도 보였다.

"오늘 자네에게 큰 부탁을 하나 할까 해." 그가 만족스러운 표정으로 기념품을 호주머니 속에 넣으며 말했다. "그래서 자네가 나에 대해 좀 알아야 할 것 같았어. 자네가 나를 그저 시시한 녀석이라고 생각하는 건 싫거든. 자네도 알다시피, 난 대개는 낯선 사람들 틈에서 지낸다네. 내게 닥친 그 불행한 사건을 잊으려고 여기저기 떠돌아다니기 때문이지." 그가 잠시 머뭇거렸다. "오늘 오후에 그 이야기를 듣게 될 거야."

+ **블레이저** : 화려한 스포츠용 상의.
+++ **그랑카날** : 베니스의 주요 운하.

“점심때 말인가?”

“아니, 오늘 오후에. 자네가 베이커 양과 차를 마시러 간다는 사실을 우연히 알았다네.”

“혹시 자네 말은 베이커 양을 사랑한단 뜻인가?”

“아니야, 친구. 그건 아닐세. 베이커 양이 친절하게도 이 문제에 대해 자네에게 이야기해 주겠다고 승낙했다네.”

나는 대체 ‘이 문제’가 뭔지 도통 짐작이 가질 않았다. 하지만 흥미가 생기기보다는 짜증이 났다. 제이 개츠비 씨 얘기나 하려고 조던에게 차를 마시자고 했던 건 아니었다. 틀림없이 그 부탁은 완전히 터무니없는 것이리라. 나는 사람들로 북적거리는 그의 잔디밭에 애당초 발을 들여놓은 것을 잠시 후회했다.

그는 더 이상 아무 말도 하지 않았다. 시내에 가까워질수록, 그의 자세는 점점 더 꼿꼿해졌다. 우리는 루스벨트 항구를 지났다. 붉은 띠를 두른 원양 선박들이 얼핏 보였다. 컴컴하기는 하지만 인적이 끊이지는 않은 1900년대의 퇴색한 술집들이 줄지어 선 자갈 깔린 빈민가를 빠르게 지나자, 재의 계곡이 양쪽 옆으로 탁 펼쳐졌다. 우리가 그 앞을 지날 때, 기운차게 씩씩거리며 정비소 펌프를 잡아당기는 윌슨 부인이 얼핏 보였다.

양쪽 펜더를 날개처럼 활짝 펼치고서 불빛을 흩뿌리며, 우리는 에스토리아 지역을 반쯤 지나갔다. 딱 절반을 갔다. 왜냐하면 우리가 고가도로 기둥 사이를 요리조리 달리고 있을 때, 오토바이의 두두두 하는 익숙한 소리가 들리고, 성질 난 경찰이 나란히 달리고 있었기 때문이다.

"알았소, 친구." 개츠비가 소리쳤다. 우리는 속력을 늦추었다. 개츠비가 지갑에서 하얀 카드를 꺼내더니 경찰 눈앞에 대고 흔들었다.

"그러시군요." 경찰이 모자를 살짝 건드리며 인사를 했다. "다음부터는 미리 알아보겠습니다. 개츠비 씨, 죄송합니다!"

"그게 뭔가?" 내가 물었다. "옥스퍼드 사진?"

"예전에 경찰서장에게 호의를 베푼 적이 있어. 그 후로 매년 내게 크리스마스카드를 보내준다네."

거대한 다리를 건너니, 대들보 사이로 새어 들어온 햇빛이 달리는 자동차 위에서 끊임없이 반짝 빛났다 사라지고, 강 건너편에서 하얀 각설탕 덩어리 같은 도시가 솟아올랐다. 냄새 나지 않는 돈으로 세워졌으면 하는 소망으로 지어 놓은 도시가. 퀸스보로 다리에서 보는 뉴욕은 언제나 난생 처음 보는 도시처럼, 세상의 모든 신비와 아름다움에 대한 최초의 열렬한 약속을 간직하고 있었다.

꽃으로 덮인 영구차에 실린 시신이 우리 앞을 지나갔고, 블라인드를 내린 마차 두 대와 친구들을 태운 좀 더 유쾌한 분위기의 마차들이 뒤를 따랐다. 남동부 유럽 특유의 짧은 윗입술과 비극적인 눈빛을 지닌 친구들이 우리를 내다보았다. 나는 개츠비의 호화로운 자동차가 그들의 음울한 휴일 풍경에 포함되었다는 사실이 기뻤다. 우리가 블랙웰 섬을 가로지를 때, 백인 운전사가 모는 리무진이 지나갔다. 그 차에는 잔뜩 멋을 부린 흑인 남자 두 명과 흑인 여자 한 명이 타고 있었다. 노른자위 같은 그들의 눈동자가 거만한 경쟁심을 드러내며 우리 쪽을 두리번거리는 걸 보고, 나는 큰 소리로 웃었다.

'이 다리를 건넜으니 이제 무슨 일이든 일어날 수 있겠군.' 나는 생각했다. '무슨 일이든……'

개츠비 같은 인물조차 얼마든지 등장할 수 있었다. 딱히 놀랄 것도 없었다.

떠들썩한 한낮. 환풍기가 잘 돌아가는 42번가 지하에서 개츠비와 나는 점심 식사를 하기 위해 만났다. 바깥 거리의 환한 빛을 떨쳐 버리려고 연신 끔벅거리던 내 눈에, 대기실에서 어떤 남자와 이야기를 하고 있는 그가 흐릿하게 비쳤다.

"캐러웨이 씨, 이쪽은 내 친구 울프심이에요."

키가 작고 코가 납작한 유대인이 커다란 머리를 들고 나를 쳐다보았다. 양쪽 콧구멍에서 무성하게 자라난 털이 두 가닥으로 뻗어 있었다. 나는 얼마 후에야 어렴풋한 어둠 속에서 그의 작은 눈을 발견할 수 있었다.

"그래서 내가 그자를 한 번 만났지." 울프심 씨가 내 손을 꼭 잡고 악수를 나누며 말했다. "내가 어떻게 했을 것 같나?"

"무슨 말씀이신가요?" 내가 정중하게 물었다.

하지만 나한테 한 말이 아닌 게 분명했다. 내 손을 탁 놓더니 표정이 풍부한 그 코를 개츠비에게로 돌렸던 것이다.

"카츠포에게 돈을 건네주고는 이렇게 말했지. '좋아, 카츠포, 그놈이 입을 닥칠 때까지 땡전 한 푼 주지 마.' 그러니까 당장 입을 다물더군."

개츠비는 우리 두 사람의 팔을 잡고서 식당 안으로 들어갔다. 그 바람에 다른 이야기를 막 꺼내려던 울프심이 말을 삼켰고, 점차 잠꼬대 같은 모호한 말로 변해 버렸다.

"하이볼 드릴까요?" 수석 웨이터가 물었다.

"여기도 괜찮은 식당이긴 해." 울프심 씨가 천장에 그려진 장로교회풍의 님프들†을 쳐다보며 중얼거렸다. "하지만 난 길 건너편 식당이 더 좋다고!"

"그래요. 하이볼로 주시오." 개츠비가 주문을 하고는 울프심 씨에게 말했다. "거긴 너무 더워요."

---

† **님프들** : 천사를 뜻한다.

"맞아, 좁고 덥지." 울프심이 동의했다. "하지만 추억이 많아."

"거기가 어딘데요?" 내가 물었다.

"옛날 메트로폴 말이야."

"옛날 메트로폴." 울프심 씨가 우울한 표정으로 생각에 잠겼다. "죽거나 가 버린 사람들의 얼굴이 가득한 곳이지. 이제는 영영 세상을 떠난 친구들의 추억이 가득한 곳. 그곳에서 로지 로젠달이 총에 맞았던 그날 밤은 죽을 때까지 절대 못 잊을 걸세. 우리 여섯 명은 식탁에 앉아 있었고, 로지는 저녁 내내 엄청 먹고 마셔댔지. 거의 날이 밝아 왔을 때, 웨이터가 묘한 표정으로 그에게 다가가더니 누가 밖에서 그와 얘기 좀 하고 싶어 한다고 말했어. 로지가 '그러지.' 하고는 자리에서 일어나려고 할 때, 내가 그를 끌어당겨 다시 앉혔다네. '하고 싶은 말이 있으면 그 자식더러 들어오라고 해, 로지. 자네는 제발 이 방에서 나가지 말라고. 부탁이야.' 그때가 새벽 네 시였어. 블라인드를 걷었으면 햇살이 비쳐들었을 거야."

"그 사람은 나갔나요?" 내가 순진하게 물었다.

"당연히 나갔지." 울프심 씨의 코가 화가 나서 나를 한 번 휙 쳐다보았다. "문을 나서다가 고개를 돌리며 이러더군. '웨이터한테 내 커피 치우지 말라고 해!' 그러고는 보도로 나가자마자, 그놈들이 그의 아랫배에 총 세 발을 쏘고는 차를 타고 도망쳐 버렸어."

"그중 네 명은 전기의자에서 사형을 당했죠." 내가 기억을 떠올리며 말했다.

"다섯 명이야. 베커까지." 그의 콧수염이 이번에는 흥미롭다는 듯이 나를 향했다. "자넨 사업상 연줄을 찾고 있는 줄 아는데?"

그 두 가지 말이 그렇게 연결될 수 있다는 사실이 놀라웠다. 개츠비가 내 대신 대답했다.

"오, 아니에요. 이 친구가 아니에요."

"아니야?" 울프심 씨는 실망한 듯이 보였다.

"이 사람은 그냥 친구예요. 그 문제는 나중에 얘기하자고 말했잖아요."

"실례했소." 울프심 씨가 말했다. "사람을 잘못 봤구먼."

육즙이 많은 해시*가 나왔다. 울프심 씨는 그 옛날 메트로폴의 감상적인 분위기는 까맣게 잊어버리고, 왕성한 식욕으로 먹어대기 시작했다. 그동안 그의 두 눈은 매우 천천히 식당 전체를 두리번거리고 있었다. 그는 바로 뒤에 있는 사람들까지 살피기 위해 고개를 돌려 가면서 결국 한 바퀴를 다 돌았다. 내가 없었더라면, 아마 테이블 밑까지 재빨리 살펴보았을 거란 생각이 들었다.

"이봐, 친구." 개츠비가 내 쪽으로 몸을 숙이며 말했다. "오늘

✧ **해시**: 잘게 썬 고기 요리.

아침 차 안에서 내가 자네 기분을 상하게 한 건 아닌가?”

또다시 그 특별한 미소가 떠올랐다. 하지만 이번에 나는 그 매력에 저항했다.

“난 수수께끼 따위는 싫다네.” 내가 대답했다. “어째서 솔직히 탁 털어놓고 자네가 원하는 걸 말하지 않는지 이해할 수 없군. 왜 모든 걸 베이커 양을 통해서 전하는 거지?”

“오, 이해하고 말고 할 것도 없어.” 그가 나를 안심시켰다. “자네도 알다시피 베이커 양은 위대한 운동선수 아닌가. 옳지 않은 일은 절대 할 리가 없잖나.”

갑자기 그가 시계를 보더니 벌떡 자리에서 일어나 황급히 나가버렸다. 테이블에는 나와 울프심 씨, 단둘이 남았다.

“전화할 데가 있어서 그렇소.” 울프심 씨는 눈으로 그를 쫓으며 말했다. “좋은 친구요, 안 그렇소? 얼굴도 잘생기고 완벽한 신사지.”

“그렇죠.”

“오그스포드 출신이라오.”

“아하!”

“영국의 오그스포드 대학을 다녔다오. 오그스포드 대학이라고 아시오?”

“들어 본 적이 있습니다.”

"세계에서 제일 유명한 대학 중 하나라오."

"개츠비를 안 지 오래 되셨나요?" 내가 물었다.

"여러 해 됐지." 그는 흐뭇한 표정으로 대답했다. "전쟁 직후에 그를 알게 되었다오. 딱 한 시간 얘기를 나눠 보니까 좋은 집안에서 자란 청년이라는 걸 금방 알겠더군. 속으로 생각했지. '거참, 집에 데려가서 엄마와 여동생에게 소개시켜 주고 싶은 청년이구먼.'" 그기 말을 멈추었다. "내 커프스버튼을 계속 보고 있지? 다 알고 있네."

사실 나는 보고 있지 않았다. 하지만 비로소 쳐다보았다. 이상하게 낯익은 상아조각으로 만든 단추였다.

"인간의 어금니 중에서 가장 최상급일세." 그가 알려주었다.

"이런!" 나는 자세히 살펴보았다. "무척 흥미로운 발상이로군요."

"그렇소." 그가 외투 밑으로 소매를 걷어올렸다. "개츠비는 여자를 매우 조심한다오. 절대 친구의 아내를 넘보는 그런 짓은 하지 않지."

때마침 이 본능적인 신뢰의 주인공이 자리로 돌아와 앉았다. 울프심은 커피를 훌쩍 마시더니 일어섰다.

"점심 잘 먹었네." 그가 말했다. "두 젊은이들이 날 미워하기 전에 난 그만 꺼지겠네."

"급하게 가실 필요 없잖아요, 마이어." 개츠비가 성의 없는 어조로 말했다. 울프심 씨가 축복을 내리듯이 손을 들어올렸다.

"참 예의바른 청년이야. 하지만 난 세대가 다르잖나." 그가 엄숙하게 선언했다. "자네들은 여기 앉아서 편하게 얘기하라고. 친구며 젊은 아가씨들이며…… 그리고……." 그는 또다시 손짓으로 상상의 단어를 대신했다. "나로 말하면 쉰다섯 살이나 먹은 늙은이라네. 더 이상 자네들을 괴롭히지 않겠어."

악수를 하고 돌아설 때, 그의 비극적인 코는 파르르 떨리고 있었다. 나는 혹시 그의 기분을 상하게 하는 무슨 말을 한 건 아닌지 걱정스러웠다.

"저 양반은 가끔 저렇게 감상에 빠지곤 해." 개츠비가 설명했다. "오늘이 바로 그런 날이야. 뉴욕 일대에서는 꽤 유명한 사람이지. 브로드웨이 붙박이라니까."

"대체 저 사람이 누구야? 배우인가?"

"아니."

"치과 의사야?"

"마이어 울프심이? 아니야. 도박사라네." 개츠비가 잠시 머뭇거리더니 태연하게 덧붙였다. "1919년 월드 시리즈를 배후에서 조작했던† 사람이야."

"월드 시리즈를 조작해?" 나는 그의 말을 되풀이했다.

그런 생각 자체에 나는 경악했다. 물론 1919년 월드 시리즈가 조작된 일은 나도 기억하고 있었다. 하지만 나라면 아무리 조작이라고 하더라도, 그저 필연적인 사건의 연속 끝에 우연히 벌어진 일이라고 생각했을 것이다. 단 한 사람이 무려 오천만 명의 믿음을 가지고 장난을 칠 수 있다는 그런 생각은 절대 내 머릿속에 떠오르지 않았다.

"어떻게 그런 일을 할 수가 있지?" 잠시 후에 내가 물었다.

"그냥 기회를 본 거지."

"그런데 왜 감옥에 가지 않은 거야?"

"잡아넣을 수가 없었어. 꽤 영리한 사람이거든."

나는 점심값을 내겠다고 고집을 부렸다. 웨이터가 잔돈을 가져왔을 때, 사람들로 북적이는 식당 저편에 있는 톰 뷰캐넌을 발견했다.

"잠깐 나랑 같이 가지." 내가 말했다. "인사할 사람이 있어."

우리를 보자, 톰은 자리에서 벌떡 일어났다. 그리고 우리 쪽으로 대여섯 걸음 다가왔다.

"그동안 어디 갔었어?" 그가 진지하게 물었다. "자네가 연락을 안 해서 데이지는 무척 화가 났다네."

✢ '블랙삭스 사건'을 말함. 1919년 월드 시리즈에서 강력한 우승 후보였던 시카고의 화이트 삭스 선수들이 신시내티 레즈에게 우승을 몰아주기로 하고 전문 도박사에게서 돈을 받은 사건이다.

"이쪽은 개츠비 씨야. 이쪽은 뷰캐넌 씨."

두 사람은 짧게 악수를 했다. 개츠비의 얼굴에 당혹스럽고 긴장한, 낯선 표정이 떠올랐다.

"그건 그렇고 어떻게 지냈나?" 톰이 나에게 물었다. "어쩌다 이먼 데까지 식사를 하러 오게 된 거야?"

"개츠비 씨와 점심을 하러 왔다네."

나는 개츠비를 돌아보았다. 하지만 그는 더 이상 그 자리에 없었다.

1917년 10월의 어느 날―

(그날 오후, 조던 베이커는 플라자 호텔의 커피숍에서 등받이가 높고 딱딱한 의자에 매우 꼿꼿한 자세로 앉아 이야기를 들려주었다.)

나는 이곳저곳을 산책하고 있었어요. 보도 위를 걷다가 또 잔디 위를 걷다가 했지요. 잔디 위를 걸을 때, 더 기분이 좋았어요. 부드러운 땅에 쑥쑥 들어가는, 밑창에 고무를 덧댄 영국제 신발을 신고 있었거든요. 새로 산 격자무늬 스커트를 입고 있었는데, 바람에 살짝 휘날리곤 했죠. 그럴 때면, 집집마다 앞에 걸어 놓은 빨갛고 하얗고 파란 깃발들이 팽팽하게 퍼지면서 듯듯듯듯 하고 기분 나쁜 소리를 냈어요.

그중에 깃발이 가장 크고, 잔디밭이 가장 넓은 집이 바로 데이지네 집이었죠. 그녀는 열여덟 살로 나보다 두 살 많았어요. 루이빌의 모든 젊은 아가씨들 중에 가장 인기가 많았죠. 그녀는 하얀 옷을 입고 하얀 로드스터[+]를 탔어요. 그녀의 집에서는 온종일 전화벨이 그치지 않았고 캠프 테일러에서 온 흥분한 젊은 장교들이 그날 밤 그녀를 독점하려고 애원했죠. "어떻게든 한 시간만이라도!"

그날 아침, 내가 그녀의 집 맞은편에 이르렀을 때, 그녀의 하얀 로드스터가 길모퉁이에 세워져 있더군요. 그녀는 내가 처음 보는 어떤 중위와 차 안에 앉아 있었어요. 두 사람은 서로에게 푹 빠져서 내가 1.5미터 근처까지 다가갔는데도 보지 못하더군요.

"안녕, 조던." 뜻밖에도 그녀가 날 불렀어요. "이리 와 봐."

나는 그녀가 나와 얘기하고 싶어 한다는 사실에 신이 났어요. 언니들 중에서 누구보다 그녀를 가장 동경했거든요. 그녀는 붕대를 만들러 적십자사에 가는 길이냐고 물었어요. 그렇다고 하자, "그러면 오늘 나는 못 간다고 전해 줄래?" 했어요. 그녀가 이야기를 하는 동안, 그 장교는 젊은 아가씨라면 누구나 한 번쯤 받아 보고 싶은 그런 눈빛으로 줄곧 데이지를 쳐다보고 있었어요. 그 모습이 내게는 무척이나 낭만적으로 보였기에 여태껏 그 사건을 기

[+] **로드스터** : 1920~30년대의 덮개 없는 2, 3인용 자동차.

억하고 있지요. 그 남자의 이름은 제이 개츠비였어요. 그 후로 사
년 동안 다시는 그 남자를 볼 수 없었죠. 심지어 나중에 롱아일랜
드에서 그를 만났을 때도, 나는 같은 사람이라는 걸 알아채지 못했
어요.

그때가 1917년이었어요. 이듬해에는 나도 애인이 몇 명 생기고
시합에 나가기 시작했죠. 그래서 데이지를 자주 보지 못했어요.
그녀는 약간 나이 많은 사람들하고 어울리고 다른 사람과는 어울
려 다니지 않았어요. 그런데 그녀를 둘러싸고 이상한 소문이 돌았
죠. 어느 겨울날 밤에 해외 파병을 나가는 군인에게 작별 인사를
하러 뉴욕에 가겠다고 가방을 싸다가, 어머니에게 발각 당했다는
거였어요. 결국 가지 못했지만, 몇 주 동안이나 가족들과 말을 하
지 않았어요. 그 다음부터는 군인들과는 놀지 않았어요. 대신 군
대에 절대 갈 수 없는, 그 동네에 몇 명 안 되는 평발이나 근시인
청년들만 만나더군요.

다음해 가을이 되자, 그녀는 다시 명랑해졌어요. 아니, 그 어느
때보다 더 명랑했죠. 휴전 이후에 사교계 데뷔를 했고, 이월에는
뉴올리언스 출신의 남자와 아마 약혼까지 했을 거예요. 그러다가
유월에 시카고에서 온 톰 뷰캐넌과 결혼을 했죠. 루이빌에서는 여
태껏 본 적이 없는 화려하고 거창한 결혼식이었어요. 톰은 네 대
의 특별 열차에 백 명의 손님을 싣고 내려왔고, 실베치 호텔의 한

층을 통째로 빌렸어요. 결혼식 전날에는 삼십오만 달러짜리 진주 목걸이를 그녀에게 선물했죠.

나는 신부 들러리였어요. 결혼식 전날 만찬이 열리기 삼십 분 전에 그녀의 방에 찾아갔었죠. 그녀는 꽃무늬 드레스를 입고 유월의 밤만큼이나 사랑스러운 자태로 침대에 누워 있더군요. 그렇지만 원숭이처럼 술에 잔뜩 취해 있었어요. 한 손에는 소테른 와인 병을 들고, 다른 한 손에는 편지 한 장을 쥐고 있었어요.

"축하해 줘." 그녀가 중얼거렸죠. "이렇게 취해 보기는 처음이야. 하지만 오, 얼마나 즐거운지 몰라."

"무슨 일이에요, 데이지?"

나는 더럭 겁이 났죠. 정말이지 그렇게 취한 여자는 한 번도 본 적이 없었거든요.

"여기, 이거." 그녀는 침대 위에 올려놓은 쓰레기통을 뒤적거리더니 진주 목걸이를 꺼냈어요.

"이거 아래층에 갖고 가서 원래 주인이 누구든 그자에게 줘 버려. 그리고 사람들한테 데이지가 맘이 변했다고 해. '데이지가 맘이 변했어요!' 이렇게 말해."

그녀는 울기 시작했어요. 울고 또 울었죠. 나는 밖으로 뛰쳐나가 데이지 어머니의 하녀를 찾았어요. 우리는 방문을 걸어 잠그고 차가운 욕조 속에 그녀를 집어넣었죠. 데이지는 손에 쥔 편지를 놓으려고 하지 않았어요. 욕조에까지 갖고 들어가서는 꼭 움켜쥐고 젖은 공처럼 만들더군요. 결국 눈처럼 흐물흐물 녹아 버린 걸 보고서야 겨우 내가 비누 받침 위에 올려놓도록 했어요.

하지만 그녀는 더 이상 아무 말도 하지 않았어요. 우리는 그녀에게 암모니아 냄새를 맡게 하고 이마에 얼음을 올려놓은 다음, 다시 드레스를 입혔죠. 그리고 삼십 분 후에 우리가 방에서 걸어 나왔을 때에는, 그녀의 목에 진주 목걸이가 걸려 있었고 사건은 그대로 끝났어요. 다음날 다섯 시에 그녀는 몸서리 한 번 치지 않고 톰 뷰캐넌과 결혼식을 올렸죠. 그리고 석 달 동안 남태평양으로 신혼여행을 떠났어요.

그들이 돌아온 후에 나는 샌타바버라에서 두 사람을 보았어요. 그렇게 자기 남편에게 미쳐 있는 여자는 생전 처음이었어요. 남편이 잠깐이라도 방을 비우면, 불안하게 사방을 둘러보며 "톰이 어디 갔지?" 하는 거예요. 그러고는 문 안으로 들어오는 남편을 볼 때까지 넋 나간 표정을 짓고 있었죠. 그녀는 무릎 위에 남편 머리를 올려놓고 몇 시간이고 모래사장에 앉아 있곤 했어요. 손가락으로 그의 눈을 어루만지며 헤아릴 수 없는 기쁨에 찬 얼굴로 남편을 바라보더군요. 함께 있는 두 사람의 모습은 참으로 감동적이었어요. 그야말로 정신이 팔려서 숨죽여 웃게 만들었죠. 그때가 팔월이었어요. 내가 샌타바버라를 떠난 지 일주일 후에, 톰이 어느 날 밤 벤투라 도로에서 왜건을 들이박고 앞바퀴가 빠져 버렸죠. 그의 옆자리에 타고 있던 여자가 팔이 부러지는 바람에 신문에 실렸는데, 그녀는 샌타바버라 호텔의 객실 청소부였어요.

다음해 사월에 데이지는 딸을 낳았죠. 두 사람은 일 년 동안 프랑스로 여행을 갔어요. 나는 어느 봄에 칸에서 그들을 보았죠. 얼마 후에 도빌에서도요. 결국 그들은 시카고로 돌아와 정착했어요. 당신도 알다시피 데이지는 시카고에서 인기가 많았어요. 그들은 늘 정해진 무리를 끌고 다녔는데, 다들 젊고 부유하고 제멋대로인 사람들이었죠. 하지만 데이지는 흠 잡을 데 없이 완벽한 평판을 얻었죠. 아마 술을 마시지 않기 때문일 거예요. 죽어라 퍼마시는 사람들 사이에서 술을 마시지 않는 것은 커다란 장점이에요. 말조심도 하고, 자기 혼자 좀 빗나간 짓도 할 수 있는 틈을 갖게 되죠. 다른 사람들은 죄다 술에 취해, 보지도 못하고 상관도 안 하니까요. 아마 데이지는 절대 바람을 피우거나 하지는 않았을 거예요. 하지만 그녀의 목소리에는 분명 뭔가 담겨 있었죠…….

어쨌든, 육 주 전쯤에 데이지는 몇 해 만에 처음으로 개츠비란 이름을 들은 거예요. 내가 당신에게 웨스트에그에 사는 개츠비를 아냐고 물었을 때였죠. 기억나세요? 당신이 집으로 돌아간 뒤에 데이지가 내 방으로 들어와 나를 깨우더니 "어떤 개츠비 말이야?"라고 물었죠. 내가 잠이 덜 깬 상태에서 그를 설명하자, 데이지는 이상한 목소리로 예전에 알았던 그 남자가 틀림없다고 중얼거렸죠. 그때까지 난 개츠비와 그녀의 하얀 차에 타고 있던 장교를 연결시키지 못했어요.

* * *

조던 베이커가 모든 이야기를 끝냈을 때, 우리는 이미 삼십 분 전에 플라자 호텔을 떠나서 관광용 사륜 마차를 타고 센트럴 파크를 지나고 있었다. 태양은 영화배우들이 많이 사는 웨스트 50번가의 고층 아파트 뒤로 뉘엿뉘엿 저물고 있었다. 벌써부터 잔디밭 위에 모인 어린 소녀들의 낭랑한 목소리가 귀뚜라미처럼 무더운 황혼 속으로 울려 퍼졌다.

나는 아라비아의 족장
당신의 사랑은 내 것이오.
당신이 잠든 밤이면
당신의 천막으로 기어들어 가리라.

"그것 참 희한한 우연이군요." 내가 말했다.
"결코 우연이 아니었어요."

“왜죠?”

“개츠비는 데이지가 바로 만 건너편에 있는 줄 알고 그 저택을 샀죠.”

유월의 그날 밤, 개츠비가 열망했던 것은 별들만이 아니었던 것이다. 순간 그는 무의미하고 호사스러운 자궁에서 갑자기 빠져나와, 내 앞에 살아 있는 한 존재로 태어났다.

“그 사람은 알고 싶어 해요.” 조던이 말을 이었다. “당신이 언제 오후에 데이지를 당신 집으로 초대하고, 자기도 오라고 해 줄 건지 말이죠.”

이 소박한 요구가 내 마음을 흔들었다. 그는 무려 오 년을 기다리고, 우연히 날아드는 불나방들에게 불빛이 되어 줄 저택을 구입한 것이다. 겨우 어느 날 오후에 낯선 사람의 마당으로 건너가기 위해서 말이다.

“그 사소한 부탁을 하기 위해, 내가 이 모든 이야기를 알아야 했을까요?”

“그 사람은 두려워하고 있어요. 너무 오랫동안 기다렸거든요. 당신이 기분 나빠할지도 모른다고 생각했어요. 결국 속으로는 보통 사람들과 비슷해요.”

나는 왠지 걱정이 되었다.

“어째서 당신에게 그 만남을 주선해 달라고 부탁하지 않았죠?”

"그 사람은 그녀가 자기 집을 보길 원해요." 그녀가 설명했다. "그런데 당신 집이 바로 옆집이잖아요."

"아!"

"언젠가는 데이지가 우연히 자기 파티에 오지 않을까 반쯤 기대했던 것 같아요." 조던이 말을 이었다. "하지만 데이지는 오지 않았죠. 그래서 지나가는 말처럼 그녀를 아느냐고 사람들에게 묻고 다니기 시작했어요. 그렇게 해서 그가 찾아낸 첫 번째 사람이 바로 나였죠. 파티에서 저를 부르던 바로 그날 밤이었어요. 그가 얼마나 공을 들여 그 일을 계획했는지 당신도 들었어야 했는데. 물론 나는 즉시 뉴욕에서 점심을 먹자고 제안했죠. 그때 그 사람이 갑자기 화를 내는 거예요.

'난 부적절한 일은 절대 하고 싶지 않습니다!' 그는 계속해서 말했죠. '난 바로 이웃집에서 그녀를 만나고 싶습니다.'

당신이 톰의 특별한 친구라고 말하자, 그는 모든 계획을 포기하려고 했어요. 톰에 대해서는 잘 모르더군요. 혹시라도 데이지의 이름을 볼까 해서 시카고 신문을 몇 년 동안 구독했다고 말했지만 말이죠."

이제 어둠이 깔렸다. 마차가 작은 다리 밑을 지나갈 때, 나는 조던의 황금빛 어깨 위에 팔을 둘렀다. 그리고 그녀를 내 쪽으로 끌어당기며 저녁을 먹지 않겠느냐고 물었다. 갑자기 데이지와 개츠비에 대한 생각이 사라졌다. 모든 걸 회의적으로 바라보는, 깨끗하고 단단하고 보기 드문 이 사람 생각뿐이었다. 그녀는 내 품에 도도하게 몸을 기대고 있었다. 마음을 어지럽히는 흥분과 함께 경구 하나가 귓전을 때리기 시작했다. "쫓기는 자와 쫓는 자, 바쁜 자와 피곤한 자만이 있을 뿐이다."

"데이지도 자기 인생에서 뭔가가 있어야 해요." 조던이 나에게 속삭였다.

"그녀도 개츠비를 보고 싶어 하나요?"

"그녀는 아무것도 몰라요. 개츠비가 알리고 싶어 하지 않아요. 당신은 그저 차 마시러 오라고 데이지를 초대하기만 하면 돼요."

우리는 어두운 나무울타리를 지나갔다. 뒤이어 59번가의 정면과 섬세하고 흐릿한 불빛이 공원을 비추는 구간을 지났다. 개츠비나 톰 뷰캐넌과는 달리, 나에게는 어두운 처마 밑이나 눈을 현혹하는 간판 주위를 떠도는 환상 속의 아가씨 얼굴 따위는 없었다. 그러므로 나는 두 팔로 내 옆에 있는 여자를 바싹 끌어당겼다. 조롱하는 듯한 그녀의 파리한 입술이 미소를 지었다. 나는 그녀를 다시 한 번 더 가까이 끌어당겼다. 이번에는 내 얼굴 쪽으로.

5장

　그날 밤 웨스트에그의 집으로 돌아왔을 때, 나는 잠시나마 집에 불이 난 줄 알았다. 새벽 두 시에 웨스트에그 반도의 한구석 전체가 불빛으로 번쩍번쩍 타오르고 있었다. 그 때문에 관목 숲은 비현실적인 빛을 발하고, 도로변 전선 위에서는 가늘고 긴 섬광이 반짝거렸다. 모퉁이를 돌고 나서야, 그것의 정체가 꼭대기부터 지하실까지 환하게 불을 밝힌 개츠비의 저택이라는 걸 알았다.

　처음에 나는 또 파티가 열렸구나 생각했다. 흥에 들뜬 무리가 '숨바꼭질'이나 '술래잡기' 놀이를 하겠다며 온 집안을 뒤집어 놓은 줄 알았다. 하지만 아무 소리도 들리지 않았다. 오직 나무 사이를 스치는 바람 소리뿐이었다. 바람이 전선을 흔들어 전깃불이 나갔다 들어왔다 했는데, 그 모습이 마치 저택이 어둠을 향해 윙크를 하고 있는 것처럼 보였다.

내가 타고 온 택시가 붕붕 소리를 내며 사라졌을 때, 잔디밭을 가로질러 나를 향해 걸어오는 개츠비가 보였다.

"너희 집이 세계 박람회장처럼 보여." 내가 말했다.

"그래?" 그는 집 쪽으로 시선을 돌렸다. "방들을 좀 살펴보느라고. 이봐, 코니아일랜드에 가자. 내 차를 타고."

"너무 늦었어."

"그럼 수영장에 같이 한 번 뛰어들까? 여름 내내 한 번도 써 보지를 못했거든."

"난 자러 가야 해."

"알았어."

그는 간절한 열망을 애써 누른 채, 나를 쳐다보며 기다렸다.

"베이커 양과 얘기했어." 잠시 후에 내가 말했다. "내일 데이지에게 연락해서 차 마시러 오라고 초대할 거야."

"오, 잘됐네." 그가 무심한 어조로 말했다. "너에게 어떤 불편도 끼치고 싶지 않아."

"어느 날이 좋겠어?"

"너는 어느 날이 좋은데?" 그가 재빨리 내 말을 바로잡았다. "너에게 어떤 불편도 끼치고 싶지 않다고 했잖아."

"내일 모레는 어때?"

잠시 생각하더니, 마지못해 대답했다.

"잔디를 좀 깎으라고 해야 하는데."

우리 둘 다 잔디밭을 바라보았다. 들쭉날쭉한 우리 집 잔디밭이 끝나는 지점과 색깔도 짙고 잘 손질된 그의 잔디밭이 시작되는 지점이 선명하게 갈라졌다. 그래서 나는 아마 우리 집 잔디를 이야기하나 보다 짐작했다.

"그 밖에 사소한 일들이 더 있어." 그가 모호하게 말을 꺼내더니 머뭇거렸다.

"그럼 며칠 연기할까?" 내가 물었다.

"오, 그런 게 아니야. 적어도……." 그는 말을 어떻게 꺼내야 할지 몰라 헤매고 있었다. "글쎄, 내가 생각해 봤는데…… 그러니까 이거 봐, 친구. 자넨 돈을 썩 많이 벌지는 못하지, 안 그런가?"

"그렇게 많이 벌지는 못하지."

그는 이 말에 안심하는 눈치였다. 좀 더 자신 있게 말을 이어 갔다.

"미안하지만 자네가 그럴 거라고 생각했어. 자네도 알겠지만 내가 부업으로 작은 사업을 하고 있다네. 일종의 부수입인 셈이지. 내 생각에 자네가 별로 많이 벌지 못할 것 같아서……. 채권 파는 일을 하고 있지, 안 그래?"

"그러려고 애쓰는 중이야."

"글쎄, 자네도 흥미가 있을 거야. 별로 시간도 많이 안 들이고 꽤 짭짤한 돈을 벌 수 있으니까. 어쩌다 보니 좀 은밀한 그런 일이기는 한데."

아마 상황이 달랐다면 그 대화는 내 인생의 위기가 되었을지도 모른다. 하지만 그 제안은 봉사에 대한 보상이라는 게 누가 봐도 뻔했기 때문에, 나는 그 자리에서 단칼에 거절할 수밖에 없었다.

"할 일이 산더미라네." 내가 말했다. "무척 고맙긴 하지만, 다른 일을 할 틈이 없어."

"울프심과 무슨 사업을 하라는 게 아니야." 그는 내가 지난 점심때 들은 '연줄' 때문에 몸을 사리고 있다고 생각하는 게 틀림없었다. 하지만 나는 그렇지 않다고 분명히 말해 주었다. 그는 내가 뭔가 대화를 시작하기를 바라면서 좀 더 기다렸다. 하지만 나는 상대를 해 줄 수 없을 정도로 너무 피곤했고, 결국 그는 마지못해 집으로 돌아갔다.

그날 저녁 일로 나는 머리가 맑고 행복했다. 현관문을 들어서는데, 마치 깊은 잠 속으로 걸어 들어가는 느낌이었다. 개츠비가 코니아일랜드에 갔는지, 아니면 몇 시간 동안이나 온 집안을 번쩍번쩍 빛나게 밝혀 놓고 방들을 살펴보았는지 나는 몰랐다. 다음날 아침에 사무실에서 데이지에게 전화를 걸었다. 그리고 차를 마시러 오라고 초대했다.

"톰은 데려오지 마." 나는 미리 주의를 주었다.

"뭐라고?"

"톰은 데려오지 말라고."

"'톰' 누구?" 그녀가 천진난만하게 물었다.

약속한 날에는 비가 쏟아졌다. 열한 시에 우비를 입은 한 남자가 잔디 깎는 기계를 끌고 우리 집 현관문을 두드렸다. 그리고 개츠비 씨가 잔디를 깎으라고 자길 보냈다고 말했다. 그 순간, 깜박 잊고 핀란드 가정부에게 다시 오라고 말하지 않았다는 걸 깨달았다. 결국 나는 웨스트에그 마을로 차를 몰고 가서 음울한 분위기의 하얀 회반죽을 바른 골목들을 누비며 그녀를 찾아다녔다. 그리고 컵과 레몬과 꽃을 좀 샀다.

사실 꽃은 전혀 필요가 없었다. 두 시가 되자, 개츠비네로부터 아예 온실 전체가 도착했기 때문이다. 꽃을 담을 화분도 헤아릴 수 없이 많이 왔다. 한 시간 후에는 개츠비가 초조하게 현관문을 열고 허둥지둥 들어왔다. 하얀 플란넬 양복에 은색 셔츠를 입고 황금색 넥타이를 매고 있었다. 그의 안색은 창백했고, 눈 밑에는 잠을 못 잔 증거로 검은 그늘이 드리워져 있었다.

"모든 준비가 다 잘되어 가고 있지?" 그가 다짜고짜 물었다.

"잔디를 말하는 거라면, 그건 괜찮아 보이는데."

"잔디?" 그가 어리둥절해서 물었다. "오, 저 마당에 잔디 말이군." 그는 창밖을 내다보았다. 하지만 그의 표정을 보고 짐작하건

대, 지금 그의 눈에는 아무것도 들어오지 않는 것 같았다.

"아주 좋아 보이는군." 그가 건성으로 중얼거렸다. "오늘 어느 신문에서는 비가 네 시쯤 그칠 거라고 하던데. 아마 「저널」이었을 거야. 혹시 차를 마시는 데 필요한 건 다 준비했나?"

나는 그를 식료품실로 데리고 갔다. 그곳에서 개츠비는 핀란드 인 가정부를 다소 힐난하듯이 쳐다보았다. 우리는 함께 식료품점에서 사 온 열두 개의 레몬 케이크를 꼼꼼하게 살펴보았다.

"괜찮겠지?" 내가 물었다.

"물론이지. 물론이야! 훌륭해!" 그가 공허하게 한 마디 덧붙였다. "친구."

세 시 반쯤이 되자, 빗줄기가 가늘어지면서 축축한 안개비로 변했다. 이따금 작은 빗방울이 이슬처럼 떨어지기는 했지만. 개츠비는 멍한 눈으로 클레이의 『경제학』을 들여다보다가, 부엌 바닥을 울리며 걷는 핀란드 인 가정부의 발걸음 소리에 움찔하기도 하고, 시시때때로 뿌연 창문을 힐끗힐끗 쳐다보았다. 마치 눈에 보이지는 않지만 깜짝 놀랄 만한 일들이 창문 밖에서 연달아 벌어지고 있다는 듯. 마침내 그는 자리에서 일어나더니 힘없는 목소리로 그만 집에 가겠다고 내게 말했다.

"왜 그래?"

"아무도 차 마시러 오지 않을 거야. 너무 늦었잖아!" 그는 어디 다른 데서 무척 촉박한 약속이라도 있는 것처럼 시계를 들여다보았다. "하루 종일 기다릴 수는 없어."

"바보처럼 굴지 마. 이제 겨우 네 시 이 분 전이잖아."

그는 내가 내리누르기라도 한 것처럼 힘없이 주저앉았다. 그와 동시에 우리 집 골목으로 접어드는 자동차 소리가 들려왔다. 우리 둘 다 자리에서 벌떡 일어났다. 다소 당황해서 나는 마당으로 나갔다.

빗방울이 똑똑 떨어지는 라일락 나무 아래로 커다란 오픈카가 차도를 올라오고 있었다. 자동차가 멈춰 섰다. 삼각형으로 모서리가 잡힌 보라색 모자를 비스듬히 쓴 데이지의 얼굴이 황홀한 미소를 환하게 지으며 나를 바라보고 있었다.

"여기가 정말 자기가 사는 곳이야?"

파장을 일으키며 기분을 들뜨게 하는 그녀의 목소리는 비를 타고 흐르는 독한 술 같았다. 나는 아무 말도 하지 못하고 오롯이 귀를 기울인 채, 잠시 그 목소리를 쫓아 오르락내리락하지 않을 수 없었다. 비에 젖은 머리카락 한 가닥이 푸른색 칠로 선을 그은 듯 그녀의 뺨 위로 흘러내려와 있었다. 내가 차에서 내리는 그녀를 붙잡아 주었을 때, 그녀의 손은 반짝거리는 빗방울로 촉촉하게 젖어 있었다.

"날 사랑하게 된 거야?" 그녀가 내 귓가에 나지막이 속삭였다.

"아니면 왜 나더러 혼자 오라고 했어?"

"래크렌트 성[*]의 비밀이야. 운전기사한테 어디 멀리 가서 한 시간쯤 있다가 오라고 해."

"한 시간 후에 돌아와요, 퍼디." 그러더니 심각한 목소리로 소곤거렸다. "저 사람 이름이 퍼디야."

"휘발유가 저 사람 코에 영향을 미쳤나?"

"그렇지는 않을걸." 그녀가 순진하게 말했다. "왜 그런 말을 해?"

우리는 안으로 들어갔다. 놀랍게도 거실 안은 텅 비어 있었다.

"이런, 이거 참 웃기는군." 내가 탄식을 내뱉었다.

"뭐가 웃기는데?"

그때 현관 쪽에서 가볍고 품위 있게 문을 두드리는 소리가 들려왔다. 데이지가 고개를 돌렸다. 나는 얼른 나가 문을 열었다. 개츠비였다. 송장처럼 하얗게 질린 얼굴로 두 손을 무거운 물건인양 외투 주머니에 푹 찔러 넣은 채, 침울한 표정으로 나를 바라보며 물웅덩이에 서 있었다.

그는 여전히 주머니에 손을 찔러 넣은 채, 내 옆을 지나 홀 안으로 성큼성큼 걸어 들어가더니 잔뜩 흥분한 사람처럼 휙 돌아서

서 거실로 사라져 버렸다. 이 상황이 전혀 웃기지 않았다. 나는 심장이 쿵쿵 뛰는 걸 느끼며, 문을 닫았다. 비는 점점 거세지고 있었다.

삼십 분 정도 아무 소리도 들리지 않았다. 이윽고 거실에서 목이 메어 중얼거리는 소리와 웃음소리가 들리더니 데이지의 일부러 꾸민 듯한 낭랑한 목소리가 뒤를 이었다.

"당신을 다시 만나서 정말 얼마나 기쁜지 모르겠어요."

정적. 끔찍하게 견디기 힘들었다. 나는 홀에서 아무 할 일이 없었기에 거실 안으로 들어갔다.

개츠비는 여전히 호주머니에 손을 넣고 벽난로 선반에 몸을 기대고 서 있었다. 그는 전혀 아무렇지도 않은 척, 심지어 지루한 척 보이려고 기를 썼다. 하지만 머리를 너무 뒤로 젖히다가 벽난로 위의 멈춰 버린 시계에 부딪혔다. 그런 자세로 서서, 그는 데이지의 발밑만 응시하고 있었다. 한편 그녀는 딱딱한 의자 가장자리에 우아하지만, 약간 겁먹은 자태로 앉아 있었다.

"우린 전에 만난 적이 있어." 개츠비가 중얼거렸다. 그의 시선이 잠깐 나를 향했다. 그의 입술은 어떻게든 웃어 보려는 헛된 노력으로 반쯤 벌어져 있었다. 다행히 바로 그 순간, 그의 머리에 닿은 시계가 쓰러질듯 기우뚱했다. 개츠비는 얼른 몸을 돌려 떨리는 손으로 시계를 붙잡아 다시 제자리에 올려놓았다. 그러고는 굳은 자세로 소파에 앉아, 팔걸이에 팔꿈치를 올려놓고 손으로 턱을 고였다.

"시계는 미안해." 그가 말했다.

이번에는 내 얼굴이 화끈화끈 달아올랐다. 머릿속에 맴도는 수천 가지 말 중에 진부한 단 한 마디의 말도 꺼낼 수가 없었다.

"오래된 시계인걸." 나는 바보같이 대답했다.

우리 세 사람 모두 시계가 바닥에 떨어져 산산조각이라도 난 것처럼 행동하고 있었다.

"우린 오랫동안 못 만났어." 데이지는 최대한 덤덤한 어조로 말했다.

"돌아오는 십일월이면 꼭 오 년 만이지."

거의 자동적으로 흘러나온 개츠비의 대답에, 우리는 다시 최소한 몇 분 전의 어색한 분위기로 되돌아가고 말았다. 나는 간신히 부엌에 가서 차 준비하는 걸 돕자는 제안을 생각해 내서 두 사람을 일으켜 세웠다. 하필 그때 악마 같은 핀란드 인 가정부가 차 쟁반을 들고 들어왔다.

반갑게도 찻잔과 케이크를 분주하게 내려놓는 와중에, 저절로 예의가 차려졌다. 개츠비는 그늘진 구석으로 들어갔다. 그리고 데이지와 내가 이야기하는 동안, 잔뜩 긴장한 슬픈 눈으로 우리 두 사람을 번갈아 쳐다보고 있었다. 하지만 이런 평온한 만남이 원래 목적이 아니었기에, 나는 틈이 나자마자 얼른 양해를 구하고 자리에서 일어났다.

"어디 가려고?" 개츠비가 화들짝 놀라며 물었다.

"곧 돌아올게."

"가기 전에 자네에게 할 말이 있어."

그는 부엌까지 다급하게 나를 따라오더니, 재빨리 문을 닫고 속삭였다. "오, 하느님 맙소사!" 몹시 낙심한 목소리였다.

"왜 그래?"

"완전히 망했어." 그가 고개를 저으며 탄식했다. "완전히, 완전히 망했다고."

"그냥 너무 당황해서 그래. 그뿐이야." 다행히도 내가 한 마디 덧붙였다. "데이지도 당황했어."

"데이지가 당황했다고?" 그는 도저히 믿을 수 없다는 듯 중얼거렸다.

"너처럼 똑같이 당황했다니까."

"그렇게 큰 소리로 말하지 마."

"지금 너는 무슨 어린애처럼 굴고 있어." 나는 참지 못하고 벌컥 화를 냈다. "그뿐만이 아니야. 실례를 범하고 있잖아. 데이지는 저기 혼자 앉아 있다고."

그는 황급히 손을 들어 내 입을 막더니, 평생 잊을 수 없는 힐난의 눈빛으로 나를 노려보았다. 그러고는 조심스럽게 부엌문을 열고 거실로 되돌아갔다.

나는 뒷문을 통해 밖으로 걸어 나왔다. 바로 삼십 분 전, 개츠비가 초조하게 집을 한 바퀴 돌 때 그랬던 것처럼. 그러고는 옹이 진 거대한 검은 나무 밑으로 달려갔다. 빽빽한 나뭇잎들이 천막처럼 비를 막아 주고 있었다. 또다시 비가 퍼붓고 있었다. 개츠비의 정원사가 잘 깎아 놓은 나의 들쭉날쭉한 잔디밭은 작은 진흙탕과 선사시대의 늪으로 가득 찼다. 나무 아래에서 보이는 것이라고는 개츠비의 거대한 저택밖에는 없었다. 그래서 나는 교회 뾰족탑을 바라보는 칸트처럼 삼십 분 동안 그 집을 노려보았다.[†] 한 양조업자가 십 년 전 광기의 시대 초반에 저 집을 지었는데, 만약 이웃집들이 초가지붕을 씌운다면 오 년 치 세금을 모두 내주겠다고 제안했다는 이야기가 있다. 그러나 이웃 사람들의 거절이 한 가문을 이룩하려는 그의 계획에 찬물을 끼얹었는지, 그는 곧장 내리막길로 접어들었다. 그의 자식들은 대문에 걸린 조화(弔花)가 시들기도 전에 그 집을 팔아 버렸다. 미국인들이란, 때로는 기꺼이 농노가 되기도 하면서도, 소작농이 되는 것에 대해서는 항상 완강히 버티는 모양이다.

---

‡ 독일 철학자 이마누엘 칸트는 생각하는 동안 첨탑을 응시하는 버릇이 있었다고 한다.

삼십 분쯤 지나자, 다시 태양이 빛나기 시작했다. 식료품점의 배달차가 하인들의 저녁 식사를 위한 식재료들을 싣고 개츠비 저택의 차도로 들어서고 있었다. 분명히 개츠비 자신은 단 한 수저도 뜨지 않을 것이다. 하녀 한 명이 그의 집 이층 창문들을 열기 시작했다. 창문을 하나 열 때마다 잠깐 잠깐 모습을 비추다가, 커다란 중앙 창문에서 몸을 내밀고는 정원을 향해 진지하게 침을 뱉었다. 이제 내가 돌아갈 시간이었다. 비가 계속 내리는 동안에는 그 소리가 마치 두 사람의 속삭임 같았다. 감정의 분출에 따라서 이따금 고조되었다 가라앉았다 하는. 하지만 이제 새로운 고요 속에서, 집 안 역시 고요가 찾아들었음을 느꼈다.

나는 부엌에서 난로를 넘어뜨리는 일만 빼고, 낼 수 있는 모든 소리를 다 낸 후에 거실로 들어갔다. 하지만 두 사람 귀에 무슨 소리가 들렸을 것 같지는 않았다. 그들은 소파 양쪽 끝에 앉아서, 마치 방금 질문을 받은 것처럼, 혹은 그 질문이 허공에 떠 있기라도 한 것처럼 서로를 응시하고 있었다. 어색한 분위기는 완전히 사라졌다. 데이지의 얼굴은 눈물로 얼룩져 있었다. 내가 들어가자, 그녀는 벌떡 일어나 거울 앞에 가서 손수건으로 얼굴을 닦기 시작했다. 하지만 개츠비의 변화는 한 마디로 어리둥절할 정도였다. 그는 말 그대로 환하게 빛나고 있었다. 기쁨의 탄성 한 마디, 몸짓 하나 없었지만, 새로운 환희가 그의 온몸에서 발산되어 그 작은 방을 가득 채웠다.

"오, 안녕, 친구." 마치 몇 년 만에 만난 사람처럼 그가 인사를 했다. 잠깐이지만, 악수를 청하는 게 아닐까 하는 생각까지 들었다.

"비가 그쳤어."

"그래?" 내가 무슨 말을 하는지 그가 깨달았을 때, 반짝반짝 빛나는 햇살이 방 안을 비추었다. 그는 자기가 무슨 기상예보관이거나, 늘 새로 띠오르는 대양의 열광적인 숭배자인 양, 데이지에게 이 소식을 다시 들려주었다. "어떻게 생각해요? 비가 그쳤다는군요."

"기뻐요, 제이." 아픔과 슬픔이 깃든 아름다움으로 가득 찬 그녀의 목소리는 오직 예상치 못한 기쁨만을 드러내고 있었다.

"자네와 데이지를 우리 집으로 데려갔으면 해." 그가 말했다. "데이지에게 구경을 시켜 주고 싶거든."

"그런데 정말 나도 가길 원하는 건가?"

"물론이지, 친구."

데이지는 세수를 하려고 이층으로 올라갔다. 낮 뜨거울 만큼 형편없는 수건이 생각났지만, 이미 늦었다. 그동안 개츠비와 나는 잔디밭에서 기다렸다.

"내 집이 꽤 근사하지 않나, 안 그래?" 그가 물었다. "저기 건물 정면으로 햇빛 쏟아지는 걸 좀 봐."

나는 정말 굉장하다고 맞장구를 쳤다.

"그래." 그의 시선이 아치형의 문들과 사각 탑들 하나하나까지, 저택 구석구석을 샅샅이 훑고 있었다. "저 집을 살 돈을 버느라 딱 삼 년이 걸렸어."

"유산을 받은 줄 알았는데."

"그랬지." 그는 기계적으로 대답했다. "하지만 엄청난 충격 속에 유산을 거의 날려 버렸어. 전쟁의 충격 말이야."

그는 자신이 무슨 말을 하고 있는지 잘 모르는 것 같았다. 왜냐하면 내가 그에게 무슨 사업을 하느냐고 물었을 때, 무심코 "그건 내 일이야."라고 대답했기 때문이다. 하지만 곧 적절한 대답이 아니었음을 깨닫고, 말을 정정했다.

"오, 여러 가지 일을 하고 있어. 약국 사업을 하다가 석유 사업도 했어. 하지만 지금은 둘 다 하지 않아." 그는 좀 더 주의 깊게 나를 쳐다보았다. "내가 지난밤에 제안한 일에 대해서 한 번 생각해 본 거야?"

내가 대답하기 전에, 데이지가 집에서 나왔다. 그녀의 드레스에 두 줄로 달린 놋쇠 단추가 햇살에 번쩍번쩍 빛났다.

"저기 저 커다란 집이야?" 그녀가 손가락으로 가리키며 외쳤다.

"마음에 들어?"

"정말 좋아. 하지만 어떻게 저런 집에서 달랑 혼자 사는지 모르겠네.”

“밤이든 낮이든, 항상 흥미로운 사람들로 가득 채우거든. 흥미로운 일을 하는 사람들, 유명 인사들 말이야.”

해협을 따라서 지름길로 가는 대신에, 우리는 도로로 내려와서 커다란 뒷문을 통해 들어갔다. 데이지는 넋을 잃고 연신 중얼거리며 하늘을 배경으로 우뚝 솟은 중세풍 건물의 이모저모를 찬탄했다. 그리고 노란 수선화의 톡 쏘는 향기와 산사나무의 거품처럼 은은한 향기, 자두 꽃 그리고 인동덩굴 꽃의 연한 황금빛 향기가 가득한 정원에 감탄을 금치 못했다. 대리석 계단까지 걸어가는데, 문턱을 연신 넘나드는 화려한 드레스 자락들도 보이지 않고 나무 사이 새들의 노랫소리 이외에 아무 소리도 들리지 않으니 좀 낯설고 이상했다.

집 안에 들어가서도, 마리 앙투아네트 풍의 음악실과 왕정복고기의 살롱들을 이리저리 둘러보는 동안, 나는 왠지 모든 소파와 테이블 뒤마다 손님들이 숨어 있을 것 같은 기분이 들었다. 우리가 지나갈 때까지 숨죽이고 조용히 하라는 지시를 받고서. 개츠비가 ‘머튼 칼리지 도서관’ ✢의 문을 닫는 순간에는, 정말이지 나는 올빼미 안경을 쓴 그 남자가 유령처럼 웃음을 터트리는 소리를 들었

✢ **머튼 칼리지 도서관** : 옥스퍼드에 있는 단과대학 도서관. 개츠비의 서재는 그곳을 그대로 본떠 만들었다.

다고 맹세할 수도 있다.

우리는 위층으로 올라갔다. 갓 꺾은 싱싱한 꽃들로 장식하고 장미와 라벤더 색깔의 비단으로 칭칭 휘감은 침실들을 지나고, 드레스 룸들과 당구장과 깊은 욕조가 딸린 욕실들을 지나서, 어느 방으로 들어가니 산발을 한 파자마 바람의 한 남자가 마루 위에서 운동을 하고 있었다. '하숙생'이라고 부르는 클립스프링어 씨였다. 나는 그날 아침에 해변을 허기진 듯이 헤매고 있는 그를 보았었다. 마침내 우리는 개츠비가 혼자 쓰는 방으로 들어갔다. 침실과 욕실, 그리고 애덤✢ 양식의 서재가 딸려 있었다. 우리는 자리에 앉아서, 그가 벽장에서 꺼내 온 카르투지오✢✢✢를 한 잔 마셨다.

그는 단 한순간도 데이지에게서 눈을 떼지 못했다. 그녀의 사랑스러운 눈이 어떤 반응을 보이느냐에 따라서 자신의 집에 있는 모든 것들을 재평가하고 있는 것 같았다. 때로는, 개츠비까지도 황홀한 눈빛으로 자신의 소유를 둘러보곤 했다. 마치 기적 같은 그녀의 출현으로 인해서 그 어떤 것도 더 이상 현실이 아닌 양. 한번은 거의 계단에서 넘어질 뻔했다.

그의 침실이 모든 방 중에서 가장 소박했다. 순금 화장 세트로 장식한 화장대만 빼놓고. 데이지는 신이 나서 빗을 집어 들더니

✢ **애덤** : 18세기 영국의 형제 가구 설계사.
✢✢✢ **카르투지오** : 프랑스의 수도원. 그곳에서 제조한 증류수를 말한다.

부드럽게 머리카락을 쓸어내렸다. 그 모습을 보자, 개츠비는 자리에 앉아서 두 눈을 가리고 웃기 시작했다.

"제일 웃기는 건 말이지, 친구." 그가 한껏 들뜬 목소리로 말했다. "아니야, 못하겠어……. 아까 내가 하려던 말은……."

그는 이제 막 두 단계를 지나고 세 번째 단계로 진입하고 있었다. 당혹감의 단계와 터무니없는 기쁨의 단계를 거친 후, 그녀가 여기 존재한다는 사실에 대한 놀라움에 사로잡혀 있었다. 그는 너무나 오랫동안 이 생각에 온통 빠져 있었고, 그 끝까지 모든 걸 상상해 왔으며, 이를 악물고, 말하자면 상상할 수 없을 정도의 집중력을 가지고 기다려 왔다. 이제, 그 반작용으로, 너무 세게 태엽을 감은 시계처럼 풀리고 있었다.

잠시 후에 정신을 차린 그는 육중한 옷장 두 개를 열어 보였다. 그 안에는 양복과 실내복, 넥타이, 셔츠 뭉치가 십이 층 높이로 벽돌처럼 겹겹이 쌓여 있었다.

"영국에 내 옷을 구입해 주는 사람이 있어. 봄가을 시즌이 시작될 때마다 물건을 골라서 보내 주지."

그는 셔츠 더미를 끄집어내더니 하나씩 우리 앞에 펼쳐 놓기 시작했다. 얇은 린넨 셔츠와 두꺼운 실크 셔츠와 고운 플란넬 셔츠들이 활짝 퍼지면서 테이블 위를 여러 가지 색깔로 어지럽게 뒤덮었다. 우리가 감탄하고 있는 동안, 그는 더 많은 옷을 꺼내 왔고,

부드럽고 값비싼 옷더미가 더 높이 쌓였다. 인디언 블루색으로 머리글자가 새겨진, 산호색과 옅은 초록색, 라벤더색, 엷은 오렌지색의 줄무늬, 소용돌이무늬, 체크무늬의 온갖 셔츠들이. 갑자기 데이지가 부자연스러운 소리를 내면서 셔츠 더미에 머리를 파묻고 폭풍처럼 울기 시작했다.

"이렇게 아름다운 셔츠들이라니!" 그녀는 흐느끼며 말했다. 비록 두터운 옷더미에 파묻혀 목소리가 잘 들리지는 않았지만. "이걸 보니 너무 슬퍼. 이렇게, 이렇게 아름다운 셔츠는 한 번도 본 적이 없었거든."

집을 본 다음에는, 마당과 수영장과 수상비행기, 한여름의 꽃밭을 구경할 예정이었지만, 개츠비 저택의 창문 밖에서는 다시 비가 내리기 시작했다. 그래서 우리는 나란히 서서 해협의 물결치는 수면을 바라보았다.

"안개만 없었더라면, 만 건너편 당신 집을 볼 수 있을 텐데." 개츠비가 말했다. "당신은 항상 잔교 끝에 밤새도록 초록 불을 켜 놓더군."

데이지가 불쑥 그의 팔짱을 꼈다. 하지만 그는 자기가 방금 한 말에 몰두하고 있는 것 같았다. 아마 그 불빛이 지녔던 어마어마한 의미가 이제 영원히 사라져 버렸다는 사실을 문득 깨달았으리

라. 그와 데이지 사이를 갈라놓았던 그 엄청난 거리에 비하면, 그것은 매우 가깝게, 거의 그녀와 닿을 듯이 보였을 것이다. 마치 별들이 달과 가깝게 보이듯이. 이제 다시 잔교 끝에는 초록 불이 반짝이고 있었다. 그를 매혹시키는 대상들의 숫자가 하나 줄어든 것이다.

나는 방 안을 돌아다니며, 희미한 어둠 속에 잠긴 다양한 물건들을 살펴보기 시작했다. 특히 그의 책상 위 벽에 걸려 있는, 요트복을 입은 한 노인의 커다란 사진이 눈길을 끌었다.

"이 사람은 누군가?"

"그 사람? 댄 코디 씨야."

그 이름이 왠지 귀에 익었다.

"지금은 돌아가셨어. 예전에 나랑 가장 가까운 친구 사이였지."

서랍장 위에는 개츠비를 찍은 작은 사진도 있었다. 그 역시 요트복을 입고 도전적으로 머리를 쳐들고 있었는데, 열여덟 살쯤 되어 보였다.

"이 사진 진짜 근사하다." 데이지가 탄성을 질렀다. "올백머리잖아! 당신이 올백머리를 한 적이 있단 말은 한 번도 못 들었는데! 요트가 있단 말도."

"이리 와 봐요." 개츠비가 재빨리 말했다. "신문 기사 오려 놓은 게 많아. 당신에 관한 기사요."

두 사람은 나란히 서서 기사를 살펴보았다. 내가 루비를 보여 달라고 하려는데, 전화벨이 울렸다. 개츠비는 수화기를 집어 들었다.

"그래…… 글쎄, 지금은 이야기할 수 없어…… 지금은 안 된다니까, 이 친구야. 내가 '작은' 동네라고 했잖아. 작은 동네라고 하면 어떤 건지 알아들었어야지……. 글쎄, 디트로이트를 작은 동네라고 생각했다면, 그자는 우리한테 아무 쓸모가 없어……."

그가 전화를 끊었다.

"빨리 이리 와 봐!" 데이지가 창가에서 소리쳤다.

비는 여전히 내리고 있었다. 하지만 컴컴한 서쪽 하늘이 둘로 갈라지면서 분홍빛과 황금빛으로 물든, 하얀 거품 같은 뭉게구름이 바다 위를 떠다니고 있었다.

"저것 좀 봐." 그녀가 속삭였다. 그러더니 잠시 후에 말을 이었다. "저 분홍빛 구름 하나를 가져다가 당신을 그 위에 태우고 밀고 다니고 싶어."

나는 이제 그만 가려고 했다. 하지만 두 사람은 그 말을 듣지 않았다. 아마 내 존재가 두 사람에게 훨씬 더 만족스럽고 오붓한 느낌을 안겨 주는 모양이었다.

"뭘 할지 알았어." 개츠비가 말했다. "클립스프링어에게 피아노를 치라고 하지."

그는 "유웡" 하고 소리치며 방 밖으로 나가더니 곧 돌아왔다. 숱이 적은 금발머리에 뿔테 안경을 쓴, 약간 초췌한 젊은 남자가 당황한 얼굴로 함께 들어왔다. 이제 그는 목을 풀어 헤친 스포츠 셔츠에 운동화, 흐린 색깔의 오리바지를 제대로 차려입고 있었다.

"저희가 운동하시는 걸 방해했나요?" 데이지가 공손하게 물었다.

"저는 자고 있었습니다." 클립스프링어가 당혹스러운 나머지 거의 소리를 지르다시피 했다. "그러니까 잠을 잤다가 그만 일어나서……."

"클립스프링어는 피아노를 연주해." 개츠비가 그의 말을 자르고 끼어들었다. "안 그런가, 친구?"

"저는 피아노를 잘 치지 못합니다. 못해요. 사실은 전혀 못합니다. 연습을 통 못해서……."

"아래층으로 내려가자고." 개츠비가 그의 말을 가로막았다. 그가 스위치를 켜자, 회색 창문들은 사라지고 온 저택이 휘황한 불빛으로 가득 찼다.

음악실에서 개츠비는 피아노 옆에 하나밖에 없는 등을 켰다. 그리고 파르르 떨리는 손으로 데이지의 담배에 불을 붙여 주었다. 그와 데이지는 방 저편에 멀찌감치 놓인 소파에 나란히 앉았다. 번쩍이는 마루에 반사되어, 복도에서부터 흘러 들어오는 빛 이외에는 온통 어둠뿐이었다.

클립스프링어가 '사랑의 둥지'를 연주하면서, 고개를 돌려 우울한 얼굴로 어둠 속에 앉아 있는 개츠비를 살폈다.

"연습을 전혀 못했어요. 그러기에 못 친다고 말씀드렸잖아요. 연습을 하도 안 해서……."

"그만 좀 떠들게, 친구야." 개츠비가 명령했다. "연주해!"

아침에도
저녁에도
우린 즐겁지 않았던가요.

창밖에서는 바람이 거세게 불고 해협을 따라 약하게 번개도 쳤다. 이제 웨스트에그의 모든 전구들이 켜지고 있었다. 사람들을 실은 전철이 빗속을 뚫고 뉴욕에서부터 집으로 돌진하고 있었다. 마음 깊은 곳에서부터 심오한 변화가 일어나고, 대기 중에는 짜릿한 흥분이 일어나는 시각이었다.

이보다 더 확실할 수 없는 한 가지 사실,
부자는 더 부자가 되고 가난한 자들은 아이를 낳는다네.
그러는 동안
그 사이에.

작별 인사를 하러 다가갔을 때, 나는 또다시 개츠비의 얼굴에 떠오른 당혹스러운 표정을 보았다. 마치 지금 누리는 행복의 본질에 대한 희미한 의심이 그를 사로잡은 것 같았다. 무려 오 년이었다! 바로 오늘 오후에조차 데이지가 그의 꿈에 도달하지 못하고 추락하는 순간이 분명 있었으리라. 그녀의 잘못 때문이 아니라, 그의 환상이 너무 원대하고 생생하기 때문이었다. 그 꿈은 데이지를 넘어섰고, 모든 걸 넘어서 버렸다. 그는 독창적인 열정을 가지고 그 꿈에 자신을 던졌던 것이다. 매 순간 그 꿈을 키우고, 자신의 길목에 날아든 온갖 밝은 색깔의 깃털로 장식을 해 왔던 것이다. 아무리 엄청난 불길이나 신선함도, 한 남자가 유령 같은 그의 가슴에 차곡차곡 쌓아올린 것에 대항할 수는 없는 법이다.

내가 그를 지켜보는 동안, 그는 눈에 띄게 약간 태도를 바꾸었다. 그의 손은 그녀의 손을 잡고 있었고, 그녀가 그의 귓가에 뭔가 나지막이 속삭일 때면 그는 열정을 분출하며 그녀 쪽으로 몸을 돌렸다. 다른 무엇보다도 거세게 고동치며 열에 들뜬 듯한 그녀의 목소리에 완전히 사로잡힌 것 같았다. 왜냐하면 그 목소리는 아무리 오래 꿈꾸어도 다 꿈꿀 수가 없기 때문이었다. 그 목소리는 영원히 죽지 않는 노래였다.

그들은 나를 까맣게 잊어버렸다. 그래도 데이지는 고개를 들고 손을 내밀었다. 반면 개츠비는 이제 나를 완전히 몰라 봤다. 나는 다시 한 번 그들을 바라보았다. 그들도 멀리서 나를 돌아보았다. 강렬한 삶에 사로잡힌 채. 이윽고 나는 방에서 나와 대리석 계단을 내려갔다. 그리고 두 사람을 그곳에 남겨 둔 채, 쏟아지는 빗속으로 걸어 들어갔다.

6장

　이 무렵에 뉴욕에서 온 야심찬 젊은 기자가 어느 날 아침 개츠비네 현관문을 두드렸다. 그리고 그에게 뭔가 할 말이 없냐고 물었다.

　"뭐에 관해서 말인가요?" 개츠비가 정중하게 물었다.

　"뭐…… 아무 말이라도 한 마디 하시죠."

　당황스러운 오 분의 실랑이 끝에, 이 기자가 별로 밝히고 싶지도 않고 완전히 이해하지도 못하는 모종의 커넥션과 관련해서 개츠비의 이름을 신문사 사무실에서 우연히 주워들었음을 알게 되었다. 그날은 쉬는 날이었음에도 불구하고, 기특하게 솔선수범하여 한번 '알아보려고' 부지런히 달려온 것이었다.

　그 기자는 닥치는 대로 찔러 본 것이었지만, 그의 직감은 정확했다. 그에게서 융숭한 대접을 받은 수백 명의 손님들이 그의 과거를 누구보다 잘 안다고 자처하며 온 사방에 퍼트리고 다닌 개츠비의 악명은 여름 내내 점점 높아져서 결국 기삿거리가 되기 직전까지 간 것이다. 여기에다 '캐나다와 연결되는 지하 밀주 통로' 같은 이 무렵의 전설까지 더해졌다. 그가 저택에서는 아예 지내지 않고 비밀리에 롱아일랜드 해안을 오르내리는 집 모양의 배에서 생활한다는 소문도 끈질기게 나돌았다. 노스다코타 출신의 제임스 개츠가 어째서 이런 허황된 소문들에서 커다란 만족감을 느꼈는지 그 이유를 설명하기란 어렵다.

제임스 개츠, 그것이 실제, 혹은 적어도 법적인 그의 이름이었다. 그는 열일곱 살 때, 자기 인생 경력이 시작되는 걸 목격한 특별한 순간에 이름을 바꾸었다. 바로 댄 코디의 요트가 슈피리어 호수의 가장 위험한 모래톱에 닻을 내리는 순간이었다. 그날 오후에 찢어진 초록색 저지 셔츠와 캔버스 바지를 입고 호숫가를 빈둥거리고 있던 사람은 제임스 개츠였다. 하지만 노 젓는 배를 빌려서 툴로미 호로 다가가 댄 코디에게 삼십 분 이내에 바람이 불어닥쳐 배를 부서 버릴 거라고 알려 줄 때 그 사람은 이미 제이 개츠비였다.

나는 이미 그가 오래 전부터 그 이름을 지어 놓았을 거라고 생각한다. 그의 부모님은 주변머리 없고 무능한 농사꾼이었다. 그의 상상 속에서는 결코 두 사람을 자신의 부모로 받아들인 적이 없었다. 진짜는 그의 이상적 자화상에서 튀어나온, 롱아일랜드 웨스트 에그에 사는 제이 개츠비였다. 그는 하느님의 아들이었다(이런 구절이 만약 무슨 의미가 있다면, 바로 딱 그 의미였다.). 그러므로 아버지의 사업, 즉 거창하고 통속적이며 저속한 아름다움을 섬기는 일을 해야만 했다. 결국 그는 열일곱 살짜리 소년이 생각해 낼 법한, 제이 개츠비란 인물을 창조해 냈다. 그리고 끝까지 그 인물에 충실했다.

일 년 동안 그는 슈피리어 호수 남쪽에서 조개잡이나 연어잡이, 그 밖에 먹고 자는 문제를 해결해 줄 수 있는 일이면 뭐든지 닥치는 대로 하면서 근근이 생계를 이어 갔다. 갈색으로 그을은 그의 단단한 육체는 고된 일상의 반쯤은 격렬하고 반쯤은 나태한 노동을 자연스럽게 버텨 냈다. 그는 일찍부터 여자를 알았다. 하지만 여자들이 그의 버릇을 망쳐 놓는 바람에, 그는 여자를 무시했다. 젊은 처녀들은 너무 무지하다는 이유로, 다른 여자들은 과도한 자아도취에 빠진 그가 당연하게 여기는 일들에 대해 지나치게 과민 반응이라는 이유로.

하지만 그의 가슴은 끊임없이 격렬하게 들끓고 있었다. 한밤중 잠자리에 든 그의 머릿속에는 엉뚱하고 황당무계한 공상들이 출몰하곤 했다. 세면대 위에서 시계가 똑딱거리고, 촉촉한 달빛이 마루 위에 뒤엉켜 있는 그의 옷가지를 적시는 동안, 이루 말할 수 없이 번드르르한 세계가 그의 머릿속에서 똬리를 틀었다. 매일 밤, 그는 자신의 환상에 무늬를 더해 갔다. 밀려오는 졸음이 망각의 포옹으로 그 생생한 장면들을 끝낼 때까지. 한동안 이런 몽상들이 그의 상상력에 탈출구를 제공했다. 그것은 현실의 비현실성에 대한 만족스러운 암시였으며, 세상이라는 단단한 바위가 요정의 날개 위에도 얼마든지 설 수 있다는 약속이었다.

영광스러운 미래를 향한 본능은 몇 달 전, 그를 남부 미네소타 세인트 올라프의 작은 루터교 대학으로 이끌었다. 그는 이 주 동안 그곳에 머물렀는데, 자신의 운명이 두드리는 북소리에 대한, 아니 운명이란 것 자체에 대한 그곳의 매몰찬 무관심에 절망하고 말았다. 그리고 그의 생계 수단인 관리인 일을 경멸했다. 결국 그는 다시 슈피리어 호수로 흘러 들어왔고, 댄 코디의 요트가 얕은 호숫가에 닻을 내리던 그날에도 여전히 뭔가 할 일을 찾고 있었다.

그때 코디는 쉰 살로, 네바다 주의 은광과 유콘 강, 그리고 1875년 이후 계속된 모든 광산 러시가 만들어 낸 인물이었다. 몬태나에서 구리 거래로 억만장자가 되고 나니, 그는 몸은 건장하지만 마음은 약해빠진 사람이 되어 버렸다. 이 점을 눈치 챈 헤아릴 수 없이 많은 여자들이 그에게서 돈을 뜯어내려고 시도했다. 신문기자였던 엘라 카이에가 그의 약점을 잡아 마담 맹트농‡ 노릇을 하며 그를 요트에 태워 바다로 내보낸, 전혀 달갑지 않은 결말은 1902년의

허풍이 심한 언론계에서는 널리 알려진 이야기였다. 어쨌든 그가 제임스 개츠의 새로운 운명으로 리틀걸 베이에 등장했을 때에는, 지나치게 그를 환대하며 맞이하는 해안가를 따라서 오 년째 항해하는 중이었다.

노에 몸을 기댄 채, 갑판 난간을 올려다보는 젊은 개츠의 눈에 그 요트는 세상 모든 아름다움과 화려함을 대표하는 것이었다. 아마 그는 코디에게 미소를 지어 보였으리라. 자신이 미소를 지으면 사람들이 자기를 좋아하게 된다는 걸 알았을 테니까. 어쨌든 코디는 그에게 몇 가지 질문을 던졌고(그 바람에 새로운 이름이 입 밖으로 흘러나왔으리라.), 이 청년이 재빠르고 터무니없을 만큼 야심만만하다는 사실을 알았다. 며칠 후에 코디는 그를 덜루스로 데려가서 푸른색 외투와 하얀 오리바지 여섯 벌, 그리고 요트 모자를 사주었다. 그리고 마침내 툴로미 호가 서인도 제도와 바버리 해안을 떠날 때, 개츠비도 함께 떠났다.

그는 역할이 모호한 개인 비서로 고용되었다. 코디와 함께 지내는 동안, 그는 집사이자 항해사, 선장, 비서, 심지어 간수 노릇까지 했다. 술에 취하지 않았을 때의 댄 코디는 술 취한 댄 코디가 얼마나 돈을 낭비하고 다니는지 알고 있었기 때문이다. 그는 개츠비를

✣ **마담 맹트농** : 프랑스 왕 루이 14세의 두 번째 부인으로, 첫 번째 왕비의 사망 이후 왕에게 지대한 영향력을 행사했다고 한다.

점점 더 신뢰함으로써 그런 우발적 사고에 대비했다. 이런 관계는 오 년 동안 지속되었고, 그동안 요트는 북미 대륙 주변을 세 번이나 돌았다. 어느 날 밤 보스턴에서 엘라 카이에가 배에 오르고, 일주일 후에 댄 코디가 비참하게 죽지 않았다면, 이 일은 영원히 계속되었을 것이다.

나는 개츠비의 침실에 걸려 있던 그의 사진을 기억한다. 공허하고 딱딱한 표정의 혈색 좋은 노인이었다. 그는 미국인들의 삶의 어느 기간 동안, 개척지의 선술집과 사창가가 가졌던 야만적인 격렬함을 동부 해안지역으로 다시 가져온, 선구적인 난봉꾼이었다. 개츠비가 술을 거의 마시지 않게 된 것은 간접적으로 코디의 영향이었다. 가끔 흥겨운 파티 도중에 여자들이 그의 머리에 샴페인을 쏟아 붓기도 했지만, 그는 스스로 술에 손대지 않는 습관을 들였다.

그에게 유산을 물려준 사람은 코디였다. 이만 오천 달러의 유산이었지만, 한 푼도 받지는 못했다. 그는 자신에게 불리하게 이용된 법적 장치를 결코 이해하지 못했다. 백만장자의 유산은 고스란히 엘라 카이에에게 넘어갔다. 그에게 남은 것은 코디에게서 받은 독자적이고 훌륭한 교육뿐이었다. 제이 개츠비란 인물의 모호한 윤곽은 이제 인간의 실체로 채워졌다.

그는 이 모든 이야기를 한참 뒤에야 내게 털어놓았다. 하지만 그의 조상들에 관해 맨 처음 떠돌았던 황당한 소문들을 날려 버릴 생각으로 여기에 먼저 적는다. 그 소문들은 손톱만큼도 사실이 아니었다. 더구나 그는 지극히 혼란스러운 시기에 이 얘기를 했다. 내가 그에 관해서라면 어떤 말이든 다 믿겨지면서 동시에 아무 말도 믿지 못하는 지경까지 갔을 때였다. 그러므로 개츠비가 잠시 숨을 고르는 동안, 나는 이 짧은 휴지기를 이용하여 일련의 오해들을 말끔히 해소시키려고 했다.

그의 연애와 관련한 나의 역할도 잠시 휴지기였다. 몇 주 동안 그의 얼굴도 보지 못하고 전화 목소리도 듣지 못했다. 나는 주로 뉴욕에서 조던과 함께 돌아다니거나 노쇠한 그녀의 이모의 환심을 사려고 노력 중이었다. 그러던 어느 일요일 오후에 마침내 나는 그의 집을 찾아갔다. 내가 그곳에 있은 지 이 분도 안 돼서 누군가 술 한잔 하자며 톰 뷰캐넌을 데리고 왔다. 나는 당연히 깜짝 놀랐다. 하지만 사실은 여태껏 이런 일이 일어나지 않았던 게 더 놀라운 일이었다.

세 사람이 말을 타고 왔다. 톰과 슬론이란 이름의 남자와 갈색 승마복을 입은 예쁜 여자였다. 그녀는 전에 이 집에 온 적이 있었다.

"만나 뵙게 돼서 반갑습니다." 개츠비가 현관문 앞에 서서 인사를 했다. "이렇게 들러 주셔서 얼마나 기쁜지 모릅니다."

마치 그들이 그의 인사에 무슨 신경이나 쓰는 양 말이다!

"어서 앉으십시오. 담배나 시거 한 대 피우시죠." 그는 재빨리 방을 걸어가서 벨을 울렸다. "얼른 마실 것을 좀 준비하겠습니다."

그는 톰이 여기 있다는 사실에 깊이 감격했다. 하지만 어떻게든 그들에게 뭔가를 줄 때까지는 마음이 편치 않을 것이다. 이 사람들이 뭐 때문에 왔는지 어렴풋이 알고 있었기 때문이다. 슬론 씨는 아무것도 원하지 않았다. 레몬에이드? 아니오, 괜찮습니다. 그럼 샴페인을 좀? 고맙지만 아무것도 필요 없습니다……. 미안합니다.

"승마는 즐거우셨나요?"

"이 근처는 길이 무척 좋더군요."

"제 생각에는 자동차들이……."

"네."

개츠비는 마치 처음 만난 사람처럼 대하는 톰에게 더 이상 참지 못하고 그를 돌아보았다.

"우리 전에 어디선가 만난 적이 있지 않나요, 뷰캐넌 씨?"

"오, 그렇군요." 톰이 퉁명스럽지만 예의 바르게 대답했다. 하지만 기억하지 못하는 게 분명했다. "한 번 만났었죠. 똑똑히 기억하고 있습니다."

"이 주일 전이었습니다."

"맞아요. 여기 닉이랑 있었지요."

"저는 당신 부인을 잘 압니다." 개츠비가 거의 공격적인 어조로 말을 이었다.

"그렇소?"

톰이 나를 돌아보았다.

"닉, 자네가 이 근처에 살지?"

"바로 옆집이야."

"그래?"

슬론 씨는 대화에 끼어들지 않고, 거만하게 의자에 몸을 기대고 늘어져 있었다. 여자 손님 역시 아무 말도 하지 않았다. 그러나 하이볼을 두 잔 마신 후에는, 뜻밖에도 무척 상냥해졌다.

"저희 모두 다음 파티에 참석할게요, 개츠비 씨." 그녀가 제안했다. "괜찮겠죠?"

"물론이죠. 여러분이 오시면 무척 기쁠 겁니다."

"친절하시군요." 슬론 씨가 전혀 감사하는 기색도 없이 말했다. "자, 그럼 이만 출발해야 할 것 같은데요."

"부디 서두르지 마십시오." 개츠비가 그들을 붙잡았다. 이제는 냉정을 되찾았고, 톰을 좀 더 살펴보고 싶었던 것이다. "아예 저녁 식사까지 하고 가시죠. 어떠신가요? 아마 뉴욕에서 다른 손님들도 몇 분 오실 겁니다."

"그러지 말고 당신이 저랑 저녁 식사를 하러 가시죠." 아가씨가 열성적으로 나섰다. "두 분 모두요."

그 말은 나를 포함하는 것이었다. 슬론 씨가 자리에서 일어섰다.

"그만 갑시다." 그가 말했다. 하지만 여자한테만 하는 소리였다.

"저는 진심이에요." 여자가 고집을 부렸다. "두 분을 모시고 싶어요. 방은 많아요."

개츠비가 의향을 묻는 듯 나를 쳐다보았다. 그는 같이 가고 싶어 했다. 그리고 정작 슬론 씨가 그럴 생각이 전혀 없다는 사실을 알아채지 못하고 있었다.

"죄송하지만 그럴 수 없을 것 같군요." 내가 대답했다.

"그럼, 한 분이라도 가세요." 그녀가 개츠비를 집중 공략했다.

슬론 씨가 여자의 귀에 대고 뭐라고 중얼거렸다.

"지금 출발하면 늦지 않을 거예요." 여자는 큰 소리로 주장했다.

"저는 말이 없습니다." 개츠비가 말했다. "예전에 군대에서 말을 타긴 했지만, 한 번도 산 적은 없답니다. 그러니 제 차를 타고 따라가야겠군요. 잠깐만 기다리세요."

나머지 사람들은 현관 밖으로 걸어 나왔다. 슬론과 여자는 한쪽에서 말다툼을 하기 시작했다.

"맙소사. 그 작자가 진짜로 올 모양이야." 톰이 말했다. "그녀가 자길 싫어한다는 걸 모르나?"

"그녀는 분명히 그가 오길 바란다고 말했어."

"큰 디너파티를 열 건데, 그자는 아는 사람이 한 명도 없을 거라고." 톰이 인상을 찌푸렸다. "대체 저 작자가 어디서 데이지를 만났는지 모르겠군. 정말이지 내 생각이 좀 구식인지 몰라도, 요즘 여자들은 너무 사방팔방 쏘다닌다니까. 별별 부류의 미친놈들을 다 만나고 다니잖아."

갑자기 슬론 씨와 여지가 계단을 내려오더니 말에 올라탔다.

"갑시다." 슬론 씨가 톰을 재촉했다. "늦었소. 그만 가야 해." 그러고는 나에게 말했다. "그 사람에게 우리가 기다리지 못하고 간다고 전해 주시오. 알겠소?"

톰과 나는 악수를 나누었다. 나머지 사람들끼리는 냉정하게 목례만 주고받았다. 그들이 재빨리 말을 몰고 도로를 달려 내려가 팔월의 녹음 속으로 사라지자마자, 모자와 얇은 코트를 손에 든 개츠비가 현관 밖으로 나왔다.

톰은 데이지가 혼자 쏘다니는 것이 불안해진 게 분명했다. 그 다음 토요일 밤에 데이지와 함께 개츠비의 파티에 왔기 때문이다. 어쩌면 톰의 출현이 그날 저녁에 특별히 숨이 막힐 듯한 분위기를 조성했을 수도 있다. 아무튼 내 기억 속에 그날은 그해 여름 개츠비네에서 열린 다른 파티와는 전혀 달랐다. 똑같은 사람들, 아니

적어도 똑같은 부류의 사람들, 그리고 똑같이 흥청망청 넘쳐나는 샴페인, 똑같이 온갖 색깔의 드레스들, 똑같이 각양각색의 소란들이었다. 그렇지만 나는 뭔가 기분 나쁜 분위기를 감지했다. 전에는 없었던 거칠고 사나운 기운이 가득 퍼져 있었다. 어쩌면 그게 아니라, 단지 내가 이곳에 익숙해졌던 것인지도 모른다. 웨스트에 그 자체를 완전한 세계로 받아들이고 그곳의 기준과 그곳의 중요한 거물들을 최고로 여겼던 것인지도. 왜냐하면 이곳은 그런 것에 대한 의식조차 없었기 때문이다. 그러다가 이제 나는 데이지의 눈으로, 이곳을 다시 보게 된 것인지도 몰랐다. 적응력을 키워 가며 애써 익숙해진 것들을 새로운 눈으로 보게 되는 것은 당연히 슬픈 일이었다.

그들은 해질 무렵에 도착했다. 우리가 눈부시게 차려입은 수백 명의 사람들 사이를 돌아다니는 동안, 데이지의 목소리는 쉬지 않고 종알종알 떠드는 묘기를 부리고 있었다.

"이런 걸 보니 무척 흥분되는걸." 그녀가 속삭였다. "닉, 오늘 저녁 아무 때나 내게 키스하고 싶거든 그냥 말만 해. 기꺼이 응해 줄 테니까. 내 이름을 부르던가, 아니면 그린카드⁑를 내밀기만 하면 돼. 아까 내가 주었지……."

⁑ **그린카드**: 외국인 노동자에게 내어 주는 입국 허가권.

"한번 쭉 둘러보세요." 개츠비가 권했다.

"둘러보고 있어요. 정말 놀라운 시간을 보내고……."

"말로만 들었던 유명한 사람들의 얼굴을 많이 볼 수 있을 거예요."

톰이 거만한 눈빛으로 모여 있는 사람들을 쓱 쳐다보았다.

"우리가 별로 돌아다니지 않아서 그런지……." 그가 입을 열었다. "솔직히 내가 아는 사람은 한 명도 없다고 생각하던 참이었소."

"아마 저 숙녀분은 아실 겁니다." 개츠비가 하얀 꽃이 핀 자두나무 아래에 당당히 앉아 있는, 한 떨기 살아 있는 백합 같은 고혹적인 여자를 가리켰다. 톰과 데이지는 멍하니 바라보았다. 지금까지 영화 속에서만 보았던 유명 배우를 알아보았을 때 느끼는 독특한 비현실감에 사로잡힌 채.

"정말 사랑스럽군요." 데이지가 말했다.

"몸을 숙이고 있는 저 남자가 감독입니다."

그는 격식을 차리며 그들을 이 사람들, 저 사람들에게로 소개하고 다녔다.

"뷰캐넌 부인입니다……. 그리고 뷰캐넌 씨." 잠시 머뭇거리더니, 개츠비가 설명을 덧붙였다. "폴로 선수시죠."

"오, 아닙니다. 전 아니에요." 톰이 재빨리 부인했다.

하지만 개츠비는 확실히 그 표현이 마음에 든 모양이었다. 그날 저녁 내내 톰은 끝까지 '폴로 선수' 로 통했다.

"유명 인사들을 이렇게 많이 만나 본 건 처음이에요." 데이지가 탄성을 질렀다. "난 저 남자를 좋아했었는데. 저 사람 이름이 뭐였더라? 코가 푸르스름한 저 남자요."

개츠비가 알아보고, 소규모 영화 제작자라고 알려주었다.

"뭐, 어쨌든 난 저 남자를 좋아했어요."

"날 폴로 선수라고 밝히지 않았으면 더 좋았을 텐데." 톰이 유쾌하게 말했다. "망각 속에 묻힌 채, 이 유명한 사람들의 모습을 조용히 구경하고 싶거든."

데이지와 개츠비는 춤을 췄다. 그의 우아하면서도 신중한 폭스트롯에 깜짝 놀랐던 기억이 생생하다. 전에는 그가 춤추는 모습을 한 번도 보지 못했던 것이다. 잠시 후에 두 사람은 내 집으로 건너가서 삼십 분쯤 계단에 앉아 있었다. 그동안 나는 데이지의 요청에 따라 주변을 감시하며 정원에 서 있었다. "혹시 불이나 홍수가 날지 모르잖아." 그녀가 이유를 설명했다. "아니면 하느님이 뭘 어떻게 하실지도."

우리가 저녁 식사를 위해 다 같이 한자리에 앉았을 때, 망각 속에 묻혀 있던 톰이 나타났다. "나는 저기 있는 다른 사람들과 식사를 하면 안 될까?" 톰이 말했다. "한 친구가 재밌는 얘기를 풀어 놓고 있어서 말이야."

"어서 가세요." 데이지가 상냥하게 대답했다. "혹시 주소를 받아 적고 싶으면, 여기 내 작은 황금색 펜이 있어요." 데이지가 잠시 주위를 돌아보더니, 저 아가씨는 '평범하지만 예쁘다'고 내게 속삭였다. 나는 데이지가 개츠비와 단둘이 있었던 삼십 분 빼고는 즐거운 순간이 없었음을 알고 있었다.

우리는 유난히 술 취한 사람들이 많은 테이블에 앉았다. 그것은 내 잘못이었는데, 바로 이 주 전에 개츠비가 전화를 받으러 간 사이에 나는 똑같은 사람들과 즐거운 시간을 보냈던 것이다. 하지만 그때는 흥겨웠던 분위기가 이제는 넌덜머리가 났다.

"기분이 어떠세요, 베데커 양?"

질문을 받은 아가씨는 내 어깨에 기대려고 했지만 계속 실패하고 있었다. 이 질문에 그녀는 몸을 꼿꼿이 세우고 눈을 크게 떴다.

"뭐, 뭐어?"

그러자 몸을 잘 가누지 못하는 뚱뚱한 여자가 내일 클럽으로 함께 골프를 치러 가자고 데이지를 조르고 있다가, 베데커 양을 변호하고 나섰다.

"오, 지금은 괜찮아요. 칵테일을 대여섯 잔 하고 나면, 그때는 항상 저렇게 비명을 지르기 시작한다니까. 내가 그만 마시라고 타일렀건만."

"이젠 안 마셔요." 비난 받은 여자가 공허하게 소리쳤다.

"당신이 소리 지르는 걸 듣고서, 내가 여기 시벳 박사에게 말했어요. ‘박사님, 여기 도움이 필요한 사람이 있어요.’라고 말이죠.”

“그녀가 무척 고마워할 거예요. 물론이죠.” 또 다른 친구가 전혀 고마워하는 기색 없이 말했다. “하지만 당신이 그녀의 머리를 수영장에 처박는 바람에 드레스가 다 젖었잖아요.”

“내가 세상에서 제일 싫은 일이 바로 수영장에 머리를 처박는 일이야.” 베데커 양이 중얼거렸다. “한번은 뉴저지에서 거의 물에 빠져 죽을 뻔했다고.”

“그러니까 술을 그만 마셔야죠.” 시벳 박사가 되받아쳤다.

“남 얘기 하지 말아요!” 베데커 양이 사납게 소리쳤다. “당신은 손을 덜덜 떠는 주제에! 나 같으면 절대 당신 같은 의사한테 수술을 맡기지 않을 거야!”

뭐 그런 식이었다. 내가 마지막으로 기억하는 일은, 데이지와 나란히 서서 영화감독과 그의 여배우를 지켜보던 것이었다. 그들은 여전히 하얀 자두나무 아래 있었는데, 꼭 맞닿은 두 사람의 얼굴은 희미하고 가느다란 달빛만이 겨우 파고들 수 있을 정도였다. 그 남자는 그렇게 가까이 다가가기 위해서 저녁 내내 여자를 향해 매우 조금씩 몸을 숙였을 거라는 생각이 들었다. 내가 지켜보고 있는 동안에도, 그 남자는 지극히 살짝 몸을 기울이더니 마침내 여자의 뺨에 키스를 했다.

“난 저 여자가 마음에 들어.” 데이지가 소곤거렸다. “정말 사랑스러워."

하지만 그 외에는 죄다 그녀의 눈에 거슬렸다. 그것은 두말할 나위도 없이, 태도 때문이 아니라 감정 때문이었다. 그녀는 웨스트에그란 곳에, 브로드웨이가 롱아일랜드의 한 어촌에다 탄생시킨 이 유래 없는 '장소'에 몸서리를 쳤다. 낡은 완곡어법 아래로 생살을 그대로 드러낸 그 원색적인 활력과, 이곳의 주민들을 무(無)에서 무(無)에 도달하는 지름길을 따라 몰고 가는 주제넘기 짝이 없는 운명에 소스라치게 놀랐다. 데이지는 자신이 도저히 이해할 수 없는 그 단순함에서 끔찍한 뭔가를 보았던 것이다.

그들이 자동차가 오기를 기다리는 동안, 나는 현관 계단에 앉아 있었다. 그곳은 어두웠다. 오직 불이 밝혀진 문만이 일 제곱미터의 빛을 검은 새벽하늘에 쏘아대고 있었다. 이따금 위층 드레스룸의 블라인드 뒤에서는 그림자가 어른거렸다. 보이지 않는 거울 앞에서 입술을 칠하고 분을 바르고 난 그림자는 또 다른 그림자에게 자리를 양보했고 그렇게 그림자들의 행렬은 무한히 이어졌다.

"어쨌거나 이 개츠비란 작자는 대체 누구야?" 갑자기 톰이 물었다. "거물 밀주업자인가?"

"대체 그런 말은 어디서 들었나?" 내가 따졌다.

"어디서 들은 게 아니야. 그냥 내 짐작이지. 자네도 알다시피 새로 부자가 된 많은 사람들이 대규모 밀주업자잖아."

“개츠비는 아니야.” 내가 쏘아붙였다.

그는 잠시 침묵했다. 차도에 깔린 자갈들이 그의 발밑에서 바스러졌다.

“아무튼 이런 동물원을 차리느라 고생깨나 했겠어.”

산들바람이 데이지의 털 코트에 회색 안개를 일으켰다.

“적어도 우리가 아는 사람들보다는 훨씬 재밌는 사람들이야.” 데이지가 애써 옹호를 했다.

“당신은 별로 재밌어 하는 것 같지 않던데?”

“뭐, 나도 재밌었어.”

톰은 껄껄 웃더니 나를 돌아보았다.

“그 아가씨가 이 사람한테 찬물 샤워를 시켜 달라고 부탁했을 때, 이 사람 표정 봤나?”

이때 데이지가 약간 쉰 목소리로 리드미컬하게 속삭이듯 노래를 부르기 시작했다. 가사 한 마디, 한 마디마다 예전에도 결코 없었고 앞으로도 다시는 없을 의미를 실어 가며. 선율이 높이 올라가자, 콘트랄토⁺가 대개 그렇듯이 그녀의 목소리는 부드럽게 끊어지다가 다시 이어졌다. 그리고 그렇게 변할 때마다 그녀의 따스한 인간적인 매력이 조금씩 대기 속으로 전해졌다.

⁺ **콘트랄토** : 여성 음역 중에서 가장 낮은 목소리.

"초대받지 않고 온 사람들도 많았어." 그녀가 불쑥 말을 꺼냈다. "그 아가씨도 초대받지 않고 온 거야. 그 사람들은 그냥 막무가내로 쳐들어오는 거고, 개츠비는 너무 점잖아서 거절을 못하는 거야."

"난 그 작자가 누구고 무슨 일을 하는지 알고 싶을 뿐이야." 톰이 끈질기게 말했다. "그리고 내 생각에는 그자의 정체를 거의 알아낸 것 같아."

"내가 지금 당장 알려 주지." 데이지가 대꾸했다. "그 사람은 약국을 갖고 있어.✛ 그것도 아주 여러 개를. 자기 혼자서 그걸 다 일으켜 세웠다고."

꾸물거리던 리무진이 차도를 따라 올라오고 있었다.

"잘 자, 닉." 데이지가 인사를 했다.

하지만 그녀의 시선은 나를 떠나서 불이 밝혀진 계단 꼭대기를 향하고 있었다. 그곳에서는 열린 문 사이로 그해의 산뜻하면서도 애수어린 왈츠 곡 「새벽 세 시」가 흘러나오고 있었다. 결국 개츠비네 파티의 바로 그 격의 없는 분위기 속에, 그녀의 세계가 완전히 결여하고 있는 낭만적 가능성이 있었던 것이다. 다시 집 안으로 들어오라고 그녀를 부르는 듯한 저 노래 속에서 무슨 일이 일어났

✛ 금주법 시대에 약국에서 처방전에 따라 합법적으로 위스키를 팔 수 있었다. 따라서 많은 약국들이 밀주업자들의 활동 기반이었다.

을까? 시간을 짐작할 수도 없는 이 어두운 시간에 무슨 일이 일어날 것인가? 어쩌면 도저히 믿겨지지 않는 손님이 도착할지도, 정말 경탄할 만한 극히 보기 드문 인물이 나타날지도, 혹은 진짜로 광채를 발하는 젊은 아가씨가 마법 같은 만남의 한순간에, 생기발랄한 단 한 번의 눈길로 오 년 동안이나 흔들리지 않았던 개츠비의 헌신을 망쳐 버릴지도 모른다.

그날 밤 나는 늦게까지 남아 있었다. 개츠비가 손님들이 갈 때까지 기다려 달라고 부탁했기 때문이다. 나는 꼭 수영을 해야 직성이 풀리는 패거리들이 오들오들 떨며 떠들썩하게 어두운 해안에서 달려 올라올 때까지, 정원을 서성거렸다. 그리고 이층 손님방의 불이 다 꺼질 때까지 기다렸다. 마침내 그가 계단을 내려왔을 때, 그을린 그의 얼굴은 평소와 달리 팽팽하게 긴장되어 있었고, 그의 두 눈은 밝게 빛나면서도 지쳐 있었다.

"그녀는 좋아하지 않았어." 그가 날 보자마자 말했다.

"물론 좋아했어."

"좋아하지 않았어." 그가 끝까지 우겼다. "별로 즐거워하지 않았다고."

그는 더 이상 말이 없었다. 나는 형언할 수 없는 그의 절망을 짐작할 뿐이었다.

"그녀와 멀어진 느낌이야." 그가 말했다. "그녀를 이해시키기가 어려워."

"춤 때문에 그래?"

"춤?" 그는 손가락을 한 번 튕기는 걸로 그가 췄던 모든 춤을 날려 버렸다. "이봐, 춤은 중요하지 않아."

그는 다른 무엇보다 데이지가 톰에게 가서 '난 당신을 결코 사랑하지 않아.'라고 말해 주기를 바랐다. 그녀가 그 한 마디 말로 지난 사 년을 싹 지워 버리고 나면, 두 사람은 좀 더 구체적인 방안들을 결정할 수 있을 것이다. 그중 하나는, 그녀가 자유로운 몸이 된 후에 루이빌로 돌아가 그녀의 집에서 결혼을 하는 것이었다. 마치 오 년 전으로 되돌아간 것처럼.

"그녀는 이해하지 못해." 그가 말했다. "예전에는 이해할 수 있었는데. 우리가 몇 시간 동안 함께 앉아 있던 그때에는……."

그는 말을 멈추더니, 과일 껍질과 버려진 기념품들과 짓밟힌 꽃잎들이 깔린 쓸쓸한 오솔길을 왔다갔다 걷기 시작했다.

"나라면 그녀에게 너무 많은 걸 요구하지 않겠어." 내가 용기를 내어 말했다. "과거를 돌이킬 수는 없는 일이야."

"과거를 돌이킬 수 없다고?" 그가 믿을 수 없다는 듯이 소리쳤다. "어째서? 당연히 돌이킬 수 있고말고!"

그는 사납게 사방을 두리번거렸다. 마치 과거가 저택 어딘가 그의 손이 닿지 않는 어둠 속에 숨어 있기라도 한 듯이.

"난 모든 걸 예전처럼 돌려놓을 거야." 그가 단호하게 고개를 끄덕였다. "두고 봐."

그는 과거에 대해 많은 이야기를 했다. 나는 그가 뭔가를, 자기 자신에 대한 어떤 이상을 되돌리고 싶어 한다는 걸 알았다. 그리고 그 이상은 데이지에 대한 사랑으로 이어졌다. 그때부터 줄곧 그의 인생은 혼란스럽고 무질서했다. 하지만 한 번만 다시 출발점으로 돌아갈 수 있다면, 그리고 모든 걸 천천히 되짚어 볼 수 있다면, 그렇다면 그것이 무엇인지 알아낼 수 있으리라…….

……오 년 전 어느 가을날 밤, 그들은 낙엽이 떨어지는 거리를 걷고 있었다. 두 사람은 나무 한 그루 없고, 보도가 달빛으로 하얗게 빛나는 곳에 이르렀다. 그들은 걸음을 멈추고 서로를 마주 보았다. 지금은 일 년에 두 번 계절이 바뀔 때 찾아오는 그 신비로운 흥분이 감도는 서늘한 밤이었다. 집집마다 고요한 불빛이 어둠을 향해 콧노래를 부르고 있었고, 별들 사이에서는 부산한 동요가 일었다. 개츠비는 보도블록이 실제로 사다리를 이루고 나무 꼭대기 너머 비밀 장소로 이어지는 것을 곁눈으로 힐끗 보았다. 그는 그걸 타고 올라갈 수도 있었다. 혼자 올라가기만 한다면. 일단 그곳에 가면, 생명의 젖꼭지를 물고 비할 바 없는 경이의 젖을 꿀꺽꿀꺽 삼킬 수 있으리라.

데이지의 새하얀 얼굴이 가까이 다가오자, 그의 심장은 점점 더 거세게 뛰었다. 그는 알고 있었다. 이 여자에게 입을 맞추는 순간, 그의 형용할 수 없는 꿈들은 그녀의 덧없는 숨결과 영원히 결합하고 그의 정신은 두 번 다시 신의 정신처럼 경쾌히 뛰어놀지 못하리라는 것을. 그래서 그는 기다렸다. 별에 가서 부딪히는 소리굽쇠 소리에 잠시만 더 귀를 기울이며. 이윽고 그는 그녀에게 키스했다. 그의 입술이 닿는 순간, 그녀는 그를 향해 꽃처럼 피어났고, 꿈은 현실로 이루어졌다.

그가 말한 모든 이야기는, 그 지독한 감상주의조차, 오래전 어디선가 들었던 무언가를 떠올리게 했다. 손에 잡히지 않는 리듬, 잃어버린 말들의 단편을. 아주 잠깐 하나의 문장이 내 입에서 형태를 갖추고 나오려고 했고, 내 입술은 벙어리처럼 벌어졌다. 마치 놀라서 튀어나오는 헉 소리 이상의 무언가를 내기 위해 버둥거리는 듯이. 결국 내 입은 아무 소리도 내지 못했고, 내가 거의 떠올릴 뻔했던 그 문장은 영원히 전달되지 못했다.

7장

그에 관한 호기심이 절정에 이르렀을 때, 갑자기 그의 저택은 토요일 저녁에 더 이상 불을 밝히지 않게 되었다. 더불어 트리말키오⁺로서의 그의 경력도 어떻게 시작되었는지 몰랐듯이 어떻게 끝나는지도 모르게 끝나 버렸다.

나 역시 잔뜩 기대에 차서 그의 저택 입구에 나타났던 자동차들이 잠시 기다리다가 시무룩하게 돌아가 버리는 걸 차츰 눈치챘다. 혹시 아픈 건가 궁금해서, 그의 집을 찾아갔다. 악당처럼 생긴 낯선 집사가 문가에 서서 나를 의심스러운 눈초리로 째려보았다.

✤ **트리말키오** : 로마 시대 페트로니우스의 소설 『사티리콘』에 나오는 인물. 불굴의 노력으로 부를 이루었으며 호화로운 만찬을 베푸는 것으로 유명했다. 애초에 이 소설의 원제목은 '웨스트에그의 트리말키오' 였다고 한다.

"개츠비 씨가 혹시 아프신가요?"

"아니오." 집사는 한참 뜸을 들이다가 마지못해 떨떠름한 목소리로 덧붙였다. "선생님."

"한동안 통 보질 못해서 좀 걱정이 되는군요. 캐러웨이가 찾아왔었다고 전해 주시오."

"누구요?" 집사가 무례하게 물었다.

"캐러웨이."

"캐러웨이. 알겠습니다. 전하지요."

집사는 다짜고짜 문을 쾅 닫았다.

우리 집 핀란드 인 가정부 말로는, 개츠비가 일주일 전에 하인들을 모두 해고하고 여섯 명을 새로 채용했다는 것이었다. 그들은 절대 웨스트에그 마을로 나와 상인들에게 뇌물을 받아 가며 거래하는 법이 없고 전화로 약간의 생필품을 주문했다. 식료품점 점원은 부엌이 흡사 돼지우리라고 떠들었고, 새로운 하인들도 전혀 하인 같지 않다는 게 마을 사람들의 전반적인 견해였다.

다음날 개츠비가 내게 전화를 했다.

"어디 떠나려고?" 내가 물었다.

"아니야."

"하인들을 모두 해고했다고 들었어."

"입이 무거운 사람이 필요했거든. 데이지가 꽤 자주 놀러와. 저녁마다."

그러니까 데이지의 못마땅한 눈초리 한 번에, 그 화려한 파티장이 카드로 지은 집처럼 일순간에 무너져 버린 것이다.

"그 사람들은 울프심이 무슨 일을 좀 하려고 데려온 사람들이야. 모두 형제자매들이지. 한때 작은 호텔을 운영하기도 했었어."

"그렇군."

그는 데이지의 부탁을 받고 전화를 한 것이었다. 내일 점심 식사를 하러 그녀의 집에 오지 않겠는가? 하고. 베이커 양도 오기로 했다. 삼십 분 후에는 데이지가 직접 전화를 했다. 내가 가겠다고 하니까 안심하는 눈치였다. 무슨 일이 일어난 것이다. 하지만 나는 그들이 어떤 장면을 연출하기 위해 이번 기회를 잡았다고는 미처 생각하지 못했다. 더구나 개츠비가 정원에서 구상했던 그 허무맹랑한 장면을 실현하기 위해서일 거라고는.

다음날은 지글지글 끓는 날씨였다. 여름 들어 가장 무더운, 거의 마지막 날이었다. 내가 탄 기차가 터널을 나와 햇빛 속으로 나갔다. 내셔널 비스킷 회사의 뜨거운 경적 소리만이 지글지글 끓는 정오의 적막을 깨뜨리고 있었다. 밀짚을 넣은 기차 좌석은 거의 불타기 직전이었다. 내 옆에 앉은 여자는 하얀 블라우스를 입고 한동안 조용히 땀을 흘리고 있다가, 손에 쥔 신문이 축축하게 젖어 버리자, 절망적인 탄식을 내뱉으며 뜨거운 열기에 무너져 버렸다.

그때 그녀의 지갑이 바닥에 떨어졌다.

"어머, 이런!" 그녀가 탄성을 질렀다.

나는 지친 몸을 겨우 숙여서 지갑을 집어 여자에게 돌려주었다. 아무 흑심도 없음을 보여 주기 위해 최대한 지갑의 끄트머리를 잡고 팔을 한껏 뻗었다. 하지만 그 여자를 포함해서 근처에 있는 모든 사람들이 나를 의심스럽게 쳐다보았다.

"덥군요!" 차장이 낯익은 얼굴들에게 말했다. "무슨 날씨가 이런지! 더워! 더워! 정말 덥지 않으세요? 그렇죠? 안 그런가요?"

차장의 손에 들어갔던 내 정기 통행권은 검은 얼룩이 묻은 채 돌아왔다. 이런 더위에는 누구의 붉은 입술에 키스를 하든, 누구의 머리가 잠옷 가슴팍 호주머니를 축축하게 젖게 하든 주의해야 한다!

……뷰캐넌 집의 현관 복도에는 희미한 바람이 불었다. 문 앞에서 기다리고 있는 개츠비와 내 귀에까지 전화벨 소리가 전해졌다.

"주인님의 시신이요!" 집사가 수화기에 대고 악을 썼다. "죄송합니다, 사모님. 저희가 수습할 수가 없습니다. 오늘 낮에는 너무 더워서 어떻게 손댈 수가 없어요."

하지만 실제로 집사가 한 말은 이것이었다. "네…… 네…… 알겠습니다."

집사는 수화기를 내려놓고 살짝 땀을 흘리며 우리에게로 다가

오더니, 우리의 빳빳한 밀짚 모자를 받아 들었다.

"사모님께서 살롱에서 기다리고 계십니다." 그가 쓸데없이 방향을 가리키며 큰 소리로 말했다. 이런 더위 속에서는 불필요한 동작은 수명을 단축시키는 짓이었다.

차일로 햇빛을 잘 차단한 그 방은 어둡고 서늘했다. 데이지와 조던은 거대한 소파 위에 누워 있었다. 윙윙대는 선풍기 바람에 하얀 드레스 자락이 날리지 않도록 누르고 있는 그 모습이 흡사 은빛 인형들 같았다.

"우린 움직일 수가 없어요." 두 사람이 입을 모아 말했다.

그을린 피부에 하얗게 분을 바른 조던의 손이 잠깐 내 손을 잡았다.

"운동선수이신 톰 뷰캐넌 씨께서는 어딜 가셨나?" 내가 물었다.

그 말이 떨어지기 무섭게, 홀 전화기에 대고 낮고 쉰 목소리로 투덜거리고 있는 그의 목소리가 들려왔다.

개츠비는 진홍색 양탄자 한가운데 서서 황홀한 눈빛으로 사방을 둘러보았다. 데이지는 그 모습을 보며 사람을 짜릿하게 하는 감미로운 웃음소리를 냈다. 순간 그녀의 가슴에서 분가루가 살짝 피어올랐다.

"톰의 애인이 저렇게 전화를 한다는 소문이 있어요." 조던이 속삭였다.

우리는 침묵했다. 홀에서 들려오는 목소리가 점점 짜증스럽게 높아졌다. "그럼 좋아. 난 자네에게 절대 차를 팔지 않겠어. 꼭 그래야 할 의무도 없잖아. ……자네가 점심시간에까지 날 이렇게 성가시게 하니까 도저히 참을 수가 없군!"

"수화기는 벌써 내려놓았을 거야." 데이지가 빈정거렸다.

"아니야. 그렇지 않아." 내가 데이지에게 확인을 해 주었다. "진짜 거래를 하는 거야. 나는 어쩌다가 그 일을 알게 됐어."

톰이 문을 활짝 열고 황급히 방 안으로 들어왔다. 잠시 거대한 그의 몸이 문을 완전히 가로막았다.

"개츠비 씨!" 그가 상대에 대한 혐오감을 용케 감추며 넓적한 손바닥을 내밀었다. "만나서 반갑습니다……. 그리고 닉, 자네도."

"우리에게 차가운 마실 것 좀 줘요." 데이지가 외쳤다.

톰이 다시 방을 나가자, 그녀는 벌떡 일어나더니 개츠비에게 다가가서 그의 얼굴을 끌어당기고 키스를 했다.

"내가 사랑하는 거 알지?" 그녀가 속삭였다.

"여기 숙녀가 한 사람 있다는 걸 잊었군." 조던이 말했다.

데이지가 의심스러운 듯이 뒤를 돌아보았다.

"너도 닉에게 키스해!"

"어쩜 그렇게 저속하고 천박하실까!"

"난 상관 안 해!" 데이지는 이렇게 소리치고는 벽난로 앞 벽돌

마루 위에서 춤을 추기 시작했다. 그러다가 문득 더위를 기억하고, 죄지은 사람처럼 소파에 가서 앉았다. 바로 그때 새로 말끔히 세탁한 옷을 입은 유모가 어린 소녀를 데리고 방으로 들어왔다.

"오, 우리 어여쁜 보배." 그녀가 팔을 앞으로 쭉 내밀며 어르듯이 말했다. "어서 사랑하는 네 엄마에게 오렴."

유모의 손에서 풀려난 아이는 방을 가로질러 달려와 엄마의 드레스 자락 속으로 수줍게 파고들었다.

"귀엽고 사랑스러운 보물! 엄마가 우리 아가의 노란 머리에 분을 묻혔구나? 이제 일어나 보렴. '안녕하세요?'라고 인사해야지."

개츠비와 나는 몸을 숙여서, 마지못해 내미는 조그만 손을 번갈아 잡았다. 그런 다음에도 개츠비는 깜짝 놀란 표정으로 아이에게서 눈을 떼지 못했다. 아마 이제까지 이런 존재가 있으리라고는 생각도 못했을 것이다.

"점심 식사 전에 옷을 갈아입었어." 아이가 얼른 데이지에게로 몸을 돌리며 말했다.

"그건 엄마가 너를 보여 드리고 싶어서 그랬어." 데이지는 아이의 가늘고 하얀 목덜미에 난 유일한 주름에 얼굴을 파묻었다. "우리 아가는 엄마의 꿈이야. 작고 완벽한 꿈."

"그래." 아이가 침착하게 인정했다. "조던 이모도 하얀 드레스를 입었네."

“엄마 친구 분들이 어떠니?” 데이지가 몸을 돌려 개츠비를 소개했다. “잘생겼다고 생각하지?”

“아빠는 어딨어?”

“이 아이는 아빠를 안 닮았어.” 데이지가 설명했다. “나를 닮았지. 내 머리카락과 내 얼굴 모양을 쏙 빼닮았다니까.”

데이지는 다시 소파에 앉았다. 유모가 한 발 앞으로 나오더니 아이의 손을 잡았다.

“패미, 그만 가자.”

“잘 자라, 우리 아가!”

잘 훈련된 아이는 마지못해 뒤를 한 번 힐끗 돌아보고는 유모의 손을 잡고 방을 나갔다. 바로 그때 톰이 얼음을 가득 채운 진 리키 넉 잔을 들고서 돌아왔다.

개츠비가 자기 잔을 받았다.

“몹시 시원해 보이는군요.” 그는 긴장한 기색이 역력한 목소리로 말했다.

우리는 게걸스레 들이켰다.

“제가 어떤 글에서 읽었는데, 매년 태양이 더 뜨거워지고 있다더군요.” 톰이 상냥하게 말했다. “머잖아 지구가 태양 속으로 곤두박질칠 것 같습니다. 아니, 잠깐만요, 제가 거꾸로 말했나 보군요. 태양은 해마다 식어 가고 있답니다.”

"밖으로 나갑시다." 그가 개츠비에게 제안했다. "전망을 보여 드리고 싶습니다."

나는 그들과 함께 베란다로 나갔다. 열기 속에 괴어 있는 초록빛 해협 위에 작은 배 한 척이 좀 더 시원한 바다를 향해 꾸물꾸물 가고 있었다. 개츠비의 눈길이 잠시 그 배를 쫓았다. 그러다가 문득 손을 들더니 만 건너편을 가리켰다.

"저는 바로 저기 반대편에 삽니다."

"그렇군요."

우리의 시선은 장미 꽃밭과 뜨겁게 달아오른 잔디밭과 한여름 해변의 잡초가 무성한 쓰레기터 위로 향했다. 보트의 하얀 날개가 서늘하고 푸른 하늘을 배경으로 천천히 펄럭거렸다. 그 앞으로 부채 모양의 바다와 축복받은 많은 섬들이 펼쳐져 있었다.

"저런 게 운동이지." 톰이 머리를 끄덕이며 말했다. "나도 한 시간쯤 저기 나가고 싶군요."

우리는 뜨거운 햇빛을 막느라 너무 컴컴한 식당에서 점심 식사를 했다. 그리고 유쾌한 척하지만 긴장이 감도는 분위기 속에서 차가운 에일을 마셨다.

"오늘 오후에는 뭘 하지?" 데이지가 소리쳤다. "그리고 내일은? 또 앞으로 삼십 년 동안은?"

"이상하게 굴지 말아요." 조던이 말했다. "가을이 되고 선선해지면, 다시 활기가 되살아날 텐데."

"하지만 너무 덥잖아." 데이지가 거의 눈물이라도 흘릴 듯한 표정으로 고집을 부렸다. "게다가 모든 게 너무 혼란스러워. 우리 다 같이 시내로 나가자!"

힘들게 열기를 뚫고 나온 그녀의 목소리는 더위를 이기고 무의미한 말들에 형체를 부여했다.

"마구간을 고쳐서 차고를 만든다는 얘기를 들었는데, 나는 아마 차고를 고쳐서 마구간을 만든 최초의 사람일 겁니다." 톰이 개츠비에게 떠들고 있었다.

"시내로 나가고 싶은 사람?" 데이지가 끈질기게 물었다. 개츠비의 눈길이 저절로 그녀에게로 향했다. "아, 당신은 정말 멋져." 그녀가 감탄했다.

두 사람의 시선이 부딪쳤고, 그들은 마치 여기 단둘만 있는 것처럼 서로를 정신없이 바라보았다. 데이지가 간신히 눈을 돌려 테이블을 내려다보았다.

"당신은 언제 봐도 정말 멋있어." 그녀가 다시 한 번 말했다.

데이지는 그에게 사랑한다고 말한 것이다. 톰 뷰캐넌이 지켜보는 앞에서. 그는 아연실색했다. 입을 헤벌리고 개츠비를 한 번 쳐다보더니, 다시 데이지를 보았다. 마치 오래전에 알았던 사람을 이제 비로소 알아본 것 같은 표정이었다.

"당신은 광고에 나오는 그 남자를 닮았어요." 데이지는 천진난 만하게 계속 떠들었다. "광고에 나오는 그 사람 알죠?"

"좋아." 톰이 재빨리 끼어들었다. "나야말로 시내에 나가고 싶 어 몸이 근질근질하군. 어서 갑시다. 다 같이 시내로 나가죠."

그가 벌떡 일어났다. 그러면서도 여전히 번뜩이는 눈으로 개츠 비와 아내를 번갈아 쳐다보고 있었다. 아무도 움직이지 않았다.

"어서 갑시다!" 그가 약간 성질을 냈다. "대체 뭐가 문제요? 시 내로 갈 거라면 지금 당장 떠나자니까."

애써 감정을 억누르느라 그의 손이 부들부들 떨렸다. 그는 에일 잔을 입술에 갖다 대더니 끝까지 다 비웠다. 데이지의 목소리에 비로소 우리는 자리에서 일어나 번쩍이는 자갈이 깔린 차도로 나 갔다.

"바로 갈 거예요?" 데이지가 반대했다. "이렇게? 먼저 담배 한 대도 피우지 않고?"

"점심 먹으면서 다들 피웠잖아."

"오, 좀 즐기자고." 데이지가 남편을 졸랐다. "야단법석을 떨기 에는 너무 덥잖아."

톰은 아무 대답도 하지 않았다.

"당신 마음대로 해." 그녀가 말했다. "조던, 가자."

두 사람은 외출 준비를 하러 이층으로 올라갔다. 그동안 우리

세 남자는 뜨거운 자갈을 발로 툭툭 차며 서 있었다. 서쪽 하늘에는 벌써 은빛 초승달이 떠 있었다. 개츠비는 뭔가 말을 하려다가 마음을 바꾸었다. 하지만 그전에 톰은 벌써 돌아서서 그의 말이 떨어지길 기다리고 있었다.

"여기 마구간을 갖고 계신가요?" 개츠비가 겨우 질문을 던졌다.

"저 길 아래로 사백 미터쯤 가면 있지요."

"오."

정적.

"대체 시내에는 뭐 하러 가자는지 모르겠군." 톰이 거칠게 내뱉었다. "여자들이란 어디서 그런 생각이 나는지……."

"뭐 마실 것 좀 가져갈까?" 데이지가 위층 창문에서 소리쳤다.

"내가 위스키를 가져가지." 톰이 대답하고 집 안으로 들어갔다.

개츠비가 딱딱하게 굳은 표정으로 나를 바라보았다.

"난 그의 집에서는 아무 말도 할 수가 없어."

"그녀의 목소리는 참 가볍지." 내가 말했다. "뭐로 가득 차 있다고 할까……." 내가 머뭇거렸다.

"그녀의 목소리는 돈으로 가득 차 있어." 그가 갑자기 말했다.

바로 그것이었다. 나는 이제까지 한 번도 그걸 깨닫지 못했다. 그 목소리는 돈으로 가득 차 있었다. 그것이 바로 그녀의 목소리에서 높아졌다 낮아졌다 하는, 결코 마르지 않는 매력의 원천이었다. 짤랑거리는 그 소리. 그 심벌즈의 노래……. 하얀 궁전 높이 서 있는 왕의 딸. 황금의 공주…….

톰이 술병을 수건으로 감싸들고 집 밖으로 나왔다. 데이지와 조던은 금속광택이 나는 꼭 끼는 작은 모자를 쓰고 가벼운 망토를 팔에 걸친 채, 뒤를 따라 나왔다.

"다 함께 제 차를 타고 갈까요?" 개츠비가 제안했다. 그는 뜨겁게 달구어진 초록색 가죽 시트를 만져 보았다. "그늘에 세워 놓았어야 했는데 잘못했군요."

"표준 변속 기어인가요?" 톰이 물었다.

"그렇습니다."

"그럼, 당신이 내 쿠페를 몰고 내가 당신 차를 몰고 시내까지 갑시다."

개츠비는 이 제안이 별로 마음에 들지 않았다.

"아무래도 기름이 충분하지 않을 것 같군요." 개츠비가 반대했다.

"기름은 충분하오." 톰이 거칠게 말했다. 그리고는 계기판을 보았다. "가다가 기름이 떨어지면, 약국에 들르면 되겠지. 요즘은 약국에서 안 파는 게 없으니까."‡

누가 들어도 부적절한 이 발언으로 잠시 침묵이 이어졌다. 데이

지는 인상을 쓰며 톰을 쳐다보았다. 뭐라고 말하기 힘든 표정이 개츠비의 얼굴을 스치고 지나갔다. 마치 말로 설명하는 걸 들어 본 적이라도 있는 듯이, 분명히 낯선데도 왠지 이해할 수 있는 그런 표정이었다.

"어서 타, 데이지." 톰이 개츠비의 차 쪽으로 데이지를 잡아끌며 말했다. "내가 이 서커스 마차에 당신을 태우고 가지."

그는 차 문을 열었다. 하지만 데이지는 그의 팔을 뿌리쳤다.

"당신은 닉이랑 조던이랑 가. 우리는 쿠페를 타고 따라갈게."

데이지는 개츠비 곁으로 다가가더니 그의 외투를 잡아당겼다. 조던과 톰과 나는 개츠비의 자동차 앞자리에 올라탔다. 톰은 익숙지 않은 기어를 조심스럽게 잡아당겼다. 이윽고 우리는 숨 막히는 열기 속으로 쌩하니 달려 나갔다. 두 사람을 뒤에 남겨 둔 채.

"그거 봤나?" 톰이 물었다.

"뭘 말이야?"

그는 조던과 내가 처음부터 알고 있던 게 틀림없다는 생각이 들었는지, 나를 날카롭게 째려보았다.

"자네는 내가 완전히 바보 멍청인 줄 알지? 그래?" 그가 말했다. "그럴지도 모르지. 하지만 내겐 가끔 뭘 어떻게 해야 할지 알려주는 직감이라는 게 있거든. 아마 자네는 그런 걸 믿지 않겠지만, 과학적으로도……."

그가 말을 멈추었다. 곧 벌어질 사건에 대한 직감에 사로잡혀, 이론의 심연 가장자리에서 물러선 모양이었다.

"이 작자에 대해서 좀 알아봤지." 그가 말을 이었다. "좀 더 깊이 알아볼 수도 있었는데……."

"점쟁이라도 찾아갔었단 말인가요?" 조던이 농담을 했다.

"뭐라고?" 그는 말귀를 못 알아듣고, 깔깔 웃는 우리 두 사람을 노려보았다. "점쟁이?"

"개츠비에 대해서 말이에요."

"개츠비에 대해서? 아니, 그건 아니야. 그자의 과거를 좀 조사해 봤다고 말했잖아."

"그럼 옥스퍼드 출신이라는 걸 알았겠네요." 조던이 거들었다.

"옥스퍼드 출신이라고!" 톰이 비웃었다. "무슨! 분홍색 양복을 입는 놈이."

"그렇지만 그 사람은 옥스퍼드 출신이에요."

"뉴멕시코의 옥스퍼드겠지." 톰이 경멸하듯 코웃음을 쳤다. "아니면 그 비슷한 것이든가."

"이봐요, 톰. 당신은 그런 속물이면서, 어째서 그 사람을 점심 식사 자리에 초대를 한 거죠?" 조던이 화가 나서 따져 물었다.

"데이지가 초대한 거야. 우리가 결혼하기 전부터 그 작자를 알았다더군. 어디서 만났는지 알게 뭐야!"

술기운이 사라지자, 모두 신경이 날카로워졌다. 우리는 그 사실을 깨닫고 한동안 말없이 달려갔다. 이윽고 닥터 T. J. 에클버그의 빛바랜 눈이 시야에 들어왔다. 문득 나는 기름이 부족하다는 개츠비의 경고가 떠올랐다.

"시내까지 가기에는 충분해." 톰이 말했다.

"하지만 바로 이 근처에 주유소가 있잖아요." 조던이 반박했다. "이런 찜통 같은 날씨에 오도 가도 못하는 신세가 되긴 싫어요."

톰은 성질을 내며 양쪽 브레이크를 콱 밟았다. 우리는 갑작스레 먼지를 일으키며 윌슨네 간판 아래로 미끄러져 들어갔다. 이윽고 주인이 건물 안에서 나오더니, 퀭한 눈으로 차를 보았다.

"기름 좀 넣어 줘!" 톰이 거칠게 소리쳤다. "대체 우리가 왜 왔을 거라고 생각하는 거야? 경치를 즐기러 오기라도 했을까 봐?"

"제가 아파요." 윌슨이 꼼짝도 하지 않고 말했다. "온종일 아팠어요."

"무슨 일이야?"

"기운이 하나도 없어요."

"그럼 나더러 직접 넣으라고?" 톰이 물었다. "전화로는 멀쩡한 것 같더니만."

윌슨이 힘들게 그늘 밑에서 나와 문가에 몸을 기대고 섰다. 그리고 숨을 헐떡이며 기름 탱크의 뚜껑을 열었다. 햇빛 아래에서 본 그의 얼굴은 새파랬다.

"점심 식사를 방해할 뜻은 없었어요." 그가 변명했다. "하지만 돈이 정말 꼭 필요하거든요. 전 그냥 그 낡은 차를 어떻게 하실 건지 궁금했을 뿐이에요."

"이 차는 어떤가?" 톰이 물었다. "지난주에 산 건데."

"멋진 노란 차로군요." 윌슨이 안간힘을 다해 주유기 손잡이를 붙잡고서 말했다.

"사고 싶어?"

"엄청난 기회죠." 윌슨은 희미하게 미소를 지었다. "하지만 싫어요. 다른 차로도 돈을 벌 수 있으니까요."

"그런데 왜 그렇게 갑자기 돈이 필요한 건가?"

"여기 너무 오래 살았어요. 그만 떠나고 싶어요. 마누라랑 같이 서부로 갈 거예요."

"자네 부인이랑?" 톰이 깜짝 놀라 소리쳤다.

"집사람은 십 년 동안이나 그 얘기를 해 왔어요." 그는 손바닥으로 햇빛을 가리며 잠시 펌프에 기대고 쉬었다. "그런데 이제는 집사람이 원하든, 원하지 않든 갈 겁니다. 제가 데리고 갈 거예요."

이때 쿠페가 먼지바람을 일으키며 우리 곁을 휙 지나갔다. 신나게 흔드는 손도 번개처럼 나타났다 사라졌다.

"얼마야?" 톰이 거칠게 물었다.

“바로 이틀 전에 재밌는 사실을 알게 됐죠.” 윌슨이 말을 이었다. “그래서 떠나려는 겁니다. 그래서 차 문제로 귀찮게 했던 겁니다.”

“얼마냐니까?”

“일 달러 이십 센트요.”

무자비하게 내리쬐는 햇볕에 나는 정신이 몽롱해지기 시작하고 있었다. 그래서 한참 고생을 한 후에야 지금까지 윌슨의 의심이 톰에게 미치지 않았다는 사실을 깨달았다. 그는 머틀이 다른 세계에서 자기와는 동떨어진 삶을 살고 있다는 사실을 알게 되었다. 그리고 그 충격으로 병까지 난 것이다. 나는 윌슨과 톰을 번갈아 바라보았다. 두 사람 모두 불과 한 시간 전에 똑같은 발견을 했다. 문득 남자들 사이에서는 지능이나 인종의 차이는, 아픈 사람과 건강한 사람의 차이만큼 그렇게 중대한 차이가 나지 않는다는 생각이 들었다. 윌슨은 너무 아파서 흡사 죄인처럼, 그것도 용서받을 수 없는 죄를 저지른 사람처럼 보였다. 가난한 소녀를 임신시켰다든가 뭐 그런 죄를.

“자네에게 그 차를 넘기지. 내일 오후에 보내겠네.” 톰이 말했다.

이 지역은 항상 이상하게 불안했다. 심지어 훤하게 밝은 오후에도 마찬가지였다. 나는 뭔가 뒤에서 경고라도 하는 듯, 고개를 돌렸다. 잿더미 너머에서 닥터 T. J. 에클버그의 거대한 두 눈이 경계를 서고 있었다. 하지만 잠시 후, 불과 육 미터 밖에서 또 다른 눈이 강렬한 시선으로 우리를 바라보고 있음을 알아차렸다.

정비소 위층 창문들 중 하나에서 커튼이 옆으로 살짝 걷혀져 있었고, 머틀 윌슨이 아래를 엿보고 있었다. 어찌나 거기에 정신을 빼앗겼는지, 누군가 자신을 보고 있다는 사실은 전혀 의식하지 못했다. 마치 느리게 현상한 사진 속의 사물들처럼 그녀의 얼굴에는 한 가지 감정이 떠올랐다가 또 다른 감정이 떠오르고 있었다. 그녀의 표정은 묘하게 친숙했다. 여자들의 얼굴에서 종종 보던 표정이었다. 하지만 머틀 윌슨의 그런 표정은 도대체 무의미하고 종잡을 수 없는 것처럼 여겨졌다. 질투와 공포로 부릅뜬 그녀의 두 눈이 톰이 아니라 조던 베이커에게 꽂혀 있다는 사실을 깨닫기 전까지는. 그녀는 조던을 톰의 아내라고 생각한 것이다.

생각이 단순한 사람이 한번 혼란에 빠지면, 그만큼 엄청난 혼란은 없다. 자동차를 몰고 가는 동안, 톰은 채찍으로 후려치는 듯이 얼얼한 고통을 느끼고 있었다. 불과 한 시간 전까지만 해도 전혀 침범당하지 않고 안전했던 아내와 정부가 단숨에 그의 손아귀에서 빠져나가고 있었다. 그는 본능적으로 가속기 페달을 힘껏 밟았다. 얼른 데이지를 따라잡고 동시에 윌슨에게서 멀어지려는 두 가지 목적 때문이었다. 우리는 시속 팔십 킬로미터의 속력으로 에스토리아를 향해 달려갔다. 마침내 고가도로의 거미줄 같은 교각들 사이를 느긋하게 달리고 있는 푸른색 쿠페가 눈에 들어왔다.

"50번가 주변에 있는 대형 극장이 시원해요." 조던이 의견을 냈다. "나는 모든 사람들이 떠나 버린 여름날 오후의 뉴욕이 정말 좋아요. 뭔가 매우 육감적인 데가 있다니까요. 마치 온갖 종류의 재미있는 과일들이 손 안에 떨어지기만을 기다리듯, 농익었다고 할까요."

'육감적' 이라는 말이 톰의 마음을 더욱 어지럽혔다. 하지만 그가 뭐라고 반박하기 전에 쿠페가 달려와 멈췄다. 데이지가 나란히 따라오라고 신호를 보냈다.

"우리 어디로 가지?" 그녀가 소리쳤다.

"영화는 어때?"

"너무 더운데." 그녀가 불평을 했다. "당신들은 가요. 우리는 주위를 돌아다니다가 나중에 만나." 그녀가 어설프게나마 재치 있는 농담을 하려고 애썼다. "어느 모퉁이에서 접선해요. 내가 담배 두 개비를 한꺼번에 피우고 서 있을게."

"여기서 입씨름하고 있을 수는 없어." 트럭 한 대가 뒤에서 미친 듯이 경적을 울려대자, 톰이 짜증스럽게 말했다. "센트럴 파크 남쪽, 플라자 호텔 앞까지 내 차를 따라와."

톰은 몇 번이나 고개를 돌려 가며 그들의 차를 지켜보았다. 간

혹 교통이 막혀 그들의 차가 뒤처지면, 그들 모습이 다시 시야에 들어올 때까지 속도를 늦추었다. 혹시라도 두 사람이 옆길로 쌩하니 도망쳐 그의 인생에서 영원히 사라질까 봐 두려워하는 것처럼 보였다.

하지만 그들은 그러지 않았다. 그리고 우리 모두는 플라자 호텔의 스위트룸을 잡는, 다소 황당한 행보를 취했다.

길게 이어졌던 시끄러운 언쟁은 우리가 그 방으로 몰려 들어가는 걸로 끝이 났는데, 그 언쟁이 뭐였는지는 잊어버렸다. 하지만 그때 내 몸의 느낌만은 생생히 기억하고 있다. 언쟁이 벌어지는 동안, 내 속옷은 축축한 뱀처럼 계속해서 내 다리를 휘감으며 기어올라 왔고, 등에서는 차가운 땀방울이 구슬처럼 흘러내렸다. 원래는 욕실 다섯 개를 빌려서 냉수 목욕을 하자는 데이지의 제안에서 나온 것이었다. 그러다가 이 제안은 '민트 줄렙[*]'을 한잔 할 수 있는 장소'를 구하는 것으로 좀 더 구체적인 형태를 갖추게 되었다. 우리는 저마다 그거야말로 '죽여주는 생각'이라고 몇 번이나 떠들다가, 어쩔 줄 모르는 호텔 직원에게 동시에 입을 모아 이야기했다. 그러고는 우리가 꽤 재밌는 사람이라고 생각했다……. 아니, 생각하는 척했다.

---

[*] **민트 줄렙** : 버번 위스키를 베이스로 한 칵테일로, 남부의 정취가 흠뻑 묻어나는 뜨거운 여름날의 남부 미인을 떠올리게 하는 음료라 할 수 있다.

그 방은 넓었지만 숨이 턱턱 막혔다. 벌써 네 시가 됐는데, 창문을 열어도 공원의 뜨거운 관목 숲에서 불어오는 바람만이 간간히 들어올 뿐이었다. 데이지는 거울 앞으로 가서 우리를 등지고 선 채, 머리를 매만졌다.

"거참 훌륭한 방이군요." 조던이 정중하게 소곤거리자, 모두 웃음을 터뜨렸다.

"다른 창문도 열어." 데이지가 돌아보지도 않고 지시를 내렸다.

"다른 창문이 없어."

"그럼 전화를 해서 도끼를 갖다 달라고 해야겠다."

"제일 좋은 방법은 그냥 더위를 잊어버리는 거야." 톰이 쏘아붙였다. "당신이 덥다고 자꾸 불평을 하니까 훨씬 더 더운 것 같잖아."

톰은 수건에서 위스키 병을 꺼내어 탁자 위에 올려놓았다.

"그녀를 그냥 좀 내버려 둘 수 없소, 친구?" 개츠비가 한 마디 던졌다. "시내에 나오자고 한 사람은 바로 당신이었잖소."

잠시 침묵이 흘렀다. 이때 못에 걸려 있던 전화번호부가 바닥에 툭 떨어졌다. 그러자 조던이 "실례했습니다."라고 중얼거렸지만, 이번에는 아무도 웃지 않았다.

"내가 집을게." 내가 나섰다.

"벌써 집었어." 개츠비는 끊어진 끈을 살펴보더니 흥미로운 듯

“흠!” 하고 중얼거렸다. 그러고는 전화번호부를 의자 위에 던졌다.

“그게 당신 같은 작자들에게는 꽤 근사한 표현이지? 안 그래?” 톰이 날카롭게 쏘아댔다.

“뭐가 말이오?”

“이런 모든 ‘친구’ 어쩌고 하는 말 말이야. 대체 그 말은 어디서 주워들었나?”

“잠깐만, 톰.” 데이지가 거울 앞에서 휙 돌아섰다. “당신이 그렇게 인신공격을 하면, 나는 단 일 분도 여기 있지 않을 거야. 그러니까 전화해서 민트 줄렙에 넣을 얼음이나 주문해 줘.”

톰이 수화기를 집어 드는 순간, 억눌렸던 무더위가 소리로 빵 터져 나왔다. 우리는 아래층 무도회장에서 불길하게 들려오는 멘델스존의 「결혼 행진곡」에 귀를 기울였다.

“이런 더위에 대체 누가 결혼을 하는 거지!” 조던이 심란한 듯 소리쳤다.

“나도 유월 중순에 결혼했는걸.” 데이지가 기억을 떠올렸다. “유월의 루이빌은 정말이지! 어떤 사람은 기절까지 했었어. 그게 누구였지, 톰?”

“빌록시.” 톰이 짤막하게 대답했다.

“빌록시란 사람이었지. ‘블록스’ 빌록시. 그런데 그 사람은 상자를 만들었어. 사실이라니까. 미시시피 빌록시 출신이었지.”

"사람들이 그 사람을 우리 집으로 데려왔어요." 조던이 설명을 덧붙였다. "그 교회에서 바로 한 집 건너에 살았거든요. 그 남자는 삼 주나 머물러서 결국 아빠가 그만 나가라고 했죠. 그런데 그자가 떠난 다음날 아빠가 돌아가셨어요." 잠시 후에 조던은 자기 말이 불경하게 들릴까 봐 한 마디 덧붙였다. "물론 아무 상관은 없었지만."

"저는 예전에 멤피스 출신의 빌 빌록시란 사람을 알았는데, 그 사람이 바로 그의 사촌이었죠." 내가 말했다.

"그가 떠나기 전에 그 사람의 가족사 전체를 알게 됐어요. 나한테 알루미늄 골프채를 주었는데 지금까지 쓰고 있죠."

결혼식이 시작되면서 음악 소리가 잦아들었다. 이제는 긴 박수 갈채가 창문을 통해 흘러들어 왔다. 그 뒤를 이어 간간이 "이야-아-아!" 하는 환호성이 터져 나오고, 마침내 댄스가 시작되었음을 알리는 재즈가 쾅쾅 울렸다.

"우리는 이제 늙었나 봐." 데이지가 한탄했다. "젊었을 때 같으면 당장 일어나서 춤을 출 텐데."

"빌록시를 잊지 말아요." 조던이 경고했다. "그 사람은 어디서 알게 됐어요, 톰?"

"빌록시?" 그는 골똘히 기억을 떠올렸다. "난 모르는 사람이야. 데이지의 친구였지."

"내 친구 아니야." 데이지가 부인했다. "난 본 적도 없는 사람인 걸. 특등 열차를 타고 왔는데."

"글쎄, 그자는 당신을 안다고 했어. 루이빌에서 자랐다고 하더 군. 애서 버드가 마지막 몇 분 전에 데리고 와서는 그에게 자리를 마련해 줄 수 있겠느냐고 물었어."

조던이 미소를 지었다.

"그 사람은 아마 고향으로 가는 길에 공짜로 얻어먹고 잤을 거 예요. 나한테는 자기가 예일에서 톰과 같은 학년의 학생회장이었 다고 했어요."

톰과 내가 어리둥절한 표정으로 서로 마주 보았다.

"빌록시가?"

"무엇보다 예일에는 그런 회장 같은 건 없었는데."

그때 개츠비가 가만히 있지 못하고 발로 바닥을 탁탁 두드렸다. 톰의 시선이 갑자기 그에게로 쏠렸다.

"그런데 개츠비 씨, 당신은 옥스퍼드 출신이라고 들었소."

"꼭 그런 건 아닙니다."

"오, 그래요? 옥스퍼드에 다닌 줄 알았는데?"

"그렇습니다. 옥스퍼드에 다녔죠."

침묵. 그리고 톰의 무례하고 불신에 가득 찬 목소리가 이어졌다.

"틀림없이 빌록시가 예일 대에 다녔을 무렵에, 당신은 옥스퍼드를 다녔겠군."

또다시 침묵. 이때 웨이터가 문을 두드리더니 짓이긴 민트와 얼음을 가지고 들어왔다. 하지만 웨이터가 "감사합니다." 하고 인사하고 조용히 문을 닫고 나간 뒤에도 침묵은 깨지지 않았다. 엄청난 내막이 마침내 밝혀지려는 순간이었다.

"저는 옥스퍼드에 다녔다고 말했습니다." 개츠비가 입을 열었다.

"나도 들었소. 하지만 대체 언제 다녔는지 알고 싶군."

"1919년이었습니다. 겨우 다섯 달 다녔죠. 그래서 제가 옥스퍼드 출신이라고는 말하지 않는 겁니다."

톰이 우리도 자기처럼 못 믿겠다는 표정을 짓고 있는지 확인하려고 주위를 둘러보았다. 하지만 우리는 모두 개츠비만 쳐다보고 있었다.

"종전 이후 일부 장교들에게 주어지는 혜택이었습니다." 개츠비가 말을 이었다. "영국이나 프랑스에 있는 어느 대학이나 갈 수 있었죠."

나는 자리에서 일어나서 그의 등이라도 두들겨 주고 싶었다. 전에도 한 번 경험했던, 그에 대한 완전한 신뢰가 다시 살아났다.

데이지는 옅은 미소를 지으며 탁자로 걸어갔다.

"위스키를 따요, 톰." 그녀가 지시했다. "내가 민트 줄렙을 만들어 줄게. 그럼 자신이 그렇게 멍청해 보이지는 않을 거 아니야…….

이 민트 좀 봐!"

"기다려." 톰이 쏘아붙였다. "개츠비 씨에게 한 가지 더 물어 볼 게 있어."

"물어 보십시오." 개츠비가 정중하게 말했다.

"대체 우리 가정에 무슨 분란을 일으키려는 수작이야?"

마침내 두 사람은 탁 터놓고 이야기하게 되었고, 개츠비는 만족했다.

"분란을 일으키는 사람은 이 사람이 아니야." 데이지가 애타게 두 사람을 번갈아 쳐다보았다. "당신이 분란을 일으키고 있잖아. 제발 조금만 진정하라고."

"나더러 진정하라고!" 톰이 믿기지 않는 듯 그 말을 되풀이했다. "나더러 어디서 온 누군지도 모르는 놈이 내 마누라한테 수작을 부리는데 뒷짐 지고 앉아 있으란 말이지! 글쎄, 그런 생각이라면, 나는 좀 빼 줘……. 요즘 사람들은 가정생활이나 가족제도를 우습게 여기는 경향이 있어. 그러다가 나중에는 모든 걸 다 내던지고 말 거야. 아예 검둥이랑 백인이랑 결혼도 하지 그래?"

톰은 얼굴이 뻘개져서 되는 대로 지껄이고 있었다. 자신을 문명의 마지막 보루를 홀로 지키고 선 사람쯤으로 생각하는 모양이었다.

"여긴 다 백인뿐인데." 조던이 쫑알거렸다.

“내가 별로 인기가 없다는 건 나도 알아. 나는 큰 파티 따위는 열지 않으니까. 아마 친구를 얻으려면 반드시 자기 집을 돼지우리로 만들어야 하나 보지. 요즘 세상에서는 말이야.”

그 자리에 있는 모든 사람들처럼 나 역시 몹시 화가 났지만, 그가 입을 열 때마다 큰 소리로 웃고 싶은 유혹에 사로잡혔다. 난봉꾼에서 도덕군자로의 변신이 너무나 완벽했던 것이다.

“이보시오, 친구. 당신에게 할 말이 있소.” 개츠비가 운을 뗐다. 데이지는 그의 의도를 눈치챘다.

“제발 그러지 마!” 데이지가 어쩔 줄 모르고 말을 가로막았다. “제발 모두 집으로 돌아가자. 우리 모두 그만 집으로 가는 게 어때?”

“좋은 생각이야.” 내가 얼른 자리에서 일어났다. “가자고, 톰. 술 마시고 싶어 하는 사람도 없어.”

“개츠비 씨가 하려는 말이 뭔지 알고 싶은걸.”

“당신 부인은 당신을 사랑하지 않소.” 개츠비가 말했다. “전혀 당신을 사랑하지 않아. 그녀는 날 사랑하니까.”

“이 자식이 미쳤구나!” 톰이 반사적으로 외쳤다.

개츠비가 몹시 흥분해서 스프링처럼 튕겨 일어났다.

“그녀는 당신을 전혀 사랑하지 않아, 내 말 알아들어?” 그가 소리쳤다. “그녀가 당신이랑 결혼한 이유는 오직 내가 한심한 바보였고, 그녀가 날 기다리는 데 지쳤기 때문이었어. 끔찍한 실수였지. 하지만 그녀의 마음속으로는 나 말고 어떤 남자도 절대 사랑하지 않는다고!"

이쯤해서 조던과 나는 그만 나가려고 했다. 하지만 톰과 개츠비가 서로 경쟁하듯이 우리가 반드시 남아 있어야 한다고 주장했다. 마치 어느 쪽도 감출 게 하나도 없으며, 그들의 감정을 대신 겪는 게 무슨 큰 특권이라도 되는 양 말이다.

"앉아, 데이지." 톰은 아버지 같은 근엄한 목소리를 내려고 했지만 실패했다. "대체 무슨 일이 벌어지고 있는 거지? 전부 다 얘기해 봐."

"무슨 일이 일어났는지 내가 말했잖소." 개츠비가 말했다. "오 년 동안 계속 벌어진 일이요. 당신이 몰랐다 뿐이지."

톰이 데이지를 홱 돌아보았다.

"이 작자를 오 년이나 만났단 말이야?"

"만나지는 않았소." 개츠비가 대답했다. "아니, 만날 수가 없었던 거요. 하지만 우리 두 사람은 그동안 줄곧 서로를 사랑하고 있었소, 친구. 그런데 당신은 몰랐지. 가끔 난 웃음이 나왔소." 하지만 그의 눈빛에는 웃음기라고는 전혀 없었다. "당신이 모른다는 걸 생각하면."

"오, 그게 다였군." 톰은 마치 성직자처럼 굵은 손가락을 두드리더니 몸을 의자에 기댔다.

"당신은 미쳤어!" 그가 폭발했다. "오 년 전에 무슨 일이 있었는 지는 내 알 바 아니야. 그때는 내가 데이지를 몰랐으니까. 대체 당 신 같은 인간이 뒷문으로 식료품 배달이나 하지 않았다면 어떻게 그녀 근처라도 갈 수 있었을지 모르겠지만. 어쨌든 나머지 말은 전부 빌어먹을 거짓말이야. 나와 결혼할 때 데이지는 날 사랑했 어. 지금도 마찬가지야."

"아니오." 개츠비가 고개를 저었다.

"아니, 그녀는 날 사랑해. 가끔 엉뚱한 생각에 사로잡혀 자기가 뭘 하고 있는 줄도 모르는 게 문제지만." 톰은 현자처럼 고개를 끄 덕였다. "무엇보다 나 역시 데이지를 사랑해. 어쩌다 가끔 노는 데 빠져서 어리석은 짓을 저지르기도 했지만, 그래도 난 항상 돌아왔 어. 내 마음속으로는 언제나 그녀를 사랑해."

"당신 구역질 나." 데이지가 불쑥 내뱉었다. 그러고는 나를 향 해 돌아섰다. 한 옥타브 낮아진 그녀의 목소리는 소름끼치는 멸시 로 방 안을 가득 채웠다. "우리가 왜 시카고를 떠났는지 알아? 사 람들이 그 잠깐 놀았던 일에 대해서 얘기 안 해 줬을 리가 없을 텐 데?"

개츠비가 걸어 나와 데이지 옆에 가서 섰다.

"데이지, 이젠 다 끝났어." 그가 간절한 어조로 말했다. "그 일은 더 이상 중요하지 않아. 그냥 저 사람에게 진실을 말해 줘. 당신은 저 사람을 한 번도 사랑하지 않았다고. 그러면 모든 게 지워지는 거야. 영원히."

데이지가 그를 멍하니 쳐다보았다. "왜…… 아니, 내가 어떻게 저 사람을 사랑할 수 있었겠어? 어떻게?"

"당신은 한 번도 저 사람을 사랑한 적이 없어."

데이지는 망설였다. 그리고 애원하는 눈빛으로 조던과 나를 바라보았다. 이제야 비로소 자기가 무슨 짓을 하고 있는지 깨달았다는 듯이. 그리고 여태까지 내내 자기는 어떤 일도 저지를 생각이 없었다는 듯이. 그러나 이제 엎질러진 물이었다. 이미 때는 늦었다.

"나는 그를 사랑한 적이 없어." 그녀가 말했다. 하지만 마지못해 하는 기색이 역력했다.

"카피오날리⁺에서도?" 갑자기 톰이 물었다.

"그래."

아래층 무도회장에서 합창단의 숨 막히는 노랫소리가 뜨거운 공기를 타고 날아 올라왔다.

"당신 신발이 젖을까 봐 펀치볼⁺⁺⁺에서 당신을 안고 내려오던 그

⁺ **카피오날리** : 하와이 섬 오아후에 있는 공원.
⁺ **펀치볼** : 오아후 북쪽에 있는 분지.

날에도?” 그는 허스키하면서 감미로운 어조로 말했다. “데이지?”

“제발 그만해.” 그녀의 목소리는 차가웠다. 하지만 증오는 느껴지지 않았다. 그녀는 개츠비를 바라보았다. “저기, 제이.” 그녀가 입을 열었다. 하지만 담배에 불을 붙이려고 애쓰는 그녀의 손은 파르르 떨리고 있었다. 갑자기 그녀는 불도 꺼지지 않은 성냥과 담배를 양탄자 위에 내던져 버렸다.

“오, 당신은 너무 많은 걸 원해!” 그녀가 개츠비에게 소리쳤다. “이제 난 당신을 사랑해. 그럼 그걸로 충분하지 않아? 지나간 과거는 나도 어쩔 수 없어.” 그녀는 애처롭게 흐느끼기 시작했다. “나는 한때 저이를 사랑했어. 하지만 당신도 사랑했어.”

개츠비의 눈이 활짝 떠졌다가 감겼다.

“나도 사랑했다고?” 개츠비가 그 말을 되풀이했다.

“그 말조차 거짓말이야.” 톰이 잔인하게 말했다. “데이지는 당신이 살아 있는지도 몰랐어. 데이지와 나 사이에는 당신이 절대 알 수 없는 많은 것들이 있다고. 우리 둘 다 영원히 잊을 수 없는 그런 것들이.”

그 말 한 마디 한 마디가 실제로 개츠비의 몸을 물어뜯는 것 같았다.

“데이지와 단둘이서 얘기하고 싶어.” 그가 말했다. “지금은 너무 흥분해서…….”

"당신과 단둘이 있어도, 톰을 결코 사랑한 적이 없었다고는 말 못해." 데이지가 애처로운 목소리로 인정했다. "그건 사실이 아니니까."

"그야 당연하지." 톰이 맞장구를 쳤다.

데이지가 남편을 돌아보았다.

"당신한테 그게 뭐 중요하기나 해?"

"물론 중요하지. 이제부터는 당신을 더욱 소중하게 보살펴 줄 생각이거든."

"이해하지 못하는군." 개츠비가 말했다. 하지만 그 목소리에서는 당혹감이 묻어났다. "당신은 더 이상 그녀를 돌봐 줄 필요가 없어."

"뭐라고?" 톰은 눈을 크게 뜨고 껄껄 웃었다. 이제는 완전히 냉정을 되찾고 있었다. "어째서 그렇지?"

"데이지는 당신 곁을 떠날 테니까."

"말도 안 되는 소리."

"난 떠날 거야." 데이지는 눈에 보일 정도로 힘들게 그 말을 뱉었다.

"데이지는 날 떠나지 않아!" 톰의 말이 갑자기 개츠비를 위협하기 시작했다. "손가락에 끼워 줄 반지조차 훔쳐야 하는 천한 사기꾼 때문에 떠나지는 않아! 확실해!"

"더 이상 못 참겠어!" 데이지가 소리를 질렀다. "오, 제발 그만 나가자."

"대체 당신 정체가 뭐야?" 톰이 불쑥 물었다. "마이어 울프심과 어울리는 그 패거리 중 하나라는 거, 그 정도는 나도 알고 있어. 당신 사업에 대해 조사를 좀 해 봤지. 내일부터는 좀 더 깊이 파헤쳐 볼 거야."

"마음대로 해 보시게, 친구." 개츠비가 의연하게 말했다.

"당신의 '약국'이란 게 뭔지도 알아냈다고." 톰이 우리를 향해 돌아서더니 재빨리 말했다. "저자와 울프심은 이곳과 시카고에 있는 도로변 약국을 엄청 사들였더군. 그러고는 계산대 너머에서 곡류로 만든 알코올을 팔고 있지. 그런데 그 정도는 저자에게 시시한 술수일 뿐이야. 내가 처음 저자를 봤을 때부터 밀주업자일 거라고 딱 찍었는데, 그렇게 틀린 말은 아니었어."

"그래서 어떻다는 겁니까?" 개츠비가 예의 바르게 물었다. "당신 친구인 월터 제이스는 자존심이 없어서 이 일에 끼어든 모양이죠?"

"그러다가 당신이 곤경에 빠진 그를 버렸잖아, 안 그래? 뉴저지에서 한 달 동안이나 감옥에 가게 했으니까! 맙소사! 월터가 당신에 대해 뭐라고 하는지 들어 봐야 해!"

"그 사람은 완전히 빈털터리가 돼서 우리를 찾아왔소. 돈을 좀 만지니까 무척 좋아하던데, 친구.”

“나더러 친구라고 하지 마!” 톰이 고함을 질렀다. 개츠비는 아무 말도 하지 않았다. “월터는 도박 금지법으로 당신을 고발할 수도 있었어. 하지만 울프심이 위협을 해서 입을 다물게 했지.”

낯설지만 의미를 헤아릴 수 있는 그 표정이 다시 개츠비의 얼굴에 떠올랐다.

“약국 사업은 그저 잔돈푼에 불과하지.” 톰이 천천히 말을 이었다. “지금 당신은 월터가 무서워서 나한테 말도 못하는 그런 엄청난 일에 손을 대고 있잖아.”

나는 데이지를 힐끗 쳐다보았다. 그녀는 개츠비와 남편 사이에서, 두려움에 떨며 조던을 바라보고 있었다. 그녀는 보이지는 않지만 몹시 흥미로운 물체를 턱 끝으로 떠받치기 시작했다. 이번에는 개츠비 쪽을 돌아보았다가, 나는 그의 표정에 깜짝 놀랐다. 그의 표정은—그의 정원에서 사람들이 떠들던 비방을 완전히 무시하고 하는 말인데—마치 ‘살인이라도 저지른 것’ 같았다. 한순간 떠오른 그의 얼굴 표정은 그런 기막힌 표현이 아니고서는 달리 묘사할 길이 없었다.

그 표정은 곧 사라졌다. 개츠비는 흥분해서 데이지에게 이야기하기 시작했다. 모든 걸 부인하고, 나오지도 않은 비난에 대해 변명했다. 하지만 설명을 하면 할수록, 데이지는 점점 더 움츠러들었고, 결국 개츠비도 포기하고 말았다. 오후 시간은 흘러가고 있는데, 오직 죽은 꿈만이 계속 싸우고 있었다. 더 이상 만질 수 없는 것을 만지려고, 방 저편에 있는 잃어버린 그 목소리를 향해 불행하게, 그러나 절망하지 않고 발버둥치고 있었다.

그 목소리가 또다시 가자고 졸라댔다.

"제발, 톰! 난 더 이상 못 참겠어."

잔뜩 겁에 질린 그녀의 두 눈은, 자신이 무슨 마음을 먹고, 무슨 용기를 내었든 간에 이제는 완전히 끝난 일이라고 말하고 있었다.

"당신 두 사람이 먼저 집으로 떠나, 데이지." 톰이 말했다. "개츠비 씨의 차를 타고."

데이지가 이제는 소스라치게 놀라며 톰을 바라보았다. 하지만 그는 너그러운 척, 오만한 태도로 자기 의견을 고집했다.

"어서 가. 당신을 괴롭히지는 않을 테니까. 이제 그는 자신의 주제넘은 한심한 수작이 끝났다는 걸 깨달았을 거야."

두 사람은 한 마디 말도 없이 떠났다. 딸각 문이 닫히는 동시에, 마치 유령처럼 고립되고 우연한 존재가 되어, 우리의 동정심으로부터도 멀어졌다.

잠시 후에 톰이 자리에서 일어나더니 뚜껑도 열지 않은 위스키 병을 수건에 싸기 시작했다.

"혹시 이거 마실 사람? 조던? 닉?"

나는 아무 대답도 하지 않았다.

"닉?" 그가 다시 물었다.

"뭐라고?"

"좀 마실래?"

"아니…… 오늘이 내 생일이라는 게 방금 기억났어."

나는 서른이었다. 내 앞에는 새로운 십 년이라는 불길하고 위협적인 길이 길게 뻗어 있었다.

우리가 쿠페에 올라타서 롱아일랜드를 향해 출발했을 때가 일곱 시였다. 톰은 기쁨에 들떠서 껄껄 웃으며 쉴 새 없이 떠들었지만, 조던과 내 귀에는 그 소리가 길가에서 들리는 외국인들의 아우성이나 고가 위의 소동만큼이나 멀게만 들렸다. 인간의 공감에도 한계가 있는 법이다. 우리는 그들의 비극적인 다툼은, 저 뒤편 도시의 불빛과 더불어 모두 흘려 보내기로 했다. 서른. 외로운 십 년과 점점 짧아지는 독신 남자로서의 숙지 목록들, 점점 얇아지는 열정의 서류 가방, 점점 가늘어지는 머리카락을 예고하는 나이. 하지만 내 옆에는 조던이 있었다. 데이지와 달리, 무척이나 현명한 그녀는 결코 이미 잊어버린 꿈을 몇 해 동안이나 간직하지 않았다. 우리가 어두운 다리 위를 지날 때, 그녀는 파리한 얼굴을 내 외투 어깨에 나른히 기대고 있었다. 서른이라고 하는 가공할 충격은,

마음을 어루만지는 그녀의 꼭 쥔 손에 사라져 버렸다.

그렇게 우리는 서늘해진 저녁 어둠 속으로 죽음을 향해 질주했다.

잿더미 옆에서 커피 매점을 운영하는 젊은 그리스 인 마이케일러스가 그 사건의 중요한 목격자였다. 그는 무더위 속에 다섯 시가 넘도록 낮잠을 잤다. 그러고는 어슬렁어슬렁 자동차 정비소로 건너갔다가, 사무실에서 끙끙 앓고 있는 조지 윌슨을 발견했다. 그는 진짜로 아픈 듯, 희멀건 자기 머리 색깔처럼 새하얗게 질려서 온몸을 덜덜 떨고 있었다. 마이케일러스는 침대에 가서 누우라고 충고했지만, 윌슨은 그러면 일감을 많이 놓친다며 거부했다. 이웃 사람이 그를 계속 설득하려고 애쓰고 있을 때, 머리 위에서 사납게 울부짖는 소리가 들려왔다.

"우리 마누라를 저기다가 가두어 놓았네." 윌슨이 침착하게 설명했다. "내일 모레까지 저렇게 둘 거야. 그런 다음 함께 떠날 걸세."

마이케일러스는 깜짝 놀랐다. 사 년 동안이나 이웃으로 지냈지만, 윌슨은 그런 말을 할 수 있는 위인처럼 보인 적이 한 번도 없었다. 대체로 그는 삶에 찌든 남자들 중 하나였다. 일을 하지 않을 때면, 문가 의자에 앉아서 길 위를 오고가는 사람들과 차들을 멍하니 바라보고 있었다. 누군가 말이라도 걸면, 그는 어김없이 친절하게 웃었지만, 아무 개성도 없었다. 그의 주인은 아내였지, 자기 자신이 아니었다.

당연히 마이케일러스는 무슨 일인지 알아내려고 애를 썼다. 하지만 윌슨은 입도 벙긋하지 않았다. 대신 그에게 호기심과 의혹이 가득 찬 눈길을 던지며, 어느 날 몇 시에는 뭘 했는지 꼬치꼬치 캐물었다. 이웃집 남자는 점점 마음이 불편해졌다. 때마침 노동자 몇 명이 그의 가게를 향하느라 그 앞을 지나가자, 그때를 놓치지 않고 얼른 자리를 피했다. 나중에 다시 와 봐야겠다는 생각을 했지만, 그러지는 않았다. 그냥 까먹은 것이다. 그뿐이었다. 그가 다시 밖으로 나왔을 때에는 일곱 시가 좀 넘었는데, 문득 윌슨과 나눈 이야기가 떠올랐다. 왜냐하면 정비소 아래층에서 큰 소리로 호통을 치고 있는 윌슨 부인의 목소리가 들려왔기 때문이었다.

"어디 한 번 때려 봐!" 그녀의 울부짖는 소리가 들렸다. "날 던지고 때려 보라고, 이 더럽고 시시한 겁쟁이놈아!"

잠시 후 그녀가 두 손을 마구 흔들고 악을 쓰면서, 어둠 속으로 달려 나왔다. 그가 미처 문에서 움직이기도 전에 상황은 끝나 버렸다.

신문에서 '죽음의 자동차'라고 부르는 그 차는 멈추지 않았다. 점점 짙어 가는 어둠 속에서 달려 나와 잠시 비극적으로 흔들리다가 다음 모퉁이를 돌아서 사라져 버렸다. 마이케일러스는 차 색깔조차 분명히 알지 못해서, 첫 번째 경찰관에게는 옅은 초록색이라고 했다. 어쨌든 그때 뉴욕으로 향해 가던 또 다른 차가 백 미터쯤 지나쳤다가 멈춰 섰다. 그 차의 운전사는 머틀 윌슨이 비참하게 생을 마감한 자리까지 황급히 되돌아왔다. 길 위에 쓰러진 그녀의 끈끈한 검붉은 피가 먼지와 뒤엉켰다.

마이케일러스와 이 남자가 제일 먼저 그녀에게 다가갔다. 두 사람이 아직도 땀으로 축축한 그녀의 블라우스를 찢어서 열어 보자, 그녀의 왼쪽 가슴이 뚜껑처럼 덜렁거리고 있었다. 심장 박동 소리를 들어 볼 필요조차 없었다. 한쪽 입가가 찢어진 입은 딱 벌어져 있었다. 마치 자신이 그토록 오랫동안 간직해 왔던 엄청난 활력을 포기하려니 좀 기가 막힌다는 듯이.

우리가 아직 멀리 떨어져 있을 때부터 자동차 서너 대와 몰려 있는 사람들이 보였다.

"차 사고야!" 톰이 말했다. "잘됐네. 이제야 윌슨도 일거리가 좀 생기겠어."

그는 속력을 줄였지만, 아직까지 멈출 생각이 전혀 없었다. 하지만 좀 더 가까이 다가갔을 때, 정비소 문 앞에 긴장한 얼굴로 숨죽이고 서 있는 사람들을 보자, 반사적으로 브레이크를 밟았다.

"잠깐 보고 가자고." 그가 긴가민가한 어조로 말했다. "한 번 보기만 할게."

이제 나도 정비소에서 끊임없이 흘러나오는 허무한 통곡 소리를 알아차렸다. 우리가 쿠페에서 내려서 문 쪽으로 걸어가자, 그 울음소리는 꺽꺽 흐느끼는 소리 너머로 "오, 하느님!" 하고 탄식하는 말소리로 바뀌었다.

"뭔가 안 좋은 일이 일어났군." 톰이 흥분해서 말했다.

그는 까치발을 하고 서서 빙 둘러선 사람들 머리 위로 정비소 안을 들여다보았다. 천장에서 흔들리는 철사 바구니 안에 겨우 노란 전구 하나만이 불을 밝히고 있었다. 그런데 톰이 느닷없이 사나운 함성을 지르며, 그 억센 팔로 사람들 사이를 거칠게 밀고 들어가기 시작했다.

빙 둘러선 사람들이 연달아 비난을 쏟아 내며 다시 바싹 모여들었다. 나는 일 분 정도 아무것도 볼 수 없었다. 그러나 새로 몰려든 사람들이 줄을 어지럽히는 바람에, 나와 조던은 갑자기 안으로 밀려 들어갔다.

머틀 윌슨의 시신이 마치 무더운 밤에 오한으로 고통 받는 사람처럼 담요로 한번 싸고, 다시 또 다른 담요로 싸인 채, 벽 옆의 작업대 위에 누워 있었다. 한편 등을 돌리고 있는 톰은 그 위로 몸을 숙인 채, 꼼짝도 하지 않았다. 그 옆에서는 교통경찰이 땀을 뻘뻘 흘리며 작은 수첩에다 이름을 받아 적었다가 다시 고쳐 썼다 하고 있었다. 처음에 나는 썰렁한 정비소 안을 쩌렁쩌렁 울리는 높은 신음소리의 근원을 찾지 못했다. 그러다가 사무실의 높은 문지방 위에 서서 양손으로 문설주를 잡고 몸을 앞뒤로 흔들고 있는 윌슨을 보았다. 몇몇 사람들이 낮은 목소리로 그를 위로하며 이따금씩 그의 어깨에 손을 얹으려고 시도했지만, 윌슨은 듣지도 보지도 않았다. 그의 시선은 흔들리는 전등에서부터 벽 옆의 시신이 놓인 작업대로 천천히 향했다가, 갑자기 전등을 향해 다시 휙 돌아갔다. 그러면서 끊임없이 높고 무시무시한 신음소리를 내뱉었다.

"아이고, 하-느-님, 마-압소-사! 하-아-느-님, 마-압소-사! 아이고!"

그때 톰이 고개를 번쩍 들고 번뜩이는 눈으로 정비소 안을 휙 둘러보더니, 경찰에게 두서없이 뭐라고 지껄였다.

"M-a-v-." 경찰은 철자를 부르고 있었다. "-o-."

"아닙니다. r이에요." 남자가 철자를 정정해 주었다. "M-a-v-r-o-."

"이봐요, 내 말 좀 들어 보시오!" 톰이 마구 투덜거렸다.

"r." 경찰이 말했다. "o."

"g."

"g." 톰의 넓적한 손이 그의 어깨를 세게 내려치자, 비로소 경찰은 고개를 치켜들었다. "용건이 뭐요?"

“어떻게 된 거요? 자초지종을 좀 알고 싶소.”

“차에 치였소. 즉사했소.”

“즉사했다고요.” 톰이 멍하니 그 말을 따라했다.

“여자가 도로로 뛰어들었소. 그 개자식은 차를 세우지도 않았고.”

“자동차가 두 대였어요.” 마이케일러스가 말했다. “한 대는 저쪽에서 오고, 한 대는 저쪽으로 가고, 아시겠죠?”

“어느 쪽으로 말인가요?” 경찰이 날카롭게 물었다.

“각자 자기 방향으로 갔지요. 글쎄, 저 여자가…….” 그는 담요에 싸인 시신 쪽으로 손을 들다가, 슬그머니 다시 내렸다. “저 여자가 저기서 달려 나왔고요. 뉴욕에서 오던 차가 곧장 그녀를 들이받았죠. 시속 오육십 킬로미터쯤 됐어요.”

“이 동네 이름이 뭐요?” 경찰이 물었다.

“아무 이름도 없어요.”

옷을 잘 차려입은 흑인이 가까이 다가왔다.

“노란색 차였습니다.” 그가 말했다. “크고 노란 차였어요. 새 차였습니다.”

“사고를 목격했소?” 경찰이 물었다.

“아니요. 그 차가 나를 지나쳐 갔습니다. 시속 육십 킬로미터도 넘었어요. 팔구십 킬로미터도 더 되는 것 같던데요.”

"이리 와서 이름을 적어요. 이봐요, 이 사람 이름 좀 적읍시다."

이 대화의 몇 마디가 사무실 문에 매달려 몸을 흔들고 있던 윌슨의 귀에 흘러 들어간 게 분명했다. 갑자기 그가 내뱉는 외침에 새로운 내용이 들어갔기 때문이다.

"그게 어떤 차인지 말해 줄 필요 없어! 난 알고 있으니까!"

톰을 지켜보고 있던 나는 그의 외투 아래에서 어깨 근육이 팽팽하게 굳어지는 걸 보았다. 그는 재빨리 윌슨에게로 걸어가서 그 앞에 서더니 두 팔을 단단히 움켜쥐었다.

"정신 똑똑히 차려야 해." 그가 거친 목소리로 위로하듯이 말했다.

윌슨의 시선이 톰을 향했다. 그는 깜짝 놀라 발끝으로 꼿꼿이 섰다. 하지만 톰이 똑바로 잡아 주지 않았더라면, 곧 털썩 주저앉고 말았을 것이다.

"잘 들어." 톰이 그를 살짝 흔들며 말했다. "난 바로 몇 분 전에 도착했어. 뉴욕에서 말이야. 우리가 얘기했던 그 쿠페를 자네에게 갔고 왔단 말일세. 내가 오늘 오후에 몰았던 그 노란 차는 내 차가 아니야. 내 말 듣고 있나? 난 오후 내내 그 차를 보지 못했어."

그의 말이 들릴 정도로 가까이 있는 사람은 그 흑인과 나뿐이었다. 하지만 경찰은 그 말소리에서 뭔가 수상쩍은 낌새를 알아채고 날카로운 눈으로 살펴보았다.

"그게 다 무슨 말입니까?" 경찰이 물었다.

"저는 이 사람의 친구입니다." 톰은 여전히 윌슨을 꼭 붙잡은 채, 고개만 돌렸다. "사고를 일으킨 차를 안다고 말해서요……. 노란색 차였답니다."

경찰은 뭔가 희미한 자극을 받았는지, 의심스러운 눈초리로 톰을 보았다.

"당신 차는 무슨 색이오?"

"파란색입니다. 쿠페."

"우리는 뉴욕에서 방금 왔습니다." 내가 한 마디 거들었다.

우리 차를 뒤따라왔던 누군가가 이 사실을 확인해 주자, 경찰은 가 버렸다.

"자, 그 이름을 다시 한 번 정확하게 불러 주면……."

톰은 윌슨을 인형처럼 번쩍 들어서 사무실 안으로 끌고 갔다. 그러고는 의자에 주저앉혀 놓고 다시 돌아왔다.

"누가 여기 와서 저 사람 곁에 좀 있어야겠는데."

그가 권위적으로 딱딱거렸다. 그러고는 제일 가까이 서 있던 두 남자가 서로 힐끗힐끗 쳐다보다가 마지못해 사무실 안으로 들어갈 때까지 지켜보았다. 톰은 사무실 문을 닫고 작업대 쪽을 애써 외면하면서 단 걸음에 내려왔다. 그는 내 옆을 지나가면서 속삭였다. "나가지."

톰이 위압적인 팔로 길을 헤쳐 나가는 동안, 우리는 남의 시선을 의식하며 여전히 모여드는 군중 속을 뚫고 나갔다. 그때 삼십 분 전, 혹시나 하는 마음에 불렀던 의사가 손에 가방을 들고 부랴부랴 우리 옆을 지나갔다.

톰은 모퉁이에 이를 때까지 천천히 차를 몰다가 갑자기 가속기를 세게 밟았다. 쿠페는 어둠 속을 질주했다. 잠시 후, 낮고 거친 울음소리가 들렸다. 나는 톰의 얼굴 위로 주르르 흐르는 눈물을 보았다.

"비겁한 녀석!" 그가 훌쩍거렸다. "차를 세우지도 않고 달아나다니!"

바스락거리는 시커먼 나무들 사이로, 뷰캐넌 부부의 저택이 갑자기 우리를 향해 떠올랐다. 톰은 현관 옆에 차를 세우고 이층을 올려다보았다. 넝쿨 사이로 창문 두 개가 환하게 불을 밝히고 있었다.

"데이지가 집에 왔군." 그가 말했다. 우리가 차에서 내리자, 그는 나를 힐끗 쳐다보더니 살짝 인상을 썼다.

"닉, 자네를 웨스트에그에 데려다 주고 왔어야 했는데. 오늘 밤엔 어쩔 수가 없군."

그의 태도가 어딘가 달라졌다. 그는 진중하고 단호하게 말했다.

우리는 달빛에 물든 자갈길을 지나서 현관까지 걸어갔다. 톰은 간단한 몇 마디 말로 이 상황을 정리했다.

"전화를 해서 자네를 태워다 줄 택시를 부르겠네. 기다리는 동안 자네와 조던은 부엌에 가서 저녁을 차려 달라고 하는 게 좋겠군. 혹시 뭘 먹고 싶다면 말일세." 그가 문을 열었다. "어서 들어오게."

"고맙지만 됐어. 자네가 택시를 불러 준다니 고맙네. 난 여기 밖에서 기다리겠어."

조던이 내 팔 위에 손을 올려놓았다.

"같이 들어가지 않을래요? 닉?"

"됐어요."

나는 약간 속이 안 좋았고 그래서 혼자 있고 싶었다. 조던은 잠시 더 머뭇거렸다.

"겨우 아홉 시 반밖에 안 됐는데." 그녀가 말했다.

만약 집 안에 들어간다면 난 끝장이었다. 하루 동안 저 사람들을 물리도록 실컷 보았다. 갑자기 조던까지 거기에 포함되었다. 조던은 내 표정에서 그런 기색을 읽은 모양이었다. 갑자기 휙 돌아서더니 현관 계단을 단숨에 뛰어올라 집으로 들어가 버렸다. 나는 두 손으로 머리를 감싸 쥔 채, 몇 분 동안 앉아 있었다. 집 안에서 집사가 전화를 걸어 택시를 부르는 소리가 들렸다. 이윽고 나는 대문 옆에서 택시를 기다릴 요량으로 천천히 차도를 따라 걸어 내려가기 시작했다.

이십 미터쯤 갔을 때, 내 이름을 부르는 소리가 들리더니 개츠비가 두 개의 덤불 사이에서 보도로 툭 튀어나왔다. 그때 나는 꽤 섬뜩한 기분이 들었음이 틀림없다. 왜냐하면 달빛 아래에서 번쩍거리는 그의 분홍색 양복 이외에는 아무 생각도 할 수 없었기 때문이다.

"뭐하고 있는 거야?" 내가 물었다.

"그냥 여기 서 있는 거라네, 친구."

어쩐지 뭔가 야비한 일처럼 보였다. 내가 아는 거라고는, 그가 잠시 후에 이 집을 털 거라는 사실뿐이었다. 그의 등 뒤 컴컴한 관목 숲에서 불길한 얼굴들, 즉 '울프심의 부하들'의 얼굴을 본다 해도 전혀 놀라지 않을 것이다.

"길에서 사고 난 거 봤나?" 잠시 후에 그가 물었다.

"그래."

그가 머뭇거렸다.

"그 여자는 죽었나?"

"그래."

"그럴 거라고 생각했어. 데이지에게도 그렇게 말했지. 어차피 충격은 한 번에 다 받는 게 훨씬 나아. 그녀는 꽤 잘 견디고 있다네."

그는 마치 오직 데이지의 반응만이 중요하다는 듯이 말하고 있었다.

"나는 옆길로 해서 웨스트에그로 갔어." 그가 말을 이었다. "그리고 내 차고에 차를 넣어 두었지. 아무도 우리를 보지 못한 것 같아. 물론 확신할 수는 없지만."

이 순간 나는 그가 어찌나 밉고 싫었는지, 그 생각이 틀렸다고 말해 줄 필요조차 느끼지 못했다.

"그 여자는 누구였어?" 그가 물었다.

"윌슨이라는 여자야. 남편이 정비소를 하고 있지. 도대체 어쩌다 그런 일이 벌어진 건가?"

"글쎄, 내가 핸들을 돌리려고 했는데⋯⋯." 개츠비가 말을 뚝 끊었다. 불현듯 나는 진실을 깨달았다.

"데이지가 운전을 했어?"

"맞아." 그가 잠시 후에 말했다. "하지만 물론 내가 운전했다고 말할 거야. 자네도 알다시피, 우리가 뉴욕을 떠날 때 그녀는 매우 예민해져 있었어. 데이지는 차를 운전하면 진정이 될 것 같다고 생각했지. 그런데 우리가 반대편에서 오는 차를 지나치는 순간에 그 여자가 뛰어들었어. 모든 게 순식간에 일어났지. 내가 보기에 그 여자는 우리한테 무슨 말을 하고 싶어 했던 것 같아. 아마 우리를 자기가 아는 누군가라고 생각했나 봐. 처음에 데이지는 그 여자를 피해서 반대편 차를 향해 돌아섰다가, 곧 겁이 나서 차를 되돌렸어. 내가 핸들을 잡는 순간, 그 충격이 전해지더군. 그 여자는 틀림없이 즉사했을 거야."

"그 여자는 가슴이 떨어져 나가고……."

"아무 말 하지 말게, 친구." 그가 얼굴을 찡그렸다. "어쨌든 데이지는 계속 밟았어. 차를 멈추게 하려고 애썼지만, 그러지 못하더군. 그래서 내가 비상 브레이크를 밟았지. 그 순간 데이지는 내 무릎 위로 쓰러졌고, 그 다음에는 내가 차를 몰고 왔어."

"내일이면 괜찮아질 거야." 그가 말을 이었다. "난 그저 여기서, 그 작자가 오늘 오후에 있었던 그 불쾌한 일로 데이지를 괴롭히지 않나 지켜볼 거야. 데이지는 자기 방에 들어가 문을 잠가 버렸어. 그자가 무슨 못된 짓을 하려고 하면, 불을 껐다 켜기로 했어."

"톰은 데이지를 건드리지 않을 거야." 내가 말했다. "지금 톰은 데이지를 생각조차 하지 않아."

"난 그 작자를 못 믿겠어, 친구."

"언제까지 기다리고 서 있을 건데?"

"필요하다면, 밤새도록. 어쨌든 저 사람들이 모두 잠자리에 들 때까지는 있을 걸세."

문득 새로운 생각이 떠올랐다. 톰이 데이지가 운전했다는 걸 안다면, 이 일에 연관성이 있다고 생각할지 모른다. 어쩌면 무슨 생각을 해낼 수도 있었다. 나는 그 집을 바라보았다. 아래층 창문 두세 개가 불이 밝혀져 있었고, 이층 데이지 방에서는 분홍색 불빛이 흘러나오고 있었다.

"여기서 기다리게." 내가 말했다. "뭔 일이 벌어질 조짐이 있는지 보고 올게."

나는 잔디밭 가장자리를 따라 걸어갔다. 그리고 자갈밭을 가만히 가로지른 다음, 발뒤꿈치를 들고 베란다 계단을 살금살금 올랐다. 거실 커튼이 열려 있었고, 방 안에는 아무도 없었다. 석 달 전, 유월의 어느 밤에 저녁 식사를 하던 베란다를 가로질러서, 작은 직사각형 불빛이 새어 나오는 곳으로 다가갔다. 아마 부엌 창문인 것 같았다. 블라인드가 내려져 있었지만, 창문턱에 틈새가 있었다.

데이지와 톰은 식탁을 가운데 두고 마주 보고 앉아 있었다. 그들 사이에는 차가운 닭튀김 접시와 에일 두 병이 놓여 있었다. 톰은 식탁 너머로 그녀에게 뭔가 열심히 이야기하고 있었다. 그리고는 진지하게 그녀의 손을 꼭 감싸 주었다. 이따금 그녀가 고개를 들고 그를 바라보며 고개를 끄덕였다.

두 사람이 행복하지는 않았다. 두 사람 모두 닭이나 에일은 건드리지도 않았다. 그렇다고 불행한 것도 아니었다. 그 모습에는 부인할 수 없는 자연스러운 친밀감이 있었다. 어느 누가 봐도, 두 사람이 뭔가 공모하고 있다고 말했을 것이다.

살금살금 현관에서 걸어 나오고 있을 때, 내가 부른 택시가 어두운 길을 따라 이 집을 향해 달려오는 소리가 들렸다. 개츠비는 내가 방금 떠났던 그 자리에서 기다리고 있었다.

"거기는 다들 조용해?" 그가 걱정스럽게 물었다.

"응. 아무 일 없어." 나는 잠시 망설였다. "너도 그만 집에 가서 자는 게 좋겠다."

그는 고개를 저었다.

"나는 데이지가 잠자리에 들 때까지 여기서 기다리겠어. 잘 가, 친구."

그는 외투 속에 손을 넣고 엄숙하게 집을 살펴보는 일로 돌아갔다. 마치 내 존재가 그 신성한 철야를 더럽히기라도 한다는 듯이. 결국 나는 걸어 나왔다. 거기 달빛 속에 서서, 아무것도 없는 곳을 지켜보고 있는 그를 남겨 둔 채.

8장

나는 밤새도록 잠을 이루지 못했다. 해협에서는 안개 경보를 알리는 경적이 끊임없이 울렸다. 나는 거의 끙끙 앓으면서 기괴한 현실과 뒤숭숭하고 무서운 꿈 사이를 오고 갔다. 동틀 무렵, 택시 한 대가 개츠비네 차도로 올라오는 소리가 들렸다. 나는 침대에서 벌떡 일어나 옷을 입기 시작했다. 그에게 뭔가 꼭 얘기를, 경고를 해 줘야 하는데 아침이 되면 너무 늦을 것만 같았다.

잔디밭을 가로질러 가 보니, 아직 현관문이 열려 있었다. 개츠비는 상심한 탓인지 잠이 부족한 탓인지 무겁게 축 처진 몸을 홀의 탁자에 기대고 있었다.

"아무 일도 없었어." 그가 힘없이 말했다. "내가 기다리고 있는데, 네 시쯤 되니까 그녀가 창가로 걸어왔어. 잠깐 서 있더니 불을 끄더군."

우리가 담배를 찾겠다고 그 커다란 방들을 뒤지고 다니던 그날 밤만큼, 개츠비네 집이 거대하게 느껴졌던 적은 없었다. 우리는 큰 천막 같은 커튼을 옆으로 걷고, 전등 스위치를 찾아서 크기를 짐작할 수 없게 넓은 컴컴한 벽을 더듬었다. 한번은 유령처럼 서 있는 피아노 건반 위로 꽈당 넘어지기도 했다. 구석구석에 이상할 정도로 먼지가 많았다. 방들은 오랫동안 환기 한 번 하지 않은 듯 퀴퀴한 곰팡내가 났다. 나는 낯선 탁자에서 담배 상자를 발견했다. 안에는 바싹 말라 맛이 변한 담배 두 개비가 들어 있었다. 거실의 프랑스풍 창문을 활짝 열어 놓고, 우리는 어둠 속으로 담배 연기를 내뿜으며 앉아 있었다.

"자네는 도망쳐야 해." 내가 말했다. "분명히 자네 차를 곧 추적할 거야."

"지금 도망치라고?"

"일주일 정도 애틀랜틱시티에 가 있어. 아니면 몬트리올에 가든지."

그는 전혀 그럴 생각이 없었다. 그녀가 어떻게 할 것인지 알기 전에는 그 곁을 떠날 수가 없었다. 그는 마지막 희망을 악착같이 움켜쥐고 있었고, 나는 그런 그를 떼어 놓을 수가 없었다.

개츠비가 댄 코디와 함께 보낸 기이한 젊은 시절을 내게 이야기해 준 것이 바로 그날 밤이었다. 그 이야기를 털어놓은 까닭은 톰의 지독한 악의에 부딪혀 '제이 개츠비'란 인물이 거울처럼 산산이 부서져 버렸기 때문이고, 그와 더불어 비밀로 가득했던 길고 긴 광상극도 막을 내렸기 때문이었다. 이제 그는 아무런 숨김없이 무슨 사실이든 인정할 자세였다. 하지만 무엇보다 데이지에 대해 이야기하고 싶어 했다.

그녀는 그가 난생 처음 알게 된 '좋은 집안에서 잘 자란' 아가씨였다. 드러나지 않은 여러 가지 능력 덕분에, 그는 그런 사람들과 접촉을 해 왔지만 항상 그들 사이에는 보이지 않는 철조망이 있었다. 그는 데이지가 무척 매력적이라고 느꼈다. 처음에는 캠프 테일러의 다른 장교들과 함께 데이지의 집을 방문했고, 그 다음에는 혼자 찾아갔다. 개츠비는 그 집에 경탄을 금치 못했다. 그토록 아름다운 집은 한 번도 본 적이 없었다. 하지만 그 집이 숨 막히도록 강렬한 느낌을 준 이유는 데이지가 그곳에 살고 있기 때문이었다. 그에게 캠프 막사가 일상적이듯, 그녀에게는 그 집이 일상적인 곳이었다. 개츠비의 눈에 그 집은 무르익은 신비가 가득했고, 이층 침실들은 여느 침실보다 더 아름답고 시원했으며, 복도에서는 즐겁고 화려한 일들이 벌어졌다. 또한 예전부터 소중히 보관해 두었던, 하지만 케케묵지 않고 여전히 신선하고 생생하며 올해 나온 신형 차의 냄새를 풍기는 로맨스가 기다리고 있었고, 꽃들이 시들지 않는 무도회가 열렸다. 수많은 남자들이 이미 데이지에게 홀딱 빠졌다는 사실도 그를 흥분시켰다. 그 때문에 그의 눈에는 데이지의 가치가 점점 높아졌다. 그는 그 집을 둘러싼 남자들의 존재를 느꼈다. 여전히 떨리는 감정의 동요와 명암이 대기에 가득 퍼져 있음을.

그러나 그는 자신이 데이지의 집에 들어온 일 자체가 어마어마한 재앙임을 알고 있었다. 제이 개츠비로서의 미래가 아무리 전도유망하더라도, 지금 그는 출신도 없고 돈 한 푼 없는 젊은이에 불과했다. 어느 때든 군복이라고 하는 투명 망토는 벗겨질 것이다. 그래서 그는 시간을 최대한 아껴 썼다. 탐욕스럽고 파렴치하게, 손에 넣을 수 있는 것은 다 차지했다. 마침내 그는 시월의 어느 고요한 밤에 데이지를 가졌다. 실제로는 그녀의 손끝 하나 건드릴 수 있는 권리조차 없었기 때문에, 그래서 그녀를 가졌다.

어쩌면 자신을 경멸할 수도 있었다. 분명히 거짓 가면을 쓰고 그녀를 차지했으니까. 그가 가짜 백만장자 노릇을 했다는 뜻은 아니다. 하지만 일부러 데이지에게 안정감을 심어 주었다. 자신이 그녀와 똑같은 계급 출신이며 충분히 그녀를 돌봐 줄 수 있다고 믿게 만들었던 것이다. 물론 실제로 그런 능력은 전혀 없었다. 그에게는 든든한 배경이 되어 주는 집안도 없었고, 비인간적인 정부의 변덕스러운 정책에 따라 세계 어디로든 보내질 수 있는 처지였다.

하지만 그는 자신을 경멸하지 않았다. 그리고 그가 상상했던 대로 되지도 않았다. 아마 처음에는 손에 넣을 수 있는 것을 넣고 가 버릴 작정이었으리라. 그런데 어느새 성배를 쫓고 있는 자신을 깨달았다. 데이지가 특별한 존재라는 것은 알고 있었지만, '잘 자란' 아가씨가 얼마나 특별할 수 있는지는 미처 몰랐던 것이다. 그녀는 개츠비를 떠나서 자신의 부유한 집으로, 풍족하고 사치스러운 삶 속으로 사라져 버렸다. 그러고는 아무것도 없었다. 그는 그녀와 결혼한 듯한 느낌이 들었고, 그것이 전부였다.

이틀 후 두 사람이 다시 만났을 때, 어쩐지 속임을 당하고 숨이 막혔던 쪽은 개츠비였다. 데이지네 집의 현관은 별처럼 빛나는 사치품으로 휘황찬란했다. 그녀가 그를 향해 얼굴을 돌리고 그가 그녀의 사랑스럽고 호기심을 끄는 입술에 입을 맞췄을 때, 고리버들 세공의 긴 의자는 세련되고 고급스럽게 삐걱거렸다. 감기에 걸려서 더 허스키해진 그녀의 목소리는 어느 때보다 더 매력적이었다. 개츠비는 부의 울타리 안에 갇혀 보호받고 사는 젊음과 신비가 어떤 것인지 온몸으로 알게 되었다. 수많은 옷이 안겨 주는 산뜻한 기분에 대해, 그리고 가난한 사람들의 치열한 생존경쟁 위에서 은처럼 반짝거리는, 거만하고 안전한 데이지에 대해 속속들이 알게 된 것이다.

"그녀를 사랑한다는 걸 깨닫고 나 스스로 얼마나 놀랐는지 이루

말할 수가 없네, 친구. 한동안은 심지어 그녀가 나를 걷어차기를 바랄 정도였어. 하지만 그녀는 그러지 않았어. 그녀 역시 나를 사랑했기 때문이야. 내가 그녀가 모르는 다른 세상일에 밝다는 이유로 그녀는 날 박식하다고 생각했어……. 어쨌든 내 야망과는 멀어지고, 매 순간 점점 더 깊이 사랑에 빠졌지. 갑자기 아무것도 상관하지 않게 되었어. 내가 앞으로 할 일을 그녀에게 들려주면서 얼마든지 행복한 시간을 보낼 수 있는데, 위대한 일들을 한들 그게 무슨 소용이겠나?"

해외로 나가기 전 마지막 날 오후에, 그는 데이지를 품에 안고 오랫동안 말없이 앉아 있었다. 쌀쌀한 가을날이라서 방에는 불을 피웠고 그녀의 뺨은 달아올랐다. 이따금 그녀는 몸을 뒤척였고, 그는 팔의 위치를 조금씩 바꾸었다. 그리고 한 번은 그녀의 매끄러운 검은 머리에 입을 맞추었다. 그날 오후는 한동안 그들에게 평온한 시간을 허락했다. 마치 내일 예정된 긴 이별을 위해 깊은 추억을 안겨 주려는 듯. 그들이 사랑했던 몇 달 동안에, 그녀가 말없이 그의 외투 어깨에 입술을 비볐을 때만큼, 혹은 그가 그녀의 손끝을, 마치 그녀가 잠들기라도 한 듯, 살짝 건드렸을 때만큼 두 사람이 더 가깝고, 더 마음 깊이 서로 소통했던 적은 없었다.

그는 전쟁에 나가서 비범한 활약을 보였다. 전선에 나가기도 전에 육군 대위가 되었고, 아르곤 전투 후에는 소령 계급장을 따고 사단 기관총 부대의 지휘관이 되었다. 종전이 되자, 그는 고국으로 돌아가려고 필사적으로 노력했지만, 어떤 복잡한 사정 혹은 착오에 의해 옥스퍼드로 보내졌다. 이제 그는 걱정되기 시작했다. 데이지의 편지에는 초조한 절망감이 담겨 있었다. 그녀는 그가 돌아오지 못하는 이유를 이해하지 못했다. 그녀는 바깥세상의 압력을 느끼고 있었고, 그를 직접 눈으로 보고 그의 존재를 바로 옆에서 느끼며 자신이 결국 옳은 일을 하고 있다는 확신을 얻기를 바랐다.

데이지는 어렸고, 그녀의 인공적인 세계는 난초 향기와 유쾌하고 명랑한 속물들과 새로운 곡조에 인생의 슬픔과 약속을 담아내며 그해 유행하는 리듬을 연주하는 오케스트라로 이루어져 있었다. 밤새도록 색소폰들이 「빌 스트리트 블루스」의 절망에 찬 가사를 절묘하게 연주하는 동안, 금 구두와 은 구두를 신은 백여 쌍의 남녀들이 빛나는 먼지를 일으키며 춤을 추었다. 차를 마시는 어스름한 시간이면, 언제나 이런 낮고 달콤한 열병으로 끊임없이 고동치는 방들이 있었다. 한편 새로운 얼굴들은 서글픈 트럼펫 소리에 휘날리는 장미 꽃잎처럼 무대 주위를 이리저리 떠돌아다녔다.

이 황혼의 세계를 통해서, 데이지는 다시 사교 시즌을 따라 움직이기 시작했다. 갑자기 그녀는 다시 하루에 여섯 명의 남자와 여섯 번의 데이트를 계속했으며, 새벽이면 침대 옆 바닥에서 시든 난초들 틈에 앉아 구슬과 레이스가 달린 구겨진 이브닝드레스를 입은 채, 잠들곤 했다. 그동안에도 줄곧 그녀의 가슴속에 있는 무언가는 결단을 외치고 있었다. 이제는 바로 손닿는 곳에 있는 사랑과 돈, 의문의 여지가 없는 현실성을 전부 제대로 갖춘 삶을 살고 싶었다. 그것도 당장. 그런데 그 결단은 어떤 강제적인 힘에 의해서만 내려질 수 있었다.

그 힘은 봄의 중반, 톰 뷰캐넌의 등장이란 형태로 나타났다. 그의 신분과 풍채에는 확실한 무게감이 있었고, 데이지는 우쭐했다. 물론 약간의 갈등과 약간의 안도감이 있었다. 개츠비가 아직 옥스퍼드에 있는 동안, 한 통의 편지가 도착했다.

* * *

이제 롱아일랜드는 새벽이었다. 우리는 돌아다니며 나머지 아래층 창문을 다 열어서, 온 집안을 회색빛에서 금빛으로 변해 가는 햇살로 가득 채웠다. 나무 그림자가 불현듯 이슬 위로 드리워졌고, 유령 같은 새들이 푸른 나뭇잎 사이에서 노래를 부르기 시작했다. 대기 중에는 바람이 거의 없는 상쾌하고 아름다운 날을 약속하는, 느리고 유쾌한 움직임이 느껴졌다.

“데이지는 한 번도 그자를 사랑하지 않았을 거야.” 개츠비가 창가에서 돌아서서 나를 도전적으로 바라보았다. “친구, 자네도 기억하지? 어제 오후에 데이지는 몹시 흥분한 상태였어. 그자가 데이지에게 잔뜩 겁을 주었잖아. 날 무슨 싸구려 사기꾼으로 만들고. 그래서 데이지는 자기가 무슨 말을 하는지도 몰랐던 거야.”

그는 침울하게 주저앉았다.

“물론 아주 잠깐 그자를 사랑했을 수도 있겠지. 신혼 초에는. 하지만 그때도 날 더 사랑했다니까, 알겠어?”

갑자기 그가 묘한 말을 던졌다.

“어쨌든 그건 단지 개인적인 일이었어.”

판단 내릴 수 없는 일에 대해 그가 너무 지나치게 열심히 생각한 게 아닐까 의심하는 것 외에, 이 말을 달리 어떻게 받아들일 수 있을까?

톰과 데이지가 여전히 신혼여행 중일 때, 그는 프랑스에서 돌아왔다. 그리고 군대에서 받은 마지막 봉급을 털어 루이빌로 비참하지만, 어쩔 수 없는 여행을 떠났다. 그곳에 일주일을 머물면서 두 사람이 함께 걸었던 거리를 걷고 그녀의 하얀 차를 타고 갔던 외진 장소를 다시 찾아갔다. 그에게는 항상 데이지의 집이 어떤 집보다 신비스럽고 즐겁게 보였던 것처럼, 비록 데이지는 떠났지만 이 도시 자체에 대한 그의 생각도 애수 어린 아름다움으로 가득 차 있었다.

좀 더 열심히 찾았으면 그녀를 찾았을지도 모른다는 생각을 하며, 꼭 뒤에 그녀를 남겨 두고 가는 것 같은 기분으로, 그는 그곳을 떠났다. 일반 객차 안은 찜통이었다. 이제 그는 무일푼이었다. 뚫려 있는 통로로 나가 접는 의자에 앉았다. 기차역이 미끄러지며 사라졌고, 낯선 건물의 뒷면이 옆을 스치고 지나갔다. 이윽고 봄이 한창인 들판이 나타났다. 노란 전차가 잠깐 동안 기차와 경주를 했다. 저 전차에 탄 사람들도 언젠가 우연히 길을 가다가 마법과도 같은 그녀의 새하얀 얼굴을 보았을지 모른다.

선로가 구부러지면서 이제 기차는 태양으로부터 멀어지고 있었다. 저물어 가는 태양은 그녀가 한때 숨 쉬던, 저 사라져 가는 도시 위로 축복처럼 햇살을 내려주고 있는 것 같았다. 그는 필사적으로 손을 뻗었다. 한 줌의 공기라도 움켜쥐려는 듯, 그녀로 인해 한없이 사랑스럽게 느껴지는 그 장소의 일부분이라도 간직하려는 듯이. 하지만 눈물로 흐릿해진 그의 눈에 모든 것이 너무 빨리 사라지고 있었다. 그는 알았다. 그 도시에서 가장 아름다운 것, 가장 생기로 가득 찬 것을 놓쳐 버렸음을. 이제 영원히.

우리가 아침 식사를 끝내고 현관으로 나왔을 때는 오전 아홉 시였다. 밤사이에 날씨가 완전히 달라져서 공기 중에 가을이 느껴졌다. 개츠비의 예전 하인 중에 유일하게 남은 정원사가 계단 아래로 다가왔다.

"개츠비 씨, 오늘 수영장 물을 뺄까 하는데요. 낙엽이 곧 떨어질 텐데 그러면 항상 배수구에 말썽이 생기거든요."

"오늘은 하지 말게." 개츠비가 대답했다. 그가 변명하듯이 나를 돌아보았다. "자네도 알다시피, 친구, 나는 올 여름 내내 한 번도 저 수영장을 못 써 봤거든."

나는 시계를 보고 자리에서 일어났다.

"기차 시간까지 십이 분 남았군."

나는 시내에 나가고 싶지 않았다. 제대로 일을 열심히 하는 위인도 아니었지만, 그보다 더 큰 이유가 있었다. 개츠비를 두고 가기 싫었던 것이다. 나는 그 기차를 놓치고 다음 기차도 놓치고서야 겨우 떠날 수 있었다.

"전화할게." 마침내 내가 말했다.

"그렇게 해. 친구."

"열두 시쯤 전화할 거야."

우리는 천천히 계단을 내려왔다.

"아마 데이지도 전화할 거야." 그는 내가 그 말에 동조해 주기를 바라는 듯, 불안한 얼굴로 나를 바라보았다.

"그러겠지."

“그럼, 잘 가게.”

우리는 악수를 나누었고, 나는 출발했다. 울타리를 지나기 직전에 나는 뭔가를 떠올리고는 뒤돌아섰다.

“그치들은 다 썩어빠진 인간들이야.” 나는 잔디밭 너머에서 소리쳤다. “자네는 그 빌어먹을 인간들을 전부 합친 것보다 훨씬 가치 있는 사람이라고.”

그렇게 말했던 것이 나는 지금도 언제나 기쁘다. 그것은 내가 그에게 했던 유일한 칭찬이었다. 처음부터 끝까지 그를 인정하지 않았기 때문이었다. 처음에 그는 점잖게 고개만 끄덕이더니, 다음 순간 그의 얼굴에 예의 그 눈부시고 이해심 가득한 미소가 떠올랐다. 마치 우리가 그 점에 있어서 줄곧 환상적으로 마음이 통했던 것처럼. 그의 야단스러운 핑크색 정장은 하얀 계단을 배경으로 밝은 색 점처럼 보였다. 나는 석 달 전, 그의 유서 깊은 저택에 처음 찾아갔던 그날 밤을 떠올렸다. 잔디밭과 차도에는 그의 부패를 수군거리는 사람들이 넘쳐났었다. 그리고 계단 위에는, 부패하지 않은 꿈을 감춘 그가 사람들에게 손을 흔들어 작별 인사를 하고 서 있었다.

나는 그의 환대에 감사했다. 우리는 항상 그 점을 감사하게 여겼다. 나와 그리고 다른 사람들도.

“잘 있게.” 내가 말했다. “아침 잘 먹었네, 개츠비.”

시내로 나간 나는 한동안 쉬지 않고 쏟아지는 주식시세표를 작성하려고 애쓰다가, 회전의자에서 깜빡 잠이 들었다. 열두 시 조금 전에 전화벨이 울려 깨어났다. 이마에서 땀이 나기 시작했다. 조던이었다. 그녀는 종종 이 시간에 전화를 걸었다. 호텔에서 골프 클럽으로 그리고 다시 개인 집으로 오고가는 그녀의 불확실한 동선 때문에 달리 시간을 찾기가 힘들었던 것이다. 전화선을 타고 들려오는 그녀의 목소리는 푸른 골프장에서 사무실 창문으로 곧장 날아온 잔디처럼 항상 싱그럽고 청량했다. 하지만 오늘 아침에는 거칠고 메마른 목소리였다.

"데이지네 집에서 나왔어요." 그녀가 말했다. "지금은 헴스테드에 있는데, 오늘 오후에 사우샘프턴으로 내려갈 거예요."

데이지네 집을 떠난 것은 영리한 결정일지도 몰랐다. 하지만 그 행동에 나는 화가 났다. 그리고 다음 말에 내 마음은 단단히 굳어져 버렸다.

"어젯밤에 당신은 내게 별로 다정하지 않았어요."

"그런 때 그런 게 뭐 중요한가요?"

잠시 침묵이 흘렀다. 이윽고 그녀가 말했다.

"그렇지만, 난 당신이 보고 싶어요."

"나도 보고 싶어요."

"내가 사우샘프턴에 가지 않으면, 오늘 오후에 시내로 올래요?"

"안 돼요. 오늘은 그럴 수 없어요."

"좋아요."

"오늘 오후에는 힘들어요. 여러 가지로……."

우리는 한동안 그렇게 이야기를 나누었다. 그러다가 갑자기 통화가 끊어졌다. 우리 둘 중에 누가 먼저 딸깍 하고 수화기를 내려놓았는지 모르겠다. 하지만 내가 전혀 개의치 않았던 것은 알고 있다. 현세에서 두 번 다시 그녀와 말을 하지 못한다 하더라도, 그런 날 찻잔을 사이에 두고 그녀와 수다를 떨고 있을 수는 없었다.

몇 분 후에 개츠비 집으로 전화를 걸었지만, 통화 중이었다. 나는 네 번이나 다시 걸었다. 결국 짜증이 난 전화 교환원이 그 번호는 지금 디트로이트와 장거리 통화 중이라고 알려 주었다. 기차표를 꺼내어, 세 시 오십 분 출발 기차에 작은 동그라미를 쳤다. 그런 다음 의자에 등을 기대고 생각을 하려고 애를 썼다. 그때가 열두 시 정각이었다.

그날 아침, 기차를 타고 재의 계곡을 지날 때, 나는 일부러 기차 반대편에 앉았다. 호기심에 찬 군중들이 온종일 그 주위에 몰려와 있을 것 같았다. 흙먼지 속에 검은 핏자국을 찾는 사내애들부터 무슨 일이 일어났는지 떠들고 또 떠드는 수다스러운 인간들까지. 그러다가 그 사건은 떠드는 사람에게조차 점점 더 현실감을 갖지 못하게 되고 결국 더 이상 할 말조차 없어져 버렸다. 그렇게 머틀 월슨의 비극적 결말은 잊혀졌다. 이제 나는 조금 전으로 돌아가서, 그날 밤 우리가 정비소를 떠난 뒤 거기에서 무슨 일이 있었는지 이야기하고자 한다.

사람들은 여동생 캐서린의 소재를 파악하는 데 어려움을 겪었다. 그날 밤 그녀는 금주 규약을 깨뜨린 게 분명했다. 그녀가 도착했을 때 술에 완전히 취해서 구급차가 벌써 플러싱으로 떠났다는 사실조차 이해하지 못했으니까. 사람들이 이 사실을 겨우 납득시켜 주자, 여동생은 그 일이 이 사건에서 가장 견딜 수 없는 대목인 양, 당장 기절해 쓰러졌다. 친절하거나 아니면 호기심이 많은 어떤 사람이 그녀를 자기 차에 태워서 언니의 시신 뒤를 함께 따라가 주었다.

자정 이후에도 늦게까지, 수많은 사람들이 자리를 바꿔 가며 정비소 앞을 에워쌌다. 조지 월슨은 줄곧 안쪽 소파에서 몸을 앞뒤로 흔들고 있었다. 한동안 사무실 문이 열려 있었던 탓에 정비소로 몰려온 모든 사람들이 어쩔 수 없이 그 안을 엿보았다. 마침내 누군가 이것은 수치스러운 일이라고 비난하며 사무실 문을 닫았다. 마이케일러스와 몇 사람들이 그의 곁을 지켰다. 처음에는 네다섯 명이 있다가 나중에는 두세 명만이 남았다. 결국에는 마이케일러스가 마지막 남은 낯선 사람에게 십오 분만 기다려 주면, 자기

가게에 잠깐 돌아가서 커피를 한 주전자 끓여 오겠다고 부탁해야 할 지경이 되었다. 그 후에는 마이케일러스 혼자 새벽까지 윌슨 곁을 지켰다.

세 시쯤 되자, 횡설수설 중얼거리던 윌슨이 달라졌다. 좀 더 침착해지면서 노란 차에 대해 떠들기 시작했다. 그는 그 노란 차가 누구 것인지 알아낼 방법이 있다고 단언했다. 그러고는 두 달 전 그의 아내가 얼굴에 멍이 들고 코가 부은 채, 뉴욕에서 돌아왔다는 말을 무심결에 내뱉었다.

하지만 자기가 한 말을 자기가 듣고는, 움찔하며 다시 쥐어짜는 목소리로 "오, 하느님 맙소사!" 하고 소리 지르기 시작했다. 마이케일러스는 그의 정신을 다른 데로 돌리려고 서툴게나마 애를 썼다.

"그런데 결혼한 지는 얼마나 됐나, 조지? 이리 와. 잠깐이라도 가만히 앉아서 내 질문에 대답 좀 해 봐. 결혼한 지는 얼마나 됐어?"

"십이 년."

"자식은 없었고? 이봐, 조지, 가만히 앉아 있어 봐. 내가 물어보잖아. 자식은 없었어?"

짙은 갈색 딱정벌레들이 희미한 전등에 자꾸 와서 부딪혔다. 차들이 바깥 도로를 질주하는 소리가 들릴 때마다, 마이케일러스의 귀에는 몇 시간 전 뺑소니를 친 그 차 소리처럼 들렸다. 그는 정비소 안에 들어가고 싶지 않았다. 왜냐하면 시신이 누워 있던 작업대에 핏자국이 남아 있었기 때문이다. 그래서 사무실 안을 불편한 마음으로 왔다 갔다 하다가, 이따금 월슨 옆에 앉아서 진정시키려고 애를 썼다. 아침이 되기 전에 그는 사무실 안에 있는 물건들을 죄다 알게 되었다.

"가끔 나가는 교회가 있나, 조지? 혹시 오랫동안 안 나간 교회라도 없어? 그러면 내가 그 교회에 전화해서 목사님 좀 오시라고 할 텐데. 자네랑 얘기 좀 나누시게."

"아무 교회도 없어."

"이런 때를 대비해서 교회 하나쯤은 다녔어야지, 조지. 어쨌든 한 번은 교회에 갔었을 거 아닌가? 자네, 교회에서 결혼하지 않았나? 조지, 내 말 좀 들어. 교회에서 결혼하지 않았어?"

"아주 오래전 일이야."

대답을 하려고 애쓰다 보니, 몸을 흔드는 리듬이 깨졌다. 잠시 그는 조용히 있었다. 이윽고 전과 똑같이 반쯤은 뭔가 아는 것 같고 반쯤은 어리둥절한 눈빛이 흐리멍덩한 그의 눈에 다시 돌아왔다.

"저기 서랍 안을 봐."

그가 책상을 가리키며 말했다.

"어느 서랍?"

“저기, 저 서랍.”

마이케일러스가 손에 가장 가까이 닿는 서랍을 열었다. 그 안에는 가죽과 은으로 만든 값비싼 작은 개목걸이가 들어 있었다. 새것이 분명했다.

“이거?” 그가 개목걸이를 집어 들고 물었다.

윌슨이 멍하니 쳐다보며 고개를 끄덕였다.

“어제 오후에 그걸 발견했어. 아내는 그 물건에 대해 내게 해명하려고 애썼지. 하지만 뭔가 수상쩍은 물건이란 걸 알고 있었어.”

“자네 아내가 이걸 샀단 말인가?”

“휴지에 싸서 서랍에 넣어 두었더군.”

마이케일러스는 전혀 이상한 점을 찾을 수 없었다. 그는 윌슨에게 아내가 개목걸이를 샀을 만한 이유를 열두 개쯤 말해 주었다. 하지만 짐작건대, 그와 똑같은 변명을 바로 전에 머틀로부터 들었던 게 분명했다. 왜냐하면 또다시 “오, 하느님 맙소사!” 하고 중얼거리기 시작했기 때문이다. 그래서 그를 위로하던 이는 대여섯 가지 변명을 허공에 날려 버렸다.

“그래서 그녀를 죽인 거야.” 윌슨이 말했다. 그러고는 갑자기 입을 딱 벌렸다.

“누가 말인가?”

“알아낼 방법이 있어.”

“조지, 자네 좀 이상해.” 그의 친구가 말했다. “자네는 계속 너무 힘들었어. 그래서 무슨 말을 하는지도 모르는 거야. 아침까지 가만히 앉아 있는 게 좋겠네.”

“그놈이 그녀를 죽였어.”

“그건 사고였네, 조지.”

윌슨이 고개를 저었다. 눈을 가늘게 뜨고 입술은 희미한 자부심에 살짝 꼬리가 올라갔다.

“흠! 난 알아!” 그가 단호하게 말했다. “나는 사람을 잘 믿어. 그리고 누구에게도 해를 입힐 생각은 하지 않아. 하지만 내가 뭔가를 알았다고 하면, 정말 아는 거야. 그 차 안에 있던 그놈이었어. 아내는 그놈에게 무슨 말을 하려고 달려 나갔던 건데, 그놈은 차를 멈추려 하지 않았어.”

마이케일러스도 그 광경을 보았다. 하지만 딱히 의미심장한 뭔가가 있었다는 생각은 들지 않았다. 그의 눈에는 윌슨 부인이 그 차를 멈추려고 했다기보다는 남편한테서 달아나려고 했던 것처럼 보였다.

“자네 아내가 어떻게 그럴 수가 있었겠나?”

“아주 음흉한 계집이거든.” 그게 질문에 대한 대답이 되는 양, 윌슨이 말했다. “아-아-아!”

그가 다시 몸을 흔들기 시작했다. 마이케일러스는 손으로 개목걸이를 비틀며 서 있었다.

"내가 전화를 걸어 줄 친구라도 없나, 조지?"

물론 헛된 희망이었다. 윌슨에게 친구라고는 하나도 없을 거라고 거의 확신하고 있었다. 자기 아내 한 명 감당하기에도 부족한 친구였다. 잠시 후 창문에 빠르게 푸른빛이 감돌고 방 안이 달라졌음을 알아채고 새벽이 멀지 않았음을 깨닫자, 마이케일러스는 기뻤다. 다섯 시쯤 되자, 전등을 끌 수 있을 만큼 밖이 충분히 밝아졌다.

윌슨은 번뜩이는 눈으로 잿더미 계곡을 내다보았다. 그곳에서는 작은 회색 구름들이 신기한 갖가지 형체들을 만들며 잔잔한 새벽바람에 이리저리 쫓겨 다니고 있었다.

"그녀에게 말했어." 윌슨이 긴 침묵 끝에 중얼거렸다. "나를 속일 수 있을지 몰라도 하느님을 속일 수는 없다고 말이야. 그러고는 저 창문으로 데려갔었지." 그가 힘들게 자리에서 일어나 뒤쪽 창문으로 걸어갔다. 그리고 유리창에 얼굴을 대고 기대어 섰다. "나는 말했어. '하느님은 당신이 하는 일을, 당신이 하는 모든 일을 알고 계서. 나를 속일 수는 있어도 하느님을 속일 수는 없어!' 라고 말이야."

그의 등 뒤에 서 있던 마이케일러스는 윌슨이 닥터 T. J. 에클버그의 눈을 바라보고 있다는 사실을 알고 충격을 받았다. 점점 사라져 가는 어둠에서 방금 모습을 드러낸 그 눈은 거대하고 희미했다.

"하느님은 모든 걸 보고 계셔." 윌슨이 되풀이했다.

"저건 광고판이야." 마이케일러스가 그를 안심시켰다. 무엇 때문인지 그는 창가에서 돌아서서 방 안을 둘러보았다. 하지만 윌슨은 유리창에 얼굴을 대고 새벽 여명을 향해 고개를 끄덕이며, 오랫동안 거기 서 있었다.

여섯 시경이 되자, 마이케일러스는 녹초가 되었다. 다행히도 밖에서 차가 멈추는 소리가 들렸다. 어젯밤에 다시 오겠다고 약속했던 구경꾼들 중 한 명이었다. 그래서 마이케일러스는 세 사람 분의 아침 식사를 준비했지만, 결국 자신과 그 사람, 둘이 먹었다. 이제 윌슨은 훨씬 조용해졌다. 마이케일러스는 잠을 자러 집에 갔다. 네 시간 후에 깨어나 부랴부랴 정비소에 가 보니, 윌슨은 사라지고 없었다.

이후에 그의 행적—그는 줄곧 걸어 다녔다.—은 루스벨트 부두에서 개즈힐로 이어졌다. 그곳에서 그는 샌드위치를 샀지만 먹지는 않았고 커피 한 잔을 마셨다. 틀림없이 몹시 지쳐서 느릿느릿 걸었던 모양이다. 겨우 정오가 되어서야 개즈힐에 도착했기 때문이다. 여기까지 그의 시간을 계산하기는 어렵지 않았다. '정신 나간 사람처럼 행동하는' 남자를 보았다는 소년들도 있었고, 도로변에서 이상하게 자기를 노려보던 남자를 목격한 운전사도 있었다. 그런데 그때부터 세 시간 동안 그의 행적이 묘연했다. 경찰은 그가 '알아낼 방법이 있다'고 마이케일러스에게 했던 말에 힘을 실어서, 그 시간 동안 정비소와 그 주변에서 노란 차에 대해 묻고 다녔을 거라고 추측했다. 그렇지만 그를 보았다는 정비소 사람은 아무도 나타나지 않았다. 어쩌면 그에게는 알고 싶은 사실을 알아낼 수 있는 좀 더 쉽고 확실한 방법이 있었는지도 모른다. 두 시 반쯤에 그는 웨스트에그에서 누군가에게 개츠비 저택으로 가는 길을 묻고 있었다. 그러니까 그때쯤에는 개츠비의 이름을 알고 있었던 것이다.

두 시에 개츠비는 수영복을 입고, 집사에게 누군가 전화로 용건을 남기면 수영장으로 전해 달라는 말을 남겼다. 그리고는 여름 내내 손님들을 즐겁게 해 주었던 매트리스 튜브를 찾으러 차고에 잠시 들렀다. 운전사가 튜브에 바람 넣는 것을 도와주었다. 개츠비는 어떤 일이 있어도 저 오픈카를 꺼내지 말라는 지시를 내렸다. 운전사에게는 이상한 명령이었다. 오른쪽 앞 펜더를 수선해야 했기 때문이었다.

개츠비는 매트리스를 어깨에 메고 수영장으로 출발했다. 딱 한 번 걸음을 멈추고 매트리스를 고쳐 멨다. 운전사가 도와 드릴까 물었지만, 그는 고개를 저었고 순식간에 노랗게 물든 나무들 사이로 모습을 감추었다.

전화 연락은 오지 않았다. 하지만 집사는 자지 않고 네 시까지 기다렸다. 혹시 전화가 오더라도 받을 사람이 없게 된 이후에도 오랫동안. 개츠비 자신도 전화가 오리라고는 믿지 않았으리라. 어쩌면 이젠 상관없다고 생각했을지도 모른다. 만약 그랬다면, 틀림없이 그는 자신이 오래되고 따스한 세계를 잃어버렸다는 걸 느꼈으리라. 단 하나의 꿈을 품고 너무 오랫동안 살아온 것에 대해 값비싼 대가를 치렀다는 걸. 틀림없이 그는 위협적인 나뭇잎들 사이로 낯선 하늘을 올려다보며 장미가 얼마나 기괴한지, 거의 다듬지 않은 풀밭 위로 쏟아지는 햇살이 얼마나 야생적인지 깨닫고 몸서리를 쳤을 것이다. 새로운 세계, 현실이 아닌 물질의 세계, 가엾은 영혼들이 공기처럼 꿈을 들이마시며 우연히 주위를 떠다니는 곳……. 형체가 없는 나무들 사이로 그를 향해 슬그머니 다가오는 저 잿빛의 기묘한 그림자처럼.

운전사—울프심의 심복 중 하나였는데—가 총소리를 들었다. 나중에 그가 할 수 있는 말이라고는 별로 대수롭지 않게 생각했다는 것뿐이었다. 나는 역에서부터 곧장 개츠비네로 차를 몰았다. 걱정스럽게 현관 계단을 뛰어오르는 내 모습을 보고, 처음으로 사람들은 불길한 생각이 들었다. 하지만 그들은 곧 알았으리라고,

나는 굳게 확신한다. 거의 한 마디 말도 없이, 운전사와 집사, 정
원사 그리고 나까지 네 사람은 황급히 수영장으로 달려갔다.

한쪽 끝에서 흘러나온 새 물이 반대편 배수구로 흘러가고 있었
기 때문에, 거의 알아채기 힘든 약한 물살이 있었다. 거의 물결이
라고 할 수 없을 만큼 잔잔한 파문으로 인해, 개츠비를 실은 매트
리스는 수영장 아래쪽에서 불규칙하게 흔들리고 있었다. 거의 수
면에 파문을 일으키지 못할 만큼 작은 돌풍만으로도, 뜻하지 않은
짐을 실은 매트리스의 뜻하지 않은 행로를 바꾸기에 충분했다. 낙
엽 더미에 살짝 부딪히자, 매트리스는 천천히 빙그르르 돌았다.
마치 컴퍼스 다리처럼 수면 위에 가느다란 붉은 원을 그리며.

정원사가 조금 떨어진 잔디밭에서 윌슨의 시신을 발견한 것은,
우리가 개츠비를 들고 집 안으로 들어가기 시작한 다음이었다. 대
학살이 완결된 것이다.

9장

이 년이 지난 지금, 그날과 그날 저녁과 다음날의 나머지 일들에 대한 기억은, 오직 반복 훈련하듯 끊임없이 개츠비네 현관문을 들락날락했던 경찰과 사진 기자와 신문 기자들뿐이었다. 대문에는 밧줄이 쳐지고, 경찰 한 명이 호기심에 찬 사람들을 막았다. 하지만 남자애들은 곧 우리 집 마당을 통해서도 들어갈 수 있다는 걸 알아냈다. 그래서 수영장 주변에는 항상 입을 딱 벌린 남자애들 몇 명이 몰려 있었다. 그날 오후 누군가, 아마 형사 같았는데, 윌슨의 시신을 굽어보면서 확신에 찬 태도로 '미친 사람'이란 표현을 썼다. 그의 목소리는 우발적인 권위를 갖게 되었고, 다음날 아침 신문 기사의 기조를 결정했다.

이런 신문 기사들 대부분은 악몽이었다. 기괴하고 추측이 난무하고 열심이지만 사실이 아니었다. 심리에서 마이케일러스의 증언으로 월슨이 부인을 의심했다는 사실이 드러났을 때, 나는 곧 이야기 전체가 외설적인 풍자로 다시 써지겠구나 생각했다. 그러나 정작 캐서린은 무슨 얘기든 할 수 있을 텐데, 한 마디도 하지 않았다. 그뿐만 아니라 놀라운 자질을 보여 주었다. 그녀는 그려 넣은 눈썹 아래로 결연한 눈빛을 하고 배심원을 똑바로 쳐다보며 언니는 절대 개츠비를 만난 적이 없으며 남편과 완벽하게 행복했고 그 어떤 잘못도 저지른 적이 없었노라고 맹세했다. 그리고 자기 말을 확신한 나머지, 그런 의심 자체를 견딜 수 없다는 듯이 손수건을 꺼내들고 엉엉 울었다. 결국 윌슨은 사건이 가장 단순한 모양새를 갖출 수 있도록 그저 '슬픔을 못 이기고 미쳐 버린' 사람쯤으로 정리됐다. 그리고 사건은 거기서 끝났다.

하지만 그 외에 나머지 일들은 아득하고 비본질적인 것처럼 보였다. 문득 홀로, 개츠비 곁에 남아 있는 나 자신을 깨달았다. 내가 전화를 걸어 웨스트에그 마을에 이 파국에 대한 소식을 전한 그 순간부터, 그에 관한 모든 추측과 질문이 나에게 쏟아졌다. 처음에 나는 놀랍고 혼란스러웠다. 그렇지만 움직이지도, 숨을 쉬거나 말도 못하고 자기 집에 가만히 누워 있는 그를 보니, 시간이 가면 갈수록, 내게 책임이 있다는 생각이 들었다. 왜냐하면 아무도 관심을 보여 주지 않았기 때문이다. 그러니까 내 말은, 모든 사람들이 삶의 마지막 순간에는 마땅히 누려야 한다고 막연히 믿는 그런 개인적이고 진지한 관심 말이다.

나는 그를 발견하고 삼십 분 후에 데이지에게 전화를 걸었다. 한 치의 망설임도 없이 본능적으로 그녀를 찾았던 것이다. 하지만 톰과 그녀는 그날 오후 일찍 가방을 들고 떠나 버렸다.

"연락처도 남기지 않았나요?"

"아니요."

"언제 돌아온다고 하던가요?"

"아니요."

"혹시 어디 갔는지 아세요? 어떻게 하면 연락이 닿을 수 있죠?"

"저는 모릅니다. 말씀 드릴 수가 없어요."

나는 그를 위해 누군가 데려오고 싶었다. 그가 누워 있는 방에 들어가서 그를 안심시키고 싶었다. "개츠비, 내가 자넬 위해 누군가 데려올게. 걱정하지 마. 그냥 날 믿어. 꼭 누구든 데려올게."

마이어 울프심의 이름은 전화번호부에 없었다. 집사가 브로드 웨이에 있는 사무실 주소를 알려 주었다. 나는 전화번호 안내로 전화했지만, 사무실 전화번호를 받았을 쯤에는 벌써 다섯 시가 훨씬 지난 시각이었고, 아무도 전화를 받지 않았다.

"다시 좀 연결해 주실래요?"

"세 번이나 걸었는데요."

"매우 중요한 일입니다."

“미안합니다, 아무래도 사람이 없는 것 같군요.”

나는 응접실로 돌아와, 갑자기 이곳을 가득 메운 저 공무 집행자들 모두가 우연한 조문객이라는 생각을 잠시 했다. 하지만 저들이 시트를 걷고 아무 감정 없는 눈으로 개츠비를 내려다볼 때면, 내 머릿속에서 개츠비의 항의가 끊임없이 들려오는 것만 같았다.

“이봐, 친구. 날 위해 누군가 좀 데려와 줘. 열심히 애를 써 봐. 이렇게 나 홀로 이 일을 치를 수는 없어.”

어떤 사람이 나에게 질문을 던지기 시작했다. 하지만 나는 불쑥 자리를 떠나서 위층으로 올라가 황급히 그의 책상에서 잠겨 있지 않은 곳을 뒤지기 시작했다. 개츠비는 자기 부모님이 돌아가셨다고 확실히 말한 적이 없었다. 하지만 아무것도 없었다. 오직 잊혀진 폭력의 증표인 댄 코디의 사진만이 벽에서 내려다보고 있을 뿐이었다.

다음날 아침, 나는 집사 손에 울프심에게 전하는 편지를 들려 뉴욕으로 보냈다. 개츠비에 관한 정보를 부탁하고 다음 기차로 빨리 와 달라고 재촉하는 편지였다. 편지를 쓸 때만 해도, 그런 요구는 불필요하다고 생각했다. 신문 기사를 보자마자, 출발했을 거라고 당연히 믿었기 때문이다. 정오가 되기 전에 데이지로부터 전보가 올 거라고 믿었던 것처럼. 하지만 전보도, 울프심도 오지 않았다. 경찰과 사진 기자와 신문 기자 외에는 아무도 오지 않았다. 집사가 울프심의 답장을 가지고 돌아왔을 때, 그들 모두에게 맞서서 개츠비와 나 사이에 냉소적인 연대감, 반항심이 생기기 시작했다.

친애하는 캐러웨이 씨.

그 일은 내 평생 가장 끔찍한 충격이었습니다. 아직도 그게 사실이라고 믿지 못하고 있습니다. 그 남자가 저지른 미친 짓에 우리 모두 그런 생각을 할 수밖에 없겠죠. 저는 매우 중요한 몇 가지 일에 매여서 지금은 내려갈 수가 없고, 당장 그 일에 끼어들 수도 없군요. 나중에 제가 할 수 있는 작은 일이라도 있으면, 뭐든 에드거를 통해 편지로 알려 주십시오. 이런 소식을 들었을 때 나는 내가 어디 있는지도 잘 모르겠고 완전히 넋이 나가 버렸습니다.

당신의 진실한 친구, 마이어 울프심.

그리고 그 밑에 황급히 한 마디 덧붙였다.

장례식에 대해 연락 바람. 그리고 그의 가족에 대해서는 전혀 아는 바가 없음.

그날 오후 전화벨이 울리고 시카고에서 장거리 전화가 왔다고 했을 때, 나는 드디어 데이지가 전화했구나 생각했다. 하지만 연결된 통화에서는 매우 가늘고 감이 먼, 남자 목소리가 흘러나왔다.

"여기 슬레이글인데요……."

"네?" 처음 듣는 이름이었다.

"빌어먹을 소식이지, 안 그래? 내 전보 받았나?"

"아무 전보도 못 받았습니다."

"파크 녀석에게 문제가 생겼어." 그자가 빠르게 말했다. "카운터 너머로 증권†을 넘겨 주다 붙잡혔어. 바로 오 분 전에 뉴욕에서부터 증권번호를 알려 주는 회람장을 받았대. 자네는 이 일에 대해 뭐 좀 아는 게 있나? 이런 촌동네에서는 뭐 알 수 있는 게 없어……."

"여보세요!" 나는 씩씩거리며 말을 끊었다. "이거 보세요. 나는 개츠비 씨가 아닙니다. 개츠비 씨는 돌아가셨어요."

수화기 저편에서 긴 침묵이 흐르더니 탄식이 이어졌다. 그러고는 재빨리 딸깍 하고 통화가 끊어졌다.

'헨리 C. 개츠'라고 서명한 전보가 미네소타의 한 마을에서부터 날아온 것이 사흘째 되는 날이었다고 생각된다. 즉시 떠난다며 도착할 때까지 장례식을 연기해 달라는 내용이 전부였다.

---

† 개츠비가 훔친 유가 증권을 취급하는 일에 관련되어 있음을 암시.

그 사람은 개츠비의 아버지였다. 근엄한 노인으로, 구월의 따뜻한 날씨에도 긴 싸구려 외투로 몸을 둘둘 감싸고 상심해서 어쩔 줄 몰랐다. 잔뜩 흥분한 그의 눈에서는 눈물이 줄줄 흘러내렸다. 내가 그의 손에서 가방과 우산을 받아 들자, 듬성듬성한 회색 수염을 연신 쓸어내리기 시작하는 바람에 외투를 벗기기가 힘들 정도였다. 노인은 쓰러지기 직전이었다. 그래서 음악실로 모시고 가서 뭔가 먹을 걸 내오는 동안 앉아 계시게 했다. 하지만 통 먹으려 하지 않았고 떨리는 손으로 우유 잔만 엎질렀다.

"시카고 신문에서 봤소." 노인이 말했다. "시카고 신문에 온통 도배를 했더군. 그래서 당장 떠났다오."

"어른께 연락 드릴 방법을 몰랐습니다."

그의 눈은 쉴 새 없이 방 안을 두리번거렸지만, 아무것도 눈에 들어오지 않는 것 같았다.

"정신 나간 놈이었소." 노인이 말했다. "정신 나간 게 분명하지."

"커피 좀 드시지 않겠어요?" 내가 노인에게 권했다.

"아무것도 필요 없소. 이젠 괜찮소. 괜찮아, 그러니까 댁은……."

"캐러웨이입니다."

"글쎄, 이제 난 괜찮소. 지미는 어디 있소?"

나는 그를 아들이 누워 있는 응접실로 모시고 가서, 홀로 남겨 두고 나왔다. 사내애들 몇 명이 계단을 올라와 홀 안을 엿보고 있기에, 내가 누가 왔는지 알려 주자 마지못해 가 버렸다.

잠시 후에 개츠 씨가 문을 열고 나왔다. 입은 헤벌리고 얼굴은 살짝 상기된 채, 눈에서는 시시때때로 눈물이 쏟아져 나왔다. 노인은 죽음이 더 이상 소름끼치는 충격으로 다가오지 않을 만한 나이였다. 이제 처음으로 주위를 둘러보게 된 그는 휘황찬란하고 높은 홀과 이 방 저 방 문을 열면 나타나는 거대한 방들을 구경하더니, 슬픔이 조금씩 경외에 찬 자부심과 뒤섞이기 시작했다. 나는 그를 이층 침실로 모시고 갔다. 그가 외투와 조끼를 벗는 동안, 도착하실 때까지 모든 절차를 미루어 놓았다고 말씀 드렸다.

"어떻게 하길 원하실지 몰라서요, 개츠비 씨."

"내 이름은 개츠요."

"개츠 씨. 시신을 서부로 가져가고 싶어 하시지 않을까 생각했습니다."

노인이 고개를 저었다.

"지미는 항상 동부를 더 좋아했소. 동부에서 이 정도 위치까지 올라갔으니까. 그런데 댁은 우리 아들의 친구였소? 그러니까 성함이……."

"저희는 가까운 친구였습니다."

"장차 큰일을 할 녀석이었소. 그저 평범한 젊은이였지만, 여기가 무척이나 좋았지."

그는 자기 머리를 툭툭 쳤다. 나는 고개를 끄덕였다.

"살아 있었다면, 위대한 인물이 됐을 텐데 말이요. 제임스 J. 힐[*] 같은 인물 말이오. 나라를 세우는 데 도움이 되었을 거요."

"맞는 말씀입니다." 나는 맞장구를 치면서도 좀 거북했다.

그는 자수가 놓인 침대보를 만지작거리며 침대에서 벗겨 내려고 애를 쓰다가, 뻣뻣한 자세로 자리에 눕더니 곧장 곯아떨어졌다.

그날 밤, 겁에 질린 게 분명한 어떤 사람이 전화를 걸었다. 그는 자기 이름을 대기 전에 내가 누군지 밝히라고 요구했다.

"캐러웨이입니다."

"오!" 그가 안심한 목소리로 말했다. "저는 클립스프링어입니다."

나도 한결 마음이 놓였다. 개츠비의 장례식에 또 한 명의 친구를 예약할 수 있을 것 같았기 때문이었다. 나는 신문에 부고를 내서 구경거리를 찾는 무리를 끌어들이고 싶지는 않았다. 그래서 직접 몇몇 사람들에게 전화를 돌리고 있었는데, 사람을 찾기가 쉽지 않았다.

"장례식은 내일입니다." 내가 말했다. "세 시에 여기 집에서 합니다. 혹시 관심 가질 만한 분이 있으면 누구든 말씀 좀 전해 주십

---

[*] **제임스 J. 힐** : 피츠제럴드의 고향인 미네소타 주 세인트폴에 살았던 철도 재벌.

시오.”

“아, 그러죠.” 그가 황급히 대답했다. “물론 누구든 만날 것 같지는 않지만, 어쨌든 그러겠습니다.”

그의 말투가 왠지 수상쩍었다.

“물론 당신은 오실 거죠?”

“글쎄요, 확실히 노력은 해 보겠습니다. 제가 전화한 용건은⋯⋯.”

“잠깐만요.” 내가 말을 가로챘다. “오신다는 겁니까?”

“글쎄요, 사실⋯⋯ 사실은 말이죠, 제가 여기 그리니치에서 어떤 사람들과 같이 지내고 있거든요. 그런데 내일은 그 사람들과 어디 가기로 되어 있어서 말이죠. 사실은 일종의 소풍 비슷한 그런 건데⋯⋯ 어쨌든 빠져나오려고 최선을 다할 겁니다.”

나는 도저히 참지 못하고 “허!” 하고 헛웃음을 내뱉었다. 틀림없이 그도 들은 모양이었다. 그 다음부터 신경질적으로 말을 이었기 때문이다.

“내가 전화한 이유는 거기 두고 온 신발 때문이에요. 혹시 너무 수고스럽지 않으면 집사를 시켜서 좀 보내 주세요. 테니스 신발인데, 그게 없으면 무척 곤란하거든요. 제 주소는 B. F.⋯⋯.”

나는 나머지 주소를 듣지 못했다. 수화기를 내려놓았기 때문이다.

그러고 나자 나는 개츠비에게 부끄러웠다. 내가 전화를 걸었던 신사 한 명은 개츠비가 당할 일을 당했다는 식으로 말했다. 하지만 그것은 내 잘못이었다. 그는 개츠비의 술을 마시고 용기를 얻어 개츠비를 누구보다 신랄하게 비웃곤 하던 인간이었다. 나는 마땅히 그런 자에게 전화를 걸지 말았어야 했었다.

장례식 날 아침에 나는 마이어 울프심을 만나러 뉴욕으로 갔다. 그렇지 않으면 달리 그와 연락할 길이 없었던 것이다. 엘리베이터 보이의 조언대로, 내가 무조건 밀고 들어간 문에는 '스와스티카 지주회사'라고 적혀 있었다. 처음에는 안에 아무도 없는 것 같았다. 내가 몇 번이나 헛되이 "여보세요."라고 소리치자, 칸막이 뒤에서 말다툼 소리가 나더니 곧 아름다운 유대인 여성이 안쪽 문에서 나타나 사나운 검은 눈으로 나를 째려보았다.

"아무도 없어요." 그녀는 말했다. "울프심 씨는 시카고에 가셨어요."

적어도 처음 한 말은 분명히 거짓말이었다. 누군가 안에서 엉터리 음정으로 '로사리오'를 휘파람으로 불기 시작했기 때문이다.

"캐러웨이가 만나고 싶어 한다고 좀 전해 주십시오."

"시카고에 간 사람을 당장 모셔 올 수는 없잖아요, 안 그래요?"

바로 그때, 울프심이 분명한 목소리가 문 안에서 "스텔라!" 하고 소리쳤다.

"책상에 성함을 남기고 가세요." 여자가 재빨리 말했다. "돌아오시면 전해 드릴게요."

"하지만 여기 계신 줄 다 압니다."

여자가 나에게로 한 발짝 다가오더니, 화가 나서 손으로 엉덩이를 위아래로 쓸어내리기 시작했다.

"당신같이 젊은 것들은 여기가 아무 때나 밀고 들어올 수 있는 곳인 줄 알지." 여자가 호통을 쳤다. "우리도 넌덜머리가 난다고. 내가 시카고에 갔다고 하면, 시카고에 간 거야!"

나는 개츠비 이름을 댔다.

"오호!" 여자가 나를 다시 보았다. "그럼 바로 당신이…… 성함이 뭐죠?"

여자가 안으로 사라졌다. 잠시 후에 마이어 울프심이 두 손을 앞으로 내밀며 문가에 엄숙히 서 있었다. 그는 나를 사무실 안으로 끌고 들어가면서, 우리 모두에게 슬픈 시간이라며 경건한 목소리로 한 마디 하더니 내게 시가를 권했다.

"내가 그 친구를 처음 만났을 때가 기억나는구려." 그가 입을 열었다. "군대에서 막 제대한 젊은 소령이었지. 전쟁에서 받은 훈장을 온몸에 주렁주렁 달고 있었어. 어찌나 형편이 궁색했던지 군복을 벗을 수가 없었다오. 사복을 살 돈이 없었거든. 내가 처음 그

를 본 것은, 일자리를 구하러 43번가에 있는 와인브레너의 당구장
에 들어왔을 때였소. 이틀 동안 아무것도 먹지 못했다고 하더군.
'나랑 점심이나 먹으러 갑시다.' 내가 말했소. 그는 삼십 분 동안
4달러어치도 넘는 음식을 먹어 치웠소."

"당신이 사업을 시작하게 해 주었나요?" 내가 물었다.

"시작하게 해 줘? 내가 그를 만들었소!"

"아."

"그야말로 허허벌판에서, 시궁창에서 그를 끌어내어 키워 준 사
람이 바로 나요. 그가 잘생긴, 훌륭한 젊은이라는 걸 한눈에 알아
봤지. 자기가 옥스포드에 다녔다고 말할 때, 꽤 쓸모가 있을 줄
알았소. 그를 재향군인회에 가입시켰는데, 거기서 한때 높은 자리
에 있었소. 그리고는 곧바로 올버니로 가서 내 고객 한 명을 위해
일을 좀 해 주었소. 우리는 매사에 이렇게 붙어 다녔소." 그는 구
근처럼 두꺼운 손가락 두 개를 치켜들었다. "항상 함께였지."

나는 이 동업자 관계에 1919년 월드 시리즈 거래도 포함되는지
궁금했다.

"이제 그는 죽었습니다." 잠시 후에 내가 말했다. "그의 가장 가
까운 친구셨으니, 오늘 오후 장례식에 당연히 참석하고 싶으실 줄
압니다."

"나도 가고 싶소."

“그럼 오십시오.”

그의 코털이 파르르 떨렸다. 그는 두 눈에 눈물이 그렁그렁한 채, 고개를 저었다.

“그럴 수 없소. 나는 이 일에 말려들어서는 안 되오.” 그가 말했다.

“말려들 일은 전혀 없습니다. 이제 다 끝났으니까요.”

“살인이 났으니, 어떤 식으로든 절대 거기에 말려들고 싶지 않소. 난 빠질 거요. 젊었을 때라면 얘기가 다르겠지. 그때는 친구가 죽으면, 뭐가 어찌 되든 끝까지 의리를 지켰다오. 당신은 감상적이라고 생각할지 몰라도 말이오. 하지만 진심이오. 아무리 힘들어도 끝장을 보았소.”

그가 자기 나름대로의 이유 때문에 오지 않기로 결정한 걸 알고서, 나는 그만 자리에서 일어났다.

“당신도 대학을 나왔소?” 그가 갑자기 물었다.

순간 혹시 나에게도 그 ‘연줄’ 을 제안하려는 걸까 생각했다. 하지만 그는 그저 고개를 끄덕이며 악수를 나누었다.

“살아 있을 때 우정을 보여 주고, 죽은 뒤에는 그만두는 법을 배우는 게 어떻겠소?” 그가 제안했다. “내 원칙은, 그 다음에는 모든 걸 순리에 맡기자는 거요.”

그의 사무실을 나왔을 때, 하늘은 어두워지고 있었다. 나는 보슬비를 맞으며 웨스트에그로 돌아왔다. 옷을 갈아입은 다음 옆집으로 건너가자, 개츠 씨가 초조하게 홀을 서성거리고 있었다. 아들과 아들의 재산에 대한 자부심은 날로 더 커지고 있었다. 이제 그는 나에게 뭔가 보여 주고 싶어 했다.

"지미가 이 사진을 보내 주었소." 그가 떨리는 손으로 지갑에서 꺼냈다. "이걸 보시오."

그것은 이 집 사진이었다. 이제는 모서리가 닳고 수많은 손때가 묻어 있었다. 그는 열심히 구석구석 세세한 부분까지 손으로 가리켰다. "여길 보시오!" 그러고는 내 눈에서 감탄의 눈빛을 찾아내려고 했다. 어찌나 그 사진을 자주 보여 주는지, 그 노인에게는 이제 실제 저택 자체보다 그 사진이 훨씬 더 현실처럼 느껴지는 것 같았다.

"지미가 내게 이걸 보냈다오. 무척 예쁜 사진이라고 생각했지. 아주 잘 나왔소."

"정말 그렇군요. 아드님을 언제 마지막으로 보셨나요?"

"이 년 전에 찾아와서 지금 내가 살고 있는 집을 사 주었다오. 물론 그 애가 집에서 달아났을 때 우리는 무척 힘들었지만, 이제는 다 그럴 만한 이유가 있었구나 싶소. 자기 앞에 엄청난 미래가 있다는 걸 그 애는 알았던 거요. 성공을 한 후에는 내게 무척 잘했다오."

그는 사진을 집어넣기가 못내 아쉬운 듯했다. 좀 더 내 눈 앞에 들고 있다가 지갑에 다시 넣더니, 이번에는 호주머니에서 『호펄롱 캐시디』﹢라는 제목의 낡고 오래된 책을 꺼냈다.

"이거 좀 보시오. 그 애가 어렸을 때 갖고 다니던 책이라오. 이 걸 보면……."

그는 뒤표지를 열더니 내가 볼 수 있게 책을 빙 돌려 주었다. 책의 마지막 장에는 '일과표'라는 단어와 1906년 9월 12일 날짜가 적혀 있었고, 그 밑으로 다음과 같은 내용이 있었다.

기상	오전 6시
아령 들기와 암벽 타기	오전 6시 15분~6시 30분
전기학 등 공부	오전 7시 15분~8시 15분
일	오전 8시 30분~4시 30분(오후)
야구와 운동	오후 4시 30분~5시
웅변 연습, 자세 습득 훈련	오후 5시~6시
발명에 필요한 공부	오후 7시~9시

﹢『호펄롱 캐시디』: 1910년 클래런스 멀포드가 쓴 소설이자, 그 소설의 주인공 이름. 1906년 개츠비의 서명은 저자의 착오임.

나의 결심

새프터스 형제나 XXX(알아볼 수 없음)에서 시간을 낭비하지 말 것.

담배를 피거나 씹지 말 것.

이틀에 한 번씩 목욕할 것.

일주일에 자기 계발서 한 권, 혹은 잡지 한 권씩 읽을 것.

일주일에 5달러 3달러씩 저축할 것.

부모님께 더 잘할 것.

"우연히 이 책을 발견했다오." 노인이 말했다. "이걸 보면 알 수 있지 않소, 안 그렇소?"

"그렇군요."

"지미는 천생 남들보다 앞설 수밖에 없는 아이였던 거요. 항상 이런저런 결심을 하곤 했지. 자기를 계발하는 데 얼마나 열심이었는지 아시겠소? 항상 거기에 열심이었소. 한번은 애비한테 돼지처럼 먹는다는 말까지 하더군. 그래서 나한테 두들겨 맞았다오."

노인은 그 내용을 한 줄씩 큰 소리로 읽은 다음, 열심히 내 표정을 살피더니 결국 마지못해 책을 덮었다. 마치 내가 유용하게 써먹으려고 그 결심 목록을 받아 적지 않을까 기대하는 눈치였다.

세 시가 되기 직전에, 루터교 목사가 플러싱에서 도착했다. 나는 무심결에 또 다른 차가 오는지 창밖을 내다보기 시작했다. 개츠비의 아버지도 그렇게 했다. 시간이 흐르고 하인들이 홀에 들어와 기다리고 서 있자, 노인은 근심스럽게 눈을 껌뻑이기 시작했다. 그리고 자신 없는 불안한 목소리로 비가 온다고 말했다. 목사는 몇 번이나 시계를 힐끔거렸다. 나는 잠시 목사를 옆으로 끌고 가서 삼십 분만 기다려 달라고 부탁했다. 그러나 쓸데없는 일이었다. 아무도 오지 않았다.

우리가 탄 세 대의 자동차 행렬은 다섯 시쯤에 묘지에 도착했고, 굵은 부슬비를 맞으며 묘지 정문 옆에 멈추어 섰다. 제일 먼저 비에 젖은 새까만 장의차가, 그 다음에는 개츠 씨와 목사와 내가 탄 리무진이, 그리고 조금 뒤에 하인 네다섯 명과 웨스트에그에서 온 집배원이 탄 개츠비의 스테이션왜건이 도착했다. 모두 옷 속까지 흠뻑 젖었다. 우리가 정문을 지나 묘지 안으로 들어가려는데, 자동차 한 대가 멈춰 서는 소리가 들려왔다. 그리고 누군가 물구덩이 위를 첨벙거리며 우리를 따라오는 소리가 들렸다. 뒤를 돌아보았다. 석 달 전 어느 날 밤에 개츠비의 서재에서 책들을 보고 감탄했던 바로 그 올빼미 안경을 쓴 남자였다.

나는 그때 이후로 그를 두 번 다시 보지 못했다. 그 남자가 어떻게 장례식에 대해 알았는지, 심지어 그의 이름이 뭔지도 모른다. 그의 두꺼운 안경 위로 빗줄기가 퍼부었다. 그는 개츠비의 무덤에서 덮개를 벗기는 걸 보려고 안경을 벗고 물기를 닦았다.

나는 그때 잠시 개츠비에 대해 생각해 보려고 애썼다. 하지만 그는 이미 너무 멀리 있었다. 오직, 데이지가 꽃 한 송이, 전보 한 통 보내지 않았다는 사실만이 기억날 뿐이었다. 그러나 화도 나지 않았다. 희미하게 누군가 "비가 내리듯 죽은 이에게 축복이 있을 지어다."라고 중얼거리는 소리가 들렸다. 올빼미 안경을 쓴 사람이 씩씩한 목소리로 "아멘." 하고 화답했다.

우리는 재빨리 흩어져서 빗속을 뚫고 차에 올라탔다. 올빼미 안경을 쓴 사람이 정문 옆에서 나에게 말했다.

"집에는 차마 찾아갈 수가 없었소."

"다른 사람도 아무도 안 왔습니다."

"이런!" 그는 깜짝 놀랐다. "거참, 기가 막히는군! 수백 명이 거길 드나들곤 했는데!"

그는 안경을 벗더니 다시 안쪽과 바깥쪽을 닦았다.

"불쌍한 놈." 그가 중얼거렸다.

나의 가장 생생한 추억들 중 하나는, 크리스마스에 대학 예비 학교에서, 그리고 나중에는 대학에서 서부로 돌아올 때였다. 시카 고보다 더 먼 곳으로 가는 친구들은 십이월의 어느 저녁 여섯 시에 시카고 친구들 몇 명과 함께 오래되고 칙칙한 유니온 역에 모이곤

했다. 그들은 이미 각자의 즐거운 휴일 기분에 사로잡혀, 황급히 작별 인사를 고하곤 했다. 나는 이런저런 여자 기숙학교에서 돌아온 여학생들의 털 코트와 하얗게 김을 내뿜으며 떨던 수다와 옛 친구를 보고 머리 위로 반갑게 흔들던 손, 그리고 "오드웨이네 갈 거니? 허시네는? 슐츠네는?" 하며 서로 초대를 맞춰 보던 모습이 기억난다. 장갑 낀 우리 손에 꼭 쥐어진 길쭉한 녹색 기차표도. 그리고 마지막으로 입구 옆 선로 위에 크리스마스처럼 유쾌한 모습으로 서 있던, 시카고 밀워키&세인트폴 철도 회사의 먼지를 뒤집어쓴 노란색 열차들도.

우리가 탄 기차가 겨울 밤 속으로 질주할 때면, 진짜 눈, 우리의 눈이 우리 옆으로 길게 펼쳐지기 시작했고, 창문에 부딪혀 반짝거렸다. 위스콘신의 작은 역들의 희미한 전등이 흔들리면, 날카롭고 사나운 기운이 공기 중에 감도는 것이었다. 저녁을 먹고 차가운 열차 통로를 지나 돌아올 때면, 우리는 그 공기를 깊이 들이마셨다. 다시 그 속으로 완전히 녹아들기 전, 그 서먹한 한 시간 동안 이 고장과 우리의 동질성을 말없이 깨달으면서.

바로 그것이 나의 중서부이다. 밀밭도, 초원도, 사라져 버린 스웨덴 이민자 마을도 아닌, 내 젊은 시절 가슴 설레던 귀향 열차와 서리가 내린 어둠 속의 가로등, 썰매 방울 소리, 그리고 불 밝힌 창문마다 매달린 크리스마스 화환들이 눈 위에 드리우는 그림자들인 것이다. 나는 그것의 일부다. 이런 기나긴 겨울들의 분위기 탓에 조금은 근엄하고, 아직도 수십 년 동안 가문의 이름이 주소로 불리는 도시에서 캐러웨이 가문으로 자랐다는 사실에 약간 뿌듯해하는 사람. 이제 나는 이것이 줄곧 서부에 대한 이야기였음을 깨닫는다. 톰과 개츠비, 데이지와 조던, 그리고 나는 모두 서부 사람들이었다. 어쩌면 우리는 동부 생활 방식에 미묘하게 어울리지 않는 어떤 결함을 공통적으로 지녔는지도 모른다.

동부가 가장 흥미진진했던 순간에도, 심지어 오하이오 너머에 있는 지루하고 보기 흉하게 뻗어 있는 마을들, 어린아이들과 아주 늙은 노인들만 빼고 끊임없이 서로를 캐고 다니는 그 마을들에 비해 동부의 우월함을 온몸으로 실감하던 순간에도, 동부는 내게 항상 뭔가 왜곡된 느낌을 주었다. 특히 웨스트에그는 나의 환상적인 꿈속에 아직도 등장한다. 내 눈에 그곳은 엘 그레코[*]가 그린 밤 풍경과도 같다. 전통적이면서도 기괴한 수백 채의 집들이 광채를 잃은 달과 찌뿌듯하게 펼쳐진 하늘 아래에 웅크리고 있는 풍경. 그림 앞쪽에는 양복을 입은 근엄한 남자 네 명이, 하얀 이브닝드레스를 입은 술 취한 여자가 실린 들것을 들고 보도를 따라 걸어가고 있다. 옆으로 축 늘어져 있는 그녀의 한 손에는 보석이 차가운 빛

---

[*] **엘 그레코** : 그리스에서 태어난 스페인 화가로, 종교적인 주제의 그림 속에서 독창적인 작품을 그렸다. 선명한 색과 그늘진 배경의 대조, 긴 얼굴 표현 등의 틀을 유지했다.

을 발하고 있다. 남자들이 엄숙하게 한 집으로 들어가지만, 그 집이 아니었다. 여자의 이름을 아는 사람도 없고, 걱정하는 사람도 없다.

개츠비의 죽음 이후로, 동부는 이렇게 비틀린 모습으로 내게 그려지곤 했다. 그걸 바로 보기란 내 시력을 벗어난 일이었다. 그러므로 바싹 마른 낙엽을 태우는 푸른 연기가 공기 중에 피어오르고, 바람이 빨랫줄에 걸린 젖은 빨래를 빳빳하게 얼리기 시작할 때, 나는 고향으로 돌아가기로 결심했다.

떠나기 전에 마무리해야 할 일이 하나 남아 있었다. 어색하고 불편한 일이어서 어쩌면 그냥 내버려 두는 편이 더 나았을지 모른다. 하지만 나는 모든 일을 제대로 정리하고 싶었고, 저 너그럽고 무관심한 바다가 내가 버리고 간 쓰레기를 쓸어가 줄 거라고 믿고 있을 수만은 없었다. 나는 조던 베이커를 만나서 우리 두 사람에게 무슨 일이 있었으며, 그 이후로 내게 무슨 일이 있었는지를 설명했다. 그녀는 커다란 의자에 꼼짝도 않고 눕다시피 앉아서 듣고만 있었다.

그녀는 골프복을 입고 있었다. 멋들어지게 살짝 치켜든 턱, 낙엽 색깔의 머리카락, 무릎에 놓인 손가락 없는 장갑과 똑같은 갈색이 감도는 얼굴, 그 모습이 흡사 잘 그린 삽화 같다고 생각했던 기억이 난다. 내가 얘기를 끝내자, 그녀는 대뜸 다른 남자와 약혼을 했다고 말했다. 비록 그녀가 고개만 까딱하면 결혼하겠다고 나설 남자가 대여섯 명은 되었지만, 왠지 그 말이 믿기지 않았다. 그렇지만 나는 깜짝 놀라는 척했다. 잠깐 동안 내가 실수하고 있는 게 아닐까 의심이 들었지만, 곧 다시 모두 끝난 일이라고 생각하고 자리에서 일어나 작별을 고했다.

"그렇지만 당신이 날 걷어찼어요." 조던이 느닷없이 말했다. "당신이 전화로 날 걷어찼죠. 지금 당신을 원망하는 건 아니에요. 저한테는 새로운 경험이었죠. 한동안 약간 아찔했어요."

우리는 악수를 나누었다.

"오, 혹시 기억해요?" 그녀가 덧붙였다. "언젠가 우리가 운전에 관해 나누었던 대화?"

"글쎄…… 정확하게는……."

"당신이 말했었죠? 나쁜 운전자는 다른 나쁜 운전자를 만나기 전까지만 안전할 뿐이라고. 뭐, 난 또 다른 나쁜 운전자를 만났던 거죠, 안 그래요? 내 말은 그렇게 잘못된 억측을 한 내가 경솔했다는 뜻이에요. 당신이 꽤 정직하고 솔직한 사람인 줄 알았어요. 그게 당신의 은밀한 자부심이라고 말이죠."

"이제 나는 서른 살입니다." 내가 말했다. "스스로에게 거짓말을 하고 그걸 명예라고 부를 나이는 아니죠. 오 년 전이면 몰라도."

조던은 아무 대답도 하지 않았다. 화가 나기도 하고, 반쯤은 그

녀에게 사랑과 말할 수 없는 미안함을 느끼며 나는 얼른 돌아 나
왔다.

시월의 어느 늦은 오후에 톰 뷰캐넌을 다시 보았다. 그는 내 앞
에서 5번가를 따라 날렵하고 공격적인 자세로 걷고 있었다. 앞을
가로막는 것은 뭐든 해치울 기세로 손을 앞으로 내민 채, 그의 머
리는 부산하게 두리번거리는 시선을 따라 이쪽저쪽으로 휙휙 돌아
가고 있었다. 내가 그를 피하려고 걸음을 늦추는 순간, 그가 우뚝
멈춰 서더니 미간을 찌푸리며 보석상 진열장 안을 들여다보기 시
작했다. 그러다 갑자기 나를 발견하고 손을 내밀며 다가왔다.

"무슨 일인가, 닉? 나와 악수도 하기 싫은 건가?"

"맞아. 내가 너를 어떻게 생각하는지 알잖아."

"자넨 미쳤어, 닉." 그가 재빨리 말했다. "완전히 미쳤다니까.
나는 대체 어찌된 영문인지 모르겠네."

"톰, 그날 오후에 윌슨한테 뭐라고 말한 거지?" 내가 물었다.

그는 한 마디 말도 못하고 나를 가만히 노려보았다. 나는 그 사
라진 시간에 대한 내 짐작이 맞았음을 알았다. 나는 돌아서서 걷
기 시작했다. 하지만 그가 쫓아와 내 팔을 잡았다.

"난 사실을 말해 줬어." 톰이 말했다. "우리가 떠날 채비를 하고
있을 때, 그가 문 앞에 나타났어. 우리가 집에 없다고 하는데도 그
자는 억지로 이층까지 올라오려고 하더군. 완전히 미쳐서 그 차의

주인이 누구인지 말하지 않으면 날 죽일 기세였어. 우리 집에 있는 동안 내내 호주머니 속에 권총을 쥐고 있었단 말일세." 그가 갑자기 싸울 듯이 덤벼들었다. "내가 그에게 무슨 말을 했든 그게 뭐 어때서? 애당초 그 녀석이 자초한 일이야. 그 녀석이 데이지에게 그랬듯이 네 눈에도 뭘 씌운 거라고. 하지만 지독한 놈이었어. 개처럼 머틀을 치어 죽이고는 한 번 멈춰 설 생각도 안 했잖아."

그건 사실이 아니라고 차마 말할 수 없는 그 말 말고는, 나는 더 이상 할 말이 없었다.

"나라고 괴롭지 않았을 것 같아? 이거 봐. 그 아파트를 처분하러 갔다가 선반 위에 놓여 있는 그 빌어먹을 개 비스킷 상자를 보고는, 난 그만 주저앉아 아기처럼 엉엉 울어 버렸어. 맙소사, 얼마나 끔찍했던지……."

나는 그를 용서할 수도, 좋아할 수도 없었다. 이 사람은 자신이 무슨 짓을 저지르든 완전히 정당화시켜 버린다는 걸 깨달았다. 모든 게 무척이나 경솔하고 혼란스러웠다. 톰과 데이지, 그들은 경솔하고 무관심한 족속들이었다. 닥치는 대로 사물과 살아 있는 것들을 모두 부셔 버리고는, 다시 그들의 돈이나 한없는 무관심 속으로, 혹은 그들을 결속시켜 주는 것이 무엇이든 그 속으로 숨어 버리는 것이다.

나는 그와 악수를 했다. 악수를 하지 않는 것도 어리석은 일 같았다. 불현듯 어린아이와 이야기하고 있는 느낌이 들었기 때문이다. 이윽고 톰은 나의 촌스러운 깐깐함에서 영원히 벗어나서 진주 목걸이를 사러, 혹은 어쩌면 그저 커프스단추를 사러 보석상 안으로 들어갔다.

내가 떠날 때까지 개츠비의 집은 여전히 비어 있었다. 그 집의 잔디밭은 우리 집만큼이나 풀이 길게 자랐다. 동네 택시 운전사 중 하나는 대문 앞을 지나면서 잠시 차를 멈추고 저택 안쪽을 가리킨 다음에야 요금을 받곤 했다. 아마 사고가 난 그날 밤에 데이지와 개츠비를 이스트에그까지 데려다 준 운전사인 모양이었다. 자기 멋대로 모든 이야기를 지어냈을 것이다. 나는 그 얘기를 듣고 싶지 않아서 기차에서 내리면 그 운전사를 피했다.

나는 토요일 밤은 뉴욕에서 보냈다. 그의 저택에서 열리던 그 화려하고 눈부신 파티가 너무 생생하게 기억에 남아 있기 때문이었다. 아직도 그의 정원에서부터 그 음악 소리와 웃음소리가, 그리고 차도를 오고 가는 자동차 소리가 끊임없이 희미하게 들려오는 것 같았다. 어느 날 밤에는 진짜 자동차가 오는 소리를 듣고, 그의 현관 계단 앞에 멈춰 선 자동차 불빛을 보았다. 하지만 누군지 살펴보지는 않았다. 아마 땅 끝까지 갔다가 파티가 끝난 줄 모르고 찾아온 마지막 손님이었을 것이다.

274

마지막 날 밤에, 짐을 꾸리고 자동차를 식료품점에 팔아치운 나는 옆집으로 건너가 종잡을 수 없는 엄청난 실패가 벌어졌던 그 저택을 다시 한 번 바라보았다. 하얀 계단 위에 어떤 꼬마가 벽돌조각으로 휘갈겨 놓은 야한 낙서가 달빛 속에 또렷이 보였다. 나는 구두로 낙서를 문질러 지웠다. 그런 다음 해변으로 내려가 모래밭 위에 큰 대자로 드러누웠다.

대부분의 큰 해수욕장들은 이제 폐장을 해서, 해협을 가로지르는 페리선의 어둡고 움직이는 불빛 이외에는 빛이라고는 전혀 없었다. 달이 점점 높이 떠오르자, 실체가 없는 것처럼 보였던 집들이 녹아내리기 시작했다. 나는 점차 한때 네덜란드 선원들의 눈에 꽃처럼 아름답게 보였던 이 오래된 섬을 이해하게 되었다. 신세계의 싱그러운 초록빛 가슴이었던 이곳을. 이제는 사라진 이 섬의 나무들, 개츠비의 저택에 자리를 내주고 사라진 나무들이 한때는 모든 인류의 꿈들 중에 마지막 남은 가장 위대한 꿈에게 속삭이며 영합했던 것이다. 그 덧없는 황홀한 순간 동안, 사람들은 이 대륙의 존재 앞에서 숨을 죽이고 자신이 이해할 수도, 바라지도 않았던 심미적인 명상에 빠져들 수밖에 없었을 것이다. 역사의 마지막 시간 동안 자신의 경탄할 수 있는 능력에 꼭 상응하는 뭔가와 대면하고서.

그곳에 앉아 그 옛날 미지의 세계를 곰곰이 생각하며, 나는 개츠비가 데이지네 집 잔교 끝에서 초록색 불빛을 처음 찾아냈을 때 느꼈을 경이로움을 생각했다. 그는 먼 길을 돌아 이 푸른 잔디밭까지 왔다. 그의 꿈은 너무나 가깝게 보여서 반드시 붙잡을 수 있을 것만 같았으리라. 그는 자신의 꿈을 이미 지나쳐 왔다는 걸 몰랐다. 도시 너머 끝없이 뻗어 있는 저 궁벽한 땅 어딘가에, 어두운 밤 아래 펼쳐져 있는 공화국의 컴컴한 들판 어딘가에 두고 왔다는 것을.

개츠비는 저 초록색 불빛을 믿었다. 한 해 한 해 우리를 앞지르는 황홀한 미래를. 그 미래는 우리 손을 완전히 빠져나갔다. 하지만 상관없다. 내일이면 우리는 더 빨리 달릴 테니까. 두 팔을 더 멀리 힘차게 뻗고서…… 그러다가 어느 화창한 아침에 마침내…….

그러므로 우리는 물결을 거스르는 배들처럼, 끊임없이 과거로 떠밀리면서도 계속해서 앞으로 덤벼드는 것이다.

F. Scott Fitzgerald

피츠제럴드의 『위대한 개츠비』

최인자

20세기 미국 소설 중에 『위대한 개츠비』만큼 화려한 명성을 누리며 끊임없이 대중의 관심을 받아 온 소설도 드물 것이다. 1925년 4월, 처음 이 책이 출간되었을 때에만 해도, 몇몇 비평가들만 찬사를 했을 뿐 대중적인 인기를 끌지는 못했다. 저자인 F. 스콧 피츠제럴드는 1940년에 자신이 가장 아끼는 작품이 이대로 영영 잊혀 버릴 것이라고 믿으며, 세상을 떠났다. 하지만 이후 제2차 세계대전 동안 쓰라린 환멸과 상실감을 맛본 미국인들은 몇 년 앞서 그 시대의 상실감을 예견한 이 소설에 열광하기 시작했고, 그 후로 지금까지 수십 년 동안 『위대한 개츠비』는 '가장 위대한 미국 소설'이란 타이틀을 한 번도 놓친 적이 없다. 또한 미국 고등학교에서 꼭 읽어야 할 고전이 되었을 뿐만 아니라 수없이 많은 영화와 연극으로 개작되었고 그때마다 항상 화제를 불러일으키고 있다.

　이런 현상은 한국과 일본에서도 그대로 이어져서, 『위대한 개츠비』는 누구나 그 제목을 들어 보고 한 번쯤 읽고 싶은 소설로 손꼽힌다. 일본의 최고 베스트셀러 작가인 무라카미 하루키가 그의 소설 『상실의 시대』에서 "『위대한 개츠비』를 세 번 읽은 사람이라면 나와 친구가 될 수 있다."고 한 말은 너무나 유명하다. 하지만 정작 『위대한 개츠비』를 읽은 독자들의 반응을 보면, 이 작품을 둘러싼 화려한 명성은 마치 개츠비의 호화로운 저택에 불나방처럼 몰려들었던 뜨내기손님들과 비슷한 것이 아닐까 하는 의구심이 들기도 한다. 뭔가 짜릿하고 신나고 재밌는 것을 바라며 몰려들지만, 정작 개츠비의 진정한 모습 앞에서 외면하고 돌아서는 사람들처럼. 어쩌면 지나친 비유일 수도 있겠지만, 처음 이 책을 읽는 독자들이 그 화려한 명성을 듣고 한껏 기대했던 만큼의 감동과 재미를 발견하기 힘든 것은 사실이다.

　그렇게 쉽게 접근하기에는, 『위대한 개츠비』는 상당히 모호하고 간접적인 암시와 상징들, 그리고 참으로 섬세하고 미묘한 감정들로 가득 차 있다. 또한 당시 시대적 배경을 알지 못하고는 알아채기 힘든 독특한 분위기와 정서가 담겨져 있다. 무엇보다 『위대한 개츠비』는 단순히 가난한 남자와 부잣집 딸이 등장하는 연애소설이 아니며, 한 남자의 성공과 몰락을 그린 통속적인 성장소설도 아니다. 그러므로 아직 삶의 경험이 많지 않은 청소년들이라면 더욱 이 소설이 쉽게 이해되지 않을 수 있다. 그러나 반드시 젊은 나이에 한 번 읽고 나이가 든 후에 다시 읽어 봐야 하는 문학작품이 있다면, 바로 『위대한 개츠비』라고 단언할 수 있다. 결국 『위대한 개츠비』는 찬란하고 아름답지만 무모하고 허망한 젊음, 그 젊음이 드러내는 삶의 진실에 대한 이야기이기 때문이다.

광란의 20년대

『위대한 개츠비』를 제대로 읽기 위해서는 우선 1920~30년대 미국의 독특한 시대상을 알아야만 할 것이다. 제1차 세계대전이 끝나고 제2차 세계대전이 일어나기 전까지의 이 짧은 시기를 '황금시대' 혹은 '재즈 시대', '광란의 20년대'라고 부른다. 이 시기 동안 미국인들은 제1차 세계대전이 가져다준 유례없는 경제적 번영을 만끽하며 관능적인 재즈 음악에 몸을 맡기고 사치스러운 생활과 흥청망청한 파티를 즐겼다. 그들은 곧 다가올 세계전쟁의 비극이나 대공황의 어두운 그림자는 예감조차 하지 못했다. 하지만 이런 분위기와는 반대로, 여전히 유럽보다 엄격한 청교도적 전통이 남아 있던 미국은 1919년 금주법을 통과시켰고, 1920년부터 정식 발효되어 미국 내에서는 알코올음료를 제조하거나 판매하는 것이 일체 금지되었다. 『위대한 개츠비』에서 톰 뷰캐넌 일행이 뉴욕의 아파트로 가서 감추어 놓은 술을 진탕 마시거나 개츠비의 호화로운 파티에서 온갖 술이 제공되는 장면 뒤에는 바로 이런 시대적 상황이 깔려 있는 것이다.

이 금주법은 역설적으로 밀주와 조직적인 범죄의 시대를 탄생시키는 결과를 낳았다. 밀주 제조업자와 유통업자들은 불법행위를 통해 엄청난 돈을 벌어들였고 거대한 범죄 조직과 손을 잡았다. 『위대한 개츠비』에서 주인공 개츠비가 어떻게 그토록 엄청난 재산을 모을 수 있었는지에 대해 사람들이 의심하는 대목이 여러 번 등장하는데, 꼭 집어 '밀주업자'라는 언급은 없어도 당시 시대상을 아는 사람이라면 충분히 짐작할 수 있는 사실이었다. 피츠제럴드는 당시의 이런 사회적 분위기를 크고 번쩍거리는 자동차, 거대한 저택, 주말마다 벌어지는 엄청난 규모의 파티와 같은 일상적인 모습에 담아냈을 뿐만 아니라, 등장인물들이 주고받는 대화 속에서 개츠비의 부의 근원인 밀주와 도박, 조직범죄를 언뜻언뜻 암시하고 있다. 겉으로 보기에 『위대한 개츠비』는 어느 시대 어느 곳에서나 항상 있었던 남녀 간의 사랑 이야기인 듯 보이지만, 오히려 그 흔한 사랑 이야기 속에 1920년대의 미국이라는 역사의 한순간을 구체적이고 절묘하게 담아냈다는 점이 무엇보다 탁월하다고 할 수 있을 것이다.

따라서 『위대한 개츠비』는 비록 '1922년 여름 한철'이라는 매우 짧은 시기와 '뉴욕 주 롱아일랜드에 있는 웨스트에그와 이스트에그'라는 아주 좁은 공간에서 벌어지는 사건을 다루고 있을 뿐이지만, 사실은 미국이라는 거대한 세계에 대한 정교한 축소판이라고 해도 과언이 아니다. 실제로 작가 피츠제럴드는 1922년 10월, 롱아일랜드의 그레이트넥이라는 동네로 이사했는데, 그곳에는 작가나 배우, 코미디언처럼 자신의 재능으로 부와 명성을 얻은 신흥 부자들, 이른바 뉴머니들이 많았다고 한다. 반면 좁은 만을 사이에 두고 그레이트넥 반대편에 위치한 맨하셋넥이나 카우넥에는 뉴욕에서 가장 부유하고 유서 깊은 가문 출신인 전통적인 부자들, 즉 올드머니들이 살았다. 날마다 롱아일랜드 저택에서 벌어지는 흥청망청한 파티에 참석했던 피츠제럴드는 이곳 분위기에 영감을 얻어 『위대한 개츠비』를 처음 구상하기 시작했고, 1923년부터 집필에 착수했다. 이런 일화를 통해 알 수 있듯이, '웨스트에그'와 '이스트에그'라는 동네는 단순히 사건이 일어나는 배경이 아니다. 두 공간은 1920년대 미국의 한 단면을 날카롭게 드러내고 이 소설의 가장 중요한 주제 중 하나인 계층 간의 갈등과 높은 벽을 보여 주는 결정적인 역할을 한다.

뷰캐넌 부부가 살고 있는 이스트에그는 유서 깊은 가문의 귀족들이 사는 공간으로, 톰의 저택과 데이지의 드레스가 보여 주듯 고상한 취향과 우아하고 세련된 예법을 지녔다. 이들은 집안의 재산을 물려받지 못하고 갑자기 부자가 된 사람들(개츠비처럼)을 멸시하며 의심한다. 하지만 황금갑옷을 두른 듯 완벽해 보이는 겉모습과는 달리 내면이 텅 비어 있는 이들은 확고한 목적이나 진정한 열정도 없이 그저 유럽과 미국의 이곳저곳을 떠돌아다니며 부를 과시할 뿐이다. 톰과 데이지는 이 공허를 채우기 위해 아직 삶에 대한 열정이 남아 있는 다른 계층의 사람들을 이용하지만, 자신들의 세계가 위협받는 상황이 되는 순간 무책임하게 그들을 버리고 냉정히 떠나 버리는 일을 반복한다.

대개는 주인공 개츠비의 비극에만 초점을 맞추지만, 그에 못지않게 비극적인 또 다른 인물이 바로 머틀 윌슨이다. 가난한 정비공 윌슨의 아내인 머틀은 톰과 부적절한 관계를 맺으며 남편을 무시한다. 그러나 톰이 진정으로 사랑하는 사람은 데이지가 아니라 자신이라는 환상에 매달리다가 결국 데이지의 자동차에 뛰어들어 죽음을 맞이한다. 하지만 톰은 그녀를 위해 진실을 해명하거나 죽음을 애도해 주지도 않고, 그저 자기 가정을 지키기에 급급한 모습만 보이는 것이다. 이 소설의 화자인 닉 캐러웨이는 소설의 마지막에서 신랄한 어조로 이들을 이렇게 묘사한다.

"톰과 데이지, 그들은 경솔하고 무관심한 족속들이었다. 닥치는 대로 사물과 살아 있는 것들을 모두 부서 버리고는, 다시 그들의 돈이나 한없는 무관심 속으로, 혹은 그들을 결속시켜 주는 것이 무엇이든 그 속으로 숨어 버리는 것이다."

반면 개츠비가 살고 있는 웨스트에그는 지나치게 거대하지만 품위라고는 없는 저택과, 출신을 알 수 없는 온갖 인간들이 모여드는 사치스러운 파티가 있는 공간이다. 출처를 알 수 없는 돈으로 쌓아 올린 이 궁전은 마치 언제 무너질지 모르는 사상누각과도 같다. 개츠비는 비싼 옷을 입고 고급 승용차를 타며 하인을 고용하여 어떻게든 이스트에그의 사람들을 따라잡으려고 하지만, 여전히 최신 자동차 위에서 천박하게 다리를 떨고 귀족들의 형식적인 초대 인사를 알아듣지 못하고 눈치 없이 따라오는 졸부일 뿐이다. 그는 자신의 저택, 웨스트에그가 아니라 오직 "하얀 궁전 높이 서 있는 왕의 딸, 황금의 공주"가 살고 있는 이스트에그의 초록색 불빛만을 동경한다. 그가 필사적으로 손에 넣은 그 모든 재산은 오직 데이지의 눈에 인정을 받았을 때에만 의미가 있었다. 결국 웨스트에그는 또 다른 의미에서 이스트에그만큼이나 공허한 세계이다.

개츠비의 꿈, 꿈의 의미

인생에 대한 막연한 기대와 야망으로 가득 차 있던 젊은 시절, 개츠비가 우연히 만난 부잣집 딸 데이지는 단순한 사랑의 대상이 아니었다. 그가 평생 꿈꿔 왔지만 뭔지 몰랐던 환상의 구체적인 실현이었다. 아름다움과 황금으로 이루어진 세계, 오직 그 속에서만 진짜로 살아 있음을 느끼게 해 주는 세계. 마침내 오랜 기다림 끝에 데이지를 다시 만난 개츠비는 어쩌면 자신의 동경과 꿈이 헛되고 무의미한 것이었음을 깨달았을지 모른다. 마주하고 선 두 사람을 바라보며 닉 캐러웨이는 이렇게 말한다.

“그 불빛이 지녔던 어마어마한 의미가 이제 영원히 사라져 버렸다는 사실을 문득 깨달았으리라.”

그럼에도 불구하고 개츠비는 자신의 환상에 끝까지 충성을 다한다. 과속으로 달리다가 윌슨 부인을 치어 죽인 데이지를 대신하여 그 혐의를 뒤집어쓰고 분노한 윌슨에게 목숨을 잃는 마지막 순간까지.

합리적이고 실용적인 세계에 사는 우리는 아마 개츠비의 꿈이 정말 의미가 있었는지 물을 것이다. 정말 그만한 가치가 있었는지 따질 것이다. 언제나 보람 있고 확실한 결과를 낳을 수 있는 꿈만 가져야 한다고 배웠으니까. 독자들이 이 소설에서 길을 잃는 순간이 바로 여기다. 개츠비는 끝내 데이지의 사랑을 얻지 못했고, 사실은 그 사랑조차 진정한 것이 아니었으며 심지어 데이지란 여자는 애당초 그런 사랑을 줄 수도 받을 수도 없는 사람이었다. 그렇다면 대체 뭐가 남는 걸까? 이건 뭐에 대한 이야기란 말인가?

하지만 광대한 어둠 속에서 홀로 빛나는 초록 불빛의 의미가 무엇인지, 아니 심지어 무슨 의미가 있기는 한지, 그 정답을 말해 줄 사람을 기대하지는 마라. 지금 텅 빈 어둠밖에 보이지 않는다면, 일단 이 책을 읽은 것으로 만족하고 내려놓으라. 그리고 자신이 뭔가를 이루었다고, 한 고비를 넘어섰다고 느낄 때에 다시 한 번 이 책을 읽어 보기를 권한다. 자신이 이미 지나온 자리에, 이제는 되돌아갈 수 없는 그곳에서 반짝이는 초록 불빛을, 그리고 그 불빛의 '말할 수 없이 특별한 아름다움'을 보게 될 것이다.

저자에 대하여

『위대한 개츠비』의 저자인 F. 스콧 피츠제럴드는 그야말로 '광란의 20년대', 재즈 시대를 온몸으로 살다 간 인물이라고 할 수 있다. 그의 개인적 경험은 『위대한 개츠비』에 직접적으로 드러나 있는데, 이 소설의 화자인 중서부 출신의 닉 캐러웨이와 주인공 개츠비는 어느 정도 피츠제럴드 자신의 모습을 투영한 것이기도 하다.

그는 1896년 9월 24일 미네소타 주 세인트폴의 중상류층 가정에서 태어났다. 뉴욕 주 버펄로에서 유년 시절을 보내며 일찍부터 문학에 관심을 보이기 시작하다가 13세에 처음으로 짧은 탐정소설을 학교신문에 발표했다. 똑똑하지만 학업 성적이 별로 좋지 못했던 그는 15세에 뉴저지 주에 있는 가톨릭 계통의 기숙학원에 들어갔다. 그곳을 졸업하고 프린스턴 대학에 입학한 피츠제럴드는 작가가 되기로 결심하고 교내 문학 클럽 활동에 전념하다가 결국 학사 경고를 받고 학교를 그만두었다. 그리고 제1차 세계대전이 거의 끝날 무렵인 1917년, 군대에 들어간다.

소위가 된 그는 앨라배마 주 몽고메리의 셰리던 기지에 배치되고, 그곳에서 마치 『위대한 개츠비』의 주인공 개츠비가 그랬던 것처럼 몽고메리 사교계의 꽃이었던 17세의 아름다운 젤더 세이어를 만나 사랑에 빠진다. 그러나 누구보다 호화로운 생활과 쾌락에 대한 욕망이 컸던 젤더는 피츠제럴드가 자신을 부양할 능력을 입증하기 전까지 결코 결혼을 승낙하지 않았다. 마침내 1920년에 어렵게 출간한 장편소설 『낙원의 이쪽(*This Side of Paradise*)』이 베스트셀러가 되었고, 그는 젤더와 결혼할 수 있을 만큼의 명성과 돈을 얻었다.

사교계의 유명인사가 된 피츠제럴드와 젤더는 떠들썩하고 요란한 파티와 퇴폐적인 생활에 빠져들게 된다. 그리고 파리와 미국을 오고가며 당시에 활약했던 여러 예술가들과 교류하며 지낸다. 특히 유명한 소설가 헤밍웨이와 친분이 있었는데, 헤밍웨이는 피츠제럴드의 아내인 젤더를 못마땅하게 여기고 그의 작품 세계를 별로 좋아하지 않았지만 『위대한 개츠비』를 읽은 다음에 비로소 그를 인정했다고 한다. 이 와중에도 피츠제럴드 자신은 젤더가 만족

할 만한 생활수준을 유지하기 위해 필사적으로 돈을 벌어야만 했다. 그것은 마치 선망과 숭배의 대상인 데이지의 사랑을 얻기 위해 닥치는 대로 돈을 벌고 그 돈으로 부를 과시해야만 했던 개츠비의 모습과도 같았다. 하지만 돈이 넘쳐났던 20년대가 지나면서 젤더는 신경쇠약에 시달리고 피츠제럴드는 알코올 중독과 싸워야만 했다. 1934년 그는 또 다른 장편소설인 『밤은 부드러워(*Tender Is the Nights*)』를 출간하는 한편, 생활비를 벌기 위해 여러 잡지에 단편소설들을 팔았다. 그리고 1937년 영화 대본을 쓰기 위해 할리우드로 떠났다. 하지만 마지막 소설을 끝내 완성하지 못한 채, 자신의 작품이 인정받는 것을 보지 못하고 1940년에 심장마비로 세상을 떠났다.

F. 스콧 피츠제럴드 연보

1896년 9월 24일, 미네소타 주 세인트폴에서 프랜시스 스콧 키 피츠제럴드 (Francis Soott Key Fitzgerald) 태어나다.

1898년 세인트폴에서 아버지 에드워드 피츠제럴드의 가구 사업이 실패하여 온 가족이 뉴욕 주 버펄로로 이사한다.

1901년 1월 다시 뉴욕 주의 시러큐스로 이주하고 아버지는 세일즈맨으로 일하다. 여동생 애너벨이 태어나다.

1908년 세인트폴로 돌아가다. 세인트폴 아카데미에 입학. 스콧은 스포츠를 잘하고 싶어 했으나 글쓰기에 더 소질이 있었다.

1909년 첫 단편 작품인 「레이먼드 모기지의 미스터리」를 세인트폴 아카데미에서 발행하는 교지 「나우 앤드 덴」에 발표.

1911년 뉴저지 주에 있는 가톨릭 학교 뉴먼 스쿨에 입학. 이 학교에서 그에게 영향을 끼친 시거니 페이 신부를 만나다. 「뉴먼 스쿨 뉴스」에 단편 세 작품을 발표.

1913년 프린스턴 대학교에 입학하다. 「나소 리터러리 매거진」과 「더 프린스턴 타이거」에 단편, 희곡, 시 등을 발표하면서 활발한 창작기를 보냈다.

1914년　12월 일리노이 주 레이크포리스트 출신의 지니브러 킹과 파티에서 만나 사랑에 빠진다. 후에 피츠제럴드는 가난하다는 이유로 그녀에게 거절당하는데, 이때의 경험은 그의 많은 소설의 중요한 모티브가 된다.

1915년　프린스턴 대학교 3학년이었던 스콧은 학점 미달로 낙제하고 학교를 떠난다.

1916년　다시 프린스턴 대학교로 돌아감.

1917년　지니브러 킹이 다른 남자와 약혼하면서 두 사람의 관계가 끝난다. 10월 육군 보병 소위로 임관한다. 장편 소설 『로맨틱 에고이스트(*Romantic Egoist*)』 집필 시작.

1918년　2월 『로맨틱 에고이스트』를 탈고하여 뉴욕의 찰스 스크리브너스 선스 출판사에 보냄. 4월에 조지아 주 캠프 고든에 배치되었다가 6월에 앨라배마 주 먼크가머리 근교 캠프 셰리던으로 전속. 이때 앨라배마 주 대법원 판사의 딸인 젤더 세이어를 만나 교제를 시작. 8월에 스크리브너스 출판사가 『로맨틱 에고이스트』의 출간을 거절하여 원고가 반송된다.

1919년　2월 젤더와 몰래 약혼한다. 뉴욕 시 배런콜리어 광고 회사에서 근무. 6월 젤더가 피츠제럴드의 미래가 불확실하다는 이유로 약혼을 파기. 스콧은 직장을 그만두고 세인트폴로 돌아와 『로맨틱 에고이스트』 개작에 몰두한다. 스크리브너스 출판사는 『로맨틱 에고이스트』를 『낙원의 이쪽(*This Side of Paradise*)』이라는 제목으로 출간하기로 함.

1920년　1월 젤더와 다시 약혼. 3월 첫 장편 소설 『낙원의 이쪽』 출간. 4월 젤더와 결혼한 뒤 코네티컷 주 웨스트포트에 거주. 9월 첫 단편집 『말

괄량이 아가씨들과 철학자들(*Flappers and Philosophers*)』 출간. 10월
뉴욕 시로 이주한다.

1921년 영국, 프랑스, 이탈리아를 여행하다. 9월 딸 프랜시스 스콧이 태어남.

1922년 『저주받은 아름다운 사람들(*The Beautiful and Damned*)』이 출간되었
고, 워너브라더스에 판권이 팔려 영화화되었다. 『재즈 시대의 이야기
들(*Tales of the Jazz Age*)』 출간. 부촌인 롱아일랜드의 그레이트넥에
집을 빌리고 뉴욕을 오가는 호화로운 생활을 시작한다. 스콧은 여기
서 『위대한 개츠비』의 아이디어를 얻는다.

1924년 프랑스로 이주. 젤더가 프랑스 조종사인 에두아르 조장과 사랑에 빠
진다. 여름과 가을 동안 『위대한 개츠비』의 초고인 『황금모자를 쓴
개츠비』를 탈고한다. 10월부터 이탈리아를 여행하며 『위대한 개츠
비』 원고를 고쳐 쓴다.

1925년 4월 10일에 『위대한 개츠비』가 출간되어 엄청난 호평을 받는다. 5월
에 프랑스 파리에서 어니스트 헤밍웨이를 처음으로 만나 친구가 된다.

1926년 단편집 『모든 슬픈 젊은이들(*All the Sad Young Men*)』 출간. 12월 미국
으로 돌아온다.

1927년 할리우드 영화사에서 일하기 시작한다. 피츠제럴드는 배우 로이스 모
랑에 반하여 부부는 이 때문에 갈등을 겪는다.

1930년 2월 북아프리카 여행. 4월 젤더가 신경 쇠약 증세를 보이기 시작하여
젤더의 병을 치료하기 위하여 스위스에 거주.

1931년　아버지가 사망하여 미국으로 돌아옴. 그들은 훗날 'F. 스콧 피츠제럴드 & 젤더 피츠제럴드 박물관'이 될 몽고메리 펠더 애비뉴 819번지로 이사한다.

1932년　2월 젤더가 메릴랜드 주의 존스홉킨스 대학 병원에 입원. 젤더의 소설 『나를 위해 왈츠를 남겨 주오』가 출간됨.

1934년　4월 네 번째 소설 『밤은 부드러워(Tender Is the Nights)』 출간.

1935년　네 번째 단편집 『기상나팔 소리(Taps at Reveille)』 출간. 후에 『크랙업(The Crack-Up)』이라는 산문집에 실리게 되는 글을 쓰기 시작.

1937년　다시 할리우드 영화사에서 일한다. 이 무렵 가십 칼럼니스트인 셰일러 그레이엄과 만난다. 그레이엄과의 관계는 그가 사망할 때까지 계속됨.

1939년　할리우드에서 프리랜서로 일함. 10월 할리우드를 소재로 한 소설을 집필한다.

1940년　12월 21일 그레이엄의 아파트에서 심장마비로 사망. 메릴랜드 주의 록빌 세인트메리스 묘지에 묻힌다.

1941년　10월 미완성 유작 『마지막 거물(The Last Tycoon)』이 에드먼드 윌슨의 편집으로 출간.

1945년　6월 유작 에세이집 『크랙업』 출간.

1948년　3월 젤더가 하일랜드 정신 병원에서 치료를 받던 중 화재로 사망.